데미안

데미안

에밀 싱클레어의 청춘 이야기

헤르만 헤세 | 한미희 옮김

 인디북

나는 오직 내 마음이 시키는 대로
살려고 했을 뿐이다.
그것이 왜 그토록 어려웠을까?

내 이야기를 시작하려면 훨씬 예전부터 시작해야 한다. 가능하다면 훨씬 더 멀리 어린 시절의 맨 처음 몇 해까지, 아니 더 멀리 나의 출생의 근원까지 거슬러 올라가야 할지도 모른다.

작가들은 소설을 쓸 때 마치 자기가 신이라도 되는 양 한 사람의 이야기를 훤히 다 조망하고 이해하듯이, 신이 자기 자신에게 이야기를 들려주듯이 한 점도 가리지 않고 어디서

나 가장 중요한 본질을 짚어내 글을 쓰곤 한다. 나는 그렇게 할 수 없다. 작가들도 물론 그렇게 하지는 못한다. 하지만 어떤 작가에게 자신의 이야기가 소중한 것 이상으로 나는 내 이야기가 소중하다. 그것은 나 자신의 이야기이며 한 사람의 이야기이기 때문이다. 꾸며내거나 있을 수 있는 인물, 이상적이거나 그 밖의 다른 실존하지 않는 인물이 아니라 실제로 존재하는 유일무이한 살아 있는 사람의 이야기이기 때문이다. 물론 오늘날 사람들은 예전보다 실제로 살아 있는 사람이 무엇인지 잘 알지 못한다. 한 사람 한 사람이 자연의 유일무이한 귀중한 작품임에도 총을 쏘아 무수히 죽이지 않는가. 만약 우리가 유일무이한 존재가 아니라면, 총알 하나로 한 사람 한 사람을 세상에서 완전히 제거할 수 있다는 이야기는 아무 의미가 없을 것이다. 하지만 사람은 저마다 그 자신인 동시에 유일무이하고 아주 특별하며 어떤 경우에도 소중하고 특이한 하나의 지점이다. 세상의 현상들이 딱 한 번 그렇게 교차하고 두 번 다시 그렇게 교차하지 않는 지점이다. 그래서 한 사람 한 사람의 이야기가 중요하고 영원하고 신성한 것이며, 그렇기에 어쨌든 살아서 자연의 의지를 실현하는 사람은 누구나 세심한 관심을 기울여야 하는 경이로운 존재인 것이다. 한 사람 한 사람 안에서 정신은 형상이 되고, 한 사람 한 사람 안에서 피조물은 괴로워하며, 한 사람 한 사람 안에서 구세주는 십자가에 못 박힌다.

오늘날 사람이 무엇인지 아는 사람은 많지 않다. 많은 사람들이 그걸 느끼고 그래서 더 가벼운 마음으로 죽는다. 이 이야기를 다 쓰면 나도 더 가벼운 마음으로 죽을 것이다.

나 자신이 진리를 아는 사람이라고 말할 수는 없다. 나는 길을 찾는 사람이었으며 지금도 그렇다. 하지만 이제 나는 별이나 책에서 길을 찾지 않고 내 피가 내 안에서 속삭이는 가르침에 귀 기울이기 시작한다. 내 이야기는 유쾌하지 않으며 꾸며낸 이야기처럼 달콤하거나 조화롭지도 않다. 내 이야기는 이제 더는 자신을 속이려고 하지 않는 모든 사람의 삶이 그렇듯 부조리와 혼란, 광기와 몽상의 맛이 난다.

한 사람 한 사람의 삶은 자기 자신에게 이르는 길이다. 하나의 길을 찾으려는 시도이며, 하나의 오솔길을 가리키는 암시다. 지금까지 온전히 자기 자신이 된 사람은 아무도 없지만 모두 그렇게 되려고 노력한다. 어떤 사람은 애매하게, 어떤 사람은 더 밝게 저마다 할 수 있는 만큼 노력한다. 누구나 아득히 먼 태초 세계의 점액과 알껍데기 같은 탄생의 잔재를 죽을 때까지 지니고 다닌다. 사람이 되지 못하고 개구리나 도마뱀 혹은 개미로 남아 있는 사람도 많다. 위는 사람 아래는 물고기인 사람도 있다. 하지만 우리 한 사람 한 사람은 자연이 사람을 향해 던진 하나의 작품이다. 우리는 모두 같은 태생이며 같은 어머니들에게서 나왔다. 우리는 모두 같은 심연에서 나왔다. 하지만 깊은 심연에서 밖으로 던져진 시도이자 존재로서 저마다 자신만의 목적지를 향해 나아가려고 노력한다. 우리는 서로를 이해할 수 있지만 자신을 해석할 수 있는 사람은 오직 자신뿐이다.

1

두 세계

내가 열 살 때 소도시에서 라틴어 학교에 다니던 시절에 있었던 일로 이야기를 시작하겠다.

많은 냄새가 밀려와 아픔과 기분 좋은 전율이 안에서부터 나의 영혼을 뒤흔든다. 어두운 골목길, 환한 집과 탑 들, 시계탑 종소리와 사람들의 얼굴, 편안하고 포근하고 아늑한 방들, 비밀과 유령의 깊은 공포가 가득 서린 방들, 좁고 따뜻한 곳, 토끼와 하녀 들, 가정상비약과 말린 과일 냄새가 난다. 그곳에는 두 개의 세계가 뒤섞여 있었다. 그 양극에서 낮과 밤이 나왔다.

그 중 한 세계는 아버지의 집이었다. 그 세계는 더 좁아서 엄밀히 말해 나의 부모님만 있는 세계였다. 내가 거의 다 아는 그 세계의 이름은 어머니와 아버지, 사랑과 엄격함, 모범과 학교였다. 은은하게 빛나고 맑고 깨끗한 그 세계에는 부드럽고 다정한 이야기, 깨끗이 씻은 손과 깔끔한 옷, 훌륭한 예절이 있었다. 거기서는 아침에 찬송가를 불렀고, 크리스마스를 축하했다. 미래로 가는 똑바른 선과 길이 있었고, 의무와 책임, 양심의 가책과 참회, 용서와 선한 의도, 사랑과 존경, 성경 말씀과 지혜가 있었다. 삶을 맑고 깨끗하고 아름답고 질서 있게 살려면 이 세계에 머물러야 했다.

하지만 다른 세계가 벌써 우리 집 한가운데서 시작되었다. 완전히 다른 그 세계는 다른 냄새가 나고 다르게 말하고 다른 것을 약속하고 요구하는 곳이었다. 이 두 번째 세계에는 하녀와 기술을 배우는 수습공 들, 유령 이야기와 좋지 못한 소문이 있었다. 도살장과 감옥, 술 취한 사람들과 욕하며 싸우는 여자들, 새끼를 낳는 암소와 쓰러진 말, 강도와 살인과 자살 이야기 같은 엄청나고 흥미로우며 무시무시하고 수수께끼 같은 다양한 일들이 있었다. 아름답고 섬뜩하고 거칠고 잔인한 이 모든 일들은 사방에서, 바로 옆 골목과 바로 옆집에서 일어났다. 경찰과 부랑자 들이 돌아다니고 술에 취한 사내들이 마누라를 두들겨 패고 저녁이면 어린 소녀들이 공장에서 우르르 쏟아져 나왔다. 노파들이 사람에게 마법을 걸고 병이 들게 만들 수 있었고, 숲에는 도적들이 살았으며, 방화범이 시골 경찰에게 체포되었다. 이 두 번째 격한 세계는 어머니와 아버지가 있는 우리 집만 빼고 도처에서 쏟아져 나와 냄새를 풍겼다. 정말 다행이었다. 여기 우리집에 평화와 질서와 안식이 있고, 의무와 양심, 용서와 사랑이 있다는 것은 정말 멋진 일이었다. 시끄럽고 요란하며 음침하고 폭력적인 전혀 다른 것이 있지만 팔짝 한 번만 뛰면 어머니에게 도망칠 수 있다는 것도 멋졌다.

가장 이상한 것은 그 두 세계가 서로 맞닿아 있다는 것이었다. 두 세계는 얼마나 바짝 붙어 있었던가! 이를테면 우리 집에서 일하는 하녀 리나는 저녁 기도시간에 깨끗이 씻은 손을 판판하게 매만진 앞치마 위에 올려놓고 거실 문 옆에 앉아 밝은 목소리로 노래를 함께 불렀다. 그때 그녀는 아버지와 어머니의 세계, 우리 세계, 밝고 올바른 세계에 속했다. 하지만 그러고 나서 바로 부엌이나 장작을 보관하는 헛간에서 내게 머리 없는 난쟁이 이야기를 해주거나 작은 푸줏간에서 이웃 여자들과 싸우는 그녀는 다른 세계에 속하고 비밀에 둘러싸인 전혀 다른 사람이었다. 모든 것이 그랬지만 나 자신이 특히 그랬다. 물론 나는 밝고 올바른 세계에 속했으며 부모님의 아들이었다. 하지만 눈을 돌리고 귀를 기울이면 도처에 다른 것이 있었다. 낯설고 무서울 때가 많고 한결같이 양심의 가책과 두려움을 느꼈지만 나는 그 다른 세계에서도 살았다. 심지어 금지된 세계에서 사는 것이 가장 좋을 때도 가끔 있었다. 그래서 밝은 세계로 돌아오는 것이 반드시 필요하고 좋은 일일 테지만 덜 아름답고 더 지루하고 황량한 곳으로 돌아오는 듯 느껴지곤 했다. 나의 삶의 목표는 아버지와 어머니처럼 밝고 순수하고 우월하고 정돈된 사람이 되는 것이었다. 하지만 거기까지 가려면 먼 길을 가야 했다. 진득하게 학교를 다니고 대학을 마치고 각종 검사와 시험을 치러야 했다. 하지만 그 길은 끊임없이 또 다른 어두운 세계 옆이나 가운데를 지나갔기에 어두운 세계에 머무르거나 그 속에 아예 빠져버리는 것도 있을 수 없는 일은 아니었다. 잘 알고 있었다. 나는 그런 일을 겪은 탕자의 이야기를 열심히 읽었는데 거기선 언제나 아버지와 선한 세계로 돌아오는 것이 구원이며 훌륭한 일이었다. 나는 그것만이 올바르고 선하고 바람직하다고 느꼈지만 악한과 탕자들 사이에서 벌어지는 이야기 부분에 훨씬 더 마음이 끌렸다. 솔직히 말해서 탕자가 참회하고 다시 제 길을 찾는 것이 안타까울 때도 많았다. 하지만 그런 말은 입 밖에 내지도 생각하지도 않았다. 그냥 예감이나 막연한 가능성으로서 감정의 맨 밑바닥에 어렴풋이 존재했을 뿐이다. 나는 악마를 상상하면 변장을 했든 안 했든 그가 저 아래 거리나 장터 혹은 술집에 있다고 상상할 수는 있어도 우리 집에 있다고는 절대 상상할 수 없었다.

내 누이들도 밝은 세계에 속했다. 하지만 그들은 근본적으로 나보다 아버지, 어머니와 더 가깝고 더 착하고 예의 바르고 실수가 적은 듯 보일 때가 많았다. 단점과 나쁜 버릇이 있었지만 그렇게 심각해 보이진 않았다. 어두운 세계에 훨씬 더 가까이 있는 나처럼 악과 만나면 그렇게 고통스럽고 힘들어하지 않는 듯했다. 누이들은 부모님과 마찬가지로 아끼고 존중해야 하는 존재였다. 그들과 싸울 경우 나중에 양심에 비추어 보면 언제나 내가 나쁘고 싸움을 건 쪽으로 용서를 빌어야 했다. 누이들을 모욕하면 부모님과 선과 규율을 모욕하는 것과 같았기 때문이다. 내게는 누이들보다 오히려 거리의 못된 악동들과 나눌 수 있는 비밀이 있었다. 햇빛이 환하고 양심에 거리낄 것이 없는 기분 좋은 날에는 누이들과 놀고 그들에게 착하고 얌전하게 굴면서 성실하고 고결한 빛 가운데 있는 자신의 모습이 좋을 때도 많았다. 천

사라면 마땅히 그래야 했다! 천사는 우리가 아는 최고의 존 재였다. 천사가 되어 크리스마스와 행복할 때처럼 밝은 소 리와 향기에 둘러싸이면 얼마나 달콤하고 놀라울까 생각했 다. 아, 그런 시간과 날들은 얼마나 적었던가! 착하고 해롭 지 않은 허락받은 놀이를 할 때 나는 종종 누이들이 보기에 지나치게 열을 내고 격해졌다. 그래서 싸움과 불행한 일이 벌어져 화가 치밀면 끔찍하게 변해 나쁘다는 걸 가슴 깊이 절절히 느끼면서도 나쁜 말과 행동을 했다. 그러고 나면 후 회와 참회의 힘들고 어두운 시간이 찾아왔다. 그다음 용서 를 비는 아픈 순간이 오고, 그리고 밝은 빛이 다시 비치고 갈등이 없는 잔잔하고 고맙고 행복한 몇 시간, 아니 순간이 찾아왔다.

나는 라틴어 학교에 다니고 있었다. 같은 반에 시장의 아 들과 산림관의 아들이 있었는데 그들과 가끔 어울렸다. 그 들은 거칠지만 선하고 허락된 세계에 속한 소년들이었다. 그러나 나는 우리가 평소 경멸하는 이웃 공립 초등학교 아 이들과 더 친하게 지냈다. 내 이야기는 그들 중 한 명과 함 께 시작된다.

열 살 생일이 막 지났을 때였다. 수업이 없는 어느 날 오 후 나는 이웃에 사는 두 소년과 함께 쏘다니고 있었다. 그때

키가 더 크고 힘이 세고 거친 열세 살쯤 된 사내애가 다가왔다. 공립 초등학생인 그 아이는 재단사의 아들이었다. 아버지는 술꾼이었고 가족 모두 평판이 좋지 않았다. 프란츠 크로머, 잘 아는 아이였다. 나는 그 아이가 무서웠고 그가 우리 속에 끼는 것이 마음에 들지 않았다. 그는 벌써 어른처럼 굴고 젊은 공장 직공의 걸음걸이와 말투를 흉내 냈다. 우리는 앞장 선 그를 따라 다리 옆 강기슭으로 내려가 첫 번째 다리 밑으로 들어갔다. 이제 세상은 우리를 볼 수 없었다. 아치 모양의 다리와 느릿느릿 흐르는 강물 사이의 좁은 강기슭에는 유리 조각과 잡동사니, 뒤엉킨 녹슨 철사 뭉치와 다른 오물 등 온갖 쓰레기가 잔뜩 널려 있었다. 거기서 가끔 쓸 만한 물건을 찾아냈다. 우리는 프란츠 크로머의 지휘 아래 그곳을 샅샅이 뒤져 찾아낸 물건을 보여주어야 했다. 그럼 프란츠는 호주머니에 집어넣거나 강물에 던져버렸다. 그는 혹시 납이나 놋쇠나 주석으로 된 물건이 있는지 살펴보라 하고는 그런 물건이 나오면 모조리 자기 호주머니에 넣었다. 뿔로 된 낡은 빗도 챙겼다. 같이 어울리면서 마음이 무척 조마조마했다. 아버지가 알면 어울리지 말라고 할 거라는 걸 알고 있었기 때문이 아니라 프란츠가 무서웠기 때문이다. 그가 나를 받아주고 다른 아이들과 똑같이 대해주는 것이 기뻤다. 나는 그 날 그와 처음으로 어울렸지만 마치 오래된 습관처럼 프란츠는 명령하고 우리는 복종했다.

이윽고 우리는 땅바닥에 앉았다. 프란츠는 강물에 침을 뱉었는데 그 모습이 꼭 어른 같았다. 그는 잇새로 침을 뱉어 원하는 지점을 맞힐 수 있었다. 대화가 시작되고 소년들은 학생들이 저지르는 갖가지 영웅담과 나쁜 짓을 자랑스럽게 떠벌렸다. 나는 입을 다물고 있었는데 그래서 눈에 띄고 크로머의 분노를 살까 겁이 났다. 같이 온 두 아이는 처음부터 나와 거리를 두고 공공연히 크로머의 편이 되어 있었다. 나는 그들 사이에서 이방인이었다. 내 옷과 태도가 그들에게 반감을 주는 듯한 느낌이 들었다. 프란츠가 라틴어 학교 학생이자 좋은 집안 아들인 나를 좋아할 리 없었고, 다른 두 아이 역시 여차하면 나를 부정하고 버리고 갈 것 같았다.

결국 순전히 두려운 나머지 나도 이야기하기 시작했다. 내가 주인공으로 등장하는 허풍스런 도둑 이야기를 꾸며냈다. 어느 날 밤 한 아이와 모퉁이 물방앗간 옆 과수원에서 한 자루 가득 사과를 훔쳤다고 했다. 그것도 여느 사과가 아니라 최상품인 레네트와 황금빛 파르메네를 훔쳤다고. 한순간의 위험에서 벗어나기 위해 이야기 속으로 도망친 것이다. 평소에도 나는 이야기를 잘 꾸며서 들려주곤 했다. 단지 바로 말문이 막혀 더 나쁜 일에 휘말릴까 봐 가진 재주를 화려하게 펼쳐 보였다. 우리 중 하나가 계속 망을 보아야 했고 그동안 다른 하나가 나무에서 사과를 아래로 던졌다고 했다. 사과 자루가 너무 무거워 자루를 풀어 절반을 두고 갔다가 삼십 분 후에 돌아와 마저 가져왔다는 말도 했다.

이야기를 끝내고 나는 박수를 조금 기대했다. 마지막에는 열을 내어 이야기를 꾸며내면서 스스로 감동했다. 작은 두 아이는 어서 끝나길 기다리며 말이 없었지만 프란츠 크로머는 눈을 가늘게 반쯤 뜨고 나를 뚫어져라 쳐다보며 위협적인 목소리로 물었다.

"그게 정말이야?"

내가 말했다.

"정말이야."

"그러니까 정말이란 말이지?"

"그래, 정말이야."

속으로는 숨이 막힐 만큼 두려웠지만 나는 고집스레 단언했다.

"맹세할 수 있어?"

나는 깜짝 놀랐지만 얼른 그럴 수 있다고 했다.

"그럼 말해. 하느님 앞에서 맹세합니다!"

"하느님 앞에서 맹세합니다."

"좋아."

프란츠는 이렇게 말하고 몸을 돌렸다.

그것으로 다 잘 된 줄 알았다. 프란츠가 자리에서 일어나 집으로 돌아갈 채비를 하자 기뻤다. 다리 위로 올라오자 나는 소심하게 이제 집에 가야 한다고 했다.

프란츠가 웃으며 말했다.

"그렇게 서두를 거 없어. 어차피 우린 가는 길이 같으니까."

프란츠가 어슬렁어슬렁 걸어가는데 도망칠 엄두가 나지 않았다. 그런데 프란츠가 정말 우리 집 쪽으로 가는 것이었다. 드디어 우리 집 대문과 굵은 놋쇠 손잡이, 창문에 비친 햇빛과 어머니 방에 쳐진 커튼이 보였다. 나는 안도의 한숨을 내쉬었다. 아, 집에 돌아왔구나! 얼마나 좋고 축복받을 일인가. 집으로, 밝고 평화가 깃든 곳으로 돌아온 것이다!

재빨리 문을 열고 미끄러지듯 들어가 문을 닫으려고 하는데 프란츠 크로머가 밀치고 따라 들어왔다. 빛이 안뜰에서만 들어오는 서늘하고 어두운 타일 깔린 현관에서 프란츠가 옆에 서서 내 팔을 잡고 나직하게 말했다.

"그렇게 서두를 거 없다니까!"

나는 깜짝 놀라 그를 쳐다보았다. 내 팔을 잡은 그의 손이 무쇠처럼 단단했다. 도대체 어쩌려는 걸까? 혹시 나를 괴롭히려고? 나는 속으로 생각했다. 지금 소리를 지르면, 크고 격렬하게 소리를 지르면 위에서 당장 누가 내려와 구해주지 않을까? 하지만 그만두었다.

"무슨 일인데? 뭘 바라는 거야?"

내가 물었다.

"별것 아니야. 너한테 물어볼 게 좀 있어. 다른 애들은 들을 필요가 없거든."

"그래? 무슨 말을 더 듣고 싶은데? 나, 올라가야 해, 알잖아."

프란츠가 나직이 말했다.

"너도 알지, 모퉁이 물방앗간 옆 과수원이 누구네 건지?"

"아니, 몰라. 물방앗간 주인 거겠지."

프란츠가 팔로 나를 감싸 안더니 자기 쪽으로 확 끌어당겼다. 그 바람에 그의 얼굴을 코앞에서 봐야 했다. 두 눈에는 악의가 번뜩이고 사악하게 빙글빙글 미소 짓는 얼굴에는 잔인함과 힘이 넘쳐흘렀다.

"그래, 꼬마야. 나는 과수원이 누구네 건지 알아. 과수원에서 사과를 도둑맞았다는 것도 한참 전부터 알고 있었어. 누가 과일을 훔쳐갔는지 말해주면 주인이 2마르크를 주겠다고 한 것도 알지."

내가 소리쳤다.

"세상에! 하지만 주인한테 아무 말도 안 할 거지?"

프란츠의 명예심에 호소해봐야 아무 소용이 없을 것 같았다. 그는 다른 세계 사람이었고 그에게 배신은 죄가 아니었다. 똑똑히 느꼈다. 그런 일에서 다른 세계 사람들은 우리하고는 달랐다.

크로머가 웃음을 터뜨렸다.

"아무 말도 안 할 거냐고? 야, 넌 내가 가짜 돈이라도 만드는 줄 아니? 그래서 직접 2마르크를 만들 수 있다고 생각하느냐고? 난 가난한 놈이고 우리 아버지는 너희 아버지처럼 부자가 아니야. 그래서 2마르크를 벌 수 있으면 벌어야해. 어쩌면 주인이 더 줄지도 모르지."

크로머가 갑자기 나를 놓아주었다. 이제 우리 집 현관에서는 평화와 안전의 냄새가 나지 않았다. 나를 둘러싼 세계가 와르르 무너졌다. 크로머는 나를 고발할 테고 그럼 나는 범죄자가 된다. 사람들이 아버지한테도 말하겠지. 어쩌면 경찰까지 올지도 몰라. 뒤죽박죽 혼돈의 공포가 나를 위협하고 온갖 추악하고 위험한 일이 나를 향해 몰려왔다. 내가 도둑질을 하지 않았다는 것은 이제 전혀 중요하지 않았다.

나는 맹세까지 했었다. 세상에, 세상에!

눈물이 나왔다. 돈을 내고 풀려나야 할 것 같아 절망적으로 호주머니란 호주머니는 다 뒤져보았다. 사과도 주머니 칼도 아무것도 없었다. 문득 시계 생각이 났다. 낡은 은시계였는데 가지는 않았지만 '그냥' 들고 다녔다. 할머니가 주신 시계였다. 나는 그 시계를 얼른 꺼냈다.

"크로머, 내 말 좀 들어봐. 이르면 안 돼. 안 좋은 짓이야. 내 시계를 줄게. 이거 봐, 미안하지만 이것밖에는 없어. 너 가져, 은시계야. 좋은 시계야. 조금 문제가 있지만 고치면 돼."

크로머는 빙긋 웃으며 커다란 손으로 시계를 받았다. 그 손을 보며 정말 거칠고 악의에 차 있다고 느꼈다. 그 손이 나의 삶과 평화를 움켜쥐려 하고 있었다.

"은으로 만든 거야……"

내가 쭈뼛쭈뼛 말하자 크로머가 심한 경멸을 보이며 말했다.

"은이라도 고물 시계 따윈 필요 없어! 너나 고쳐 써!"

나는 그가 정말 가버릴까 두려워 떨며 소리쳤다.

"하지만 프란츠, 잠깐만 기다려! 이 시계 가져! 진짜 은으로 만든 거야, 정말이라니까. 그것 말고는 가진 게 없어."

그가 경멸하듯 차갑게 쳐다보았다.

"그러니까 넌 내가 누구한테 갈지 아는구나. 그런데 난 경찰한테 말할 수도 있어. 잘 아는 경찰 아저씨가 있거든."

크로머가 가려고 몸을 돌렸다. 나는 그의 옷소매를 붙잡았다. 그렇게 가게 둘 수는 없었다. 그가 그렇게 가버리고 난 다음 벌어질 모든 일을 견디느니 차라리 죽어버리는 것이 나을 것 같았다. 나는 울컥해서 쉰 목소리로 애원했다.

"프란츠, 멍청한 짓 하지 마! 그냥 장난하는 거지?"

"그래, 장난이야. 하지만 너한테는 비싼 장난이 될 수 있을걸."

"프란츠. 내가 뭘 해야 하는지 말해봐! 뭐든지 다 할게!"

크로머는 눈을 가늘게 뜨고 나를 찬찬히 뜯어보더니 또 웃음을 터뜨렸다. 그리고 친절한 척하며 말했다.

"그렇게 멍청하게 굴지 마! 너도 나만큼이나 잘 알잖아. 난 2마르크를 벌 수 있고 그 돈을 던져버릴 만큼 부자가 아니야, 알잖아. 하지만 넌 부자고 시계까지 갖고 있지. 네가 나한테 2마르크만 주면 돼. 그럼 다 끝나는 거야."

그제야 그의 논리를 이해했다. 하지만 2마르크라니! 내게 2마르크는 10마르크, 100마르크, 아니 1000마르크와 똑같이 손에 넣을 수 없는 큰돈이었다. 나는 돈이 없었다. 어머니한테 맡겨둔 저금통에 삼촌이 오거나 그 비슷한 일이 있을 때 받은 10페니히와 5페니히 동전 몇 개가 들어 있을 뿐이었다. 그 외에는 한 푼도 없었다. 아직 용돈을 받을 나이도 아니었다.

나는 서글프게 말했다.

"가진 게 없어. 돈은 하나도 없어. 하지만 그거 말고는 뭐든 다 줄게. 인디언 책도 있고, 장난감 병정도 있고, 나침반도 있어. 그걸 줄게."

크로머는 뻔뻔하고 심술궂게 입을 삐죽거리더니 바닥에 침을 퉤 뱉었다. 그리고 명령하듯 말했다.

"헛소리 집어치워! 그런 너절한 쓰레기는 너나 가져. 나침반이라고! 나를 더 화나게 하지 마. 잘 들어, 돈이나 내놔!"

"하지만 돈이 없다니까. 돈을 받은 적이 없다고. 나도 어쩔 수가 없잖아!"

"그럼 내일 2마르크를 가져와. 수업 끝나고 저 아래 시장에서 기다릴게. 그럼 끝나는 거야. 돈을 안 가져오면 그땐 두고봐!"

"알았어, 하지만 대체 어디서 돈을 구해야 하지? 맙소사, 하나도 없는데……."

"너희 집에는 돈이 많잖아. 그건 네가 알아서 해. 그럼 내일 수업 끝나고 보자. 말해두는데, 만약 안 가져오면……."

크로머는 내 눈을 무섭게 노려보고 다시 침을 퉤 뱉더니 그림자처럼 사라졌다.

위층으로 올라갈 수가 없었다. 이제 나의 삶은 무너져버렸다. 도망쳐 다시는 돌아오지 않거나 물에 빠져 죽을까 생각해보았다. 하지만 어느 쪽도 똑똑히 그려볼 수는 없었다. 나는 맨 아래 계단 컴컴한 곳에 웅크리고 앉아 불행에 몸을 맡겼다. 바구니를 들고 장작을 가지러 내려오던 리나가 거기서 울고 있는 나를 보았다.

나는 리나에게 위에다 아무 말도 하지 말라고 부탁하고 위층으로 올라갔다. 유리문 옆 옷걸이에 아버지 모자와 어머니 양산이 걸려 있었다. 그 모든 것에서 고향과 다정함이 흘러나왔다. 돌아온 탕자가 옛날 고향의 방을 보며 냄새를 맡듯이 애원하고 감사하는 마음으로 그것들에게 인사했다. 하지만 그 모든 것은 이제 내 것이 아니었다. 그것은 아버지와 어머니의 밝은 세계였다. 하지만 나는 죄를 짓고 낯선 물속에 빠졌으며 모험과 죄악에 휘말려 적의 위협을 받고 있었다. 위험과 불안, 치욕이 나를 기다리고 있었다. 모자와 양산, 사암으로 된 좋고 오래된 바닥, 복도 장식장 위에 걸린 커다란 그림, 안쪽 거실에서 들리는 누나 목소리. 모든 것이 그 어느 때보다 사랑스럽고 정답고 소중했다. 하지만 이제 그것은 위로를 주는 것이 아니라 순전히 비난일 뿐이었다. 이제 그것은 내 것이 아니었고 나는 그 명랑함과 조용함에 동참할 수 없었다. 나는 매트에 문질러 털어버릴 수 없는 더러움을 발에 묻혀 왔으며 고향의 세계가 알지 못하는 그림자를 끌고 왔다. 지금까지 얼마나 많은 비밀을 갖고 있었던가. 마음이 조마조마했던 적은 또 얼마나 많았던가. 하지만 오늘 이 공간으로 가지고 온 것에 비하면 모두 놀이와 장난에 불과했다. 운명이 뒤쫓아와 나를 잡으려고 손을 뻗었지만 어머니도 그 손을 막을 수 없었다. 아니, 그 손의 존재를 알아서도 안 되었다. 이제 나의 죄가 도둑질이든 거짓말이든 어차피 마찬가지였다. 하느님을 두고 거짓맹세까지 하지 않았던가? 내 죄는 이것이냐 저것이냐가 아니라 악마에게 손을 내밀었다는 사실이었다. 왜 같이 다녔을까? 지금까지 아버지한테도 그렇게 고분고분한 적이 없으면서 왜 크로머의 말을 그렇게 잘 들었을까? 왜 도둑질한 이야기를 꾸며냈을까? 왜 영웅적인 행위라도 되는 듯 범죄를 자랑했을까? 이제 악마가 내 손을 잡았고 적이 내 뒤를 쫓아왔다.

한순간 나는 내일 벌어질 일이 더이상 두렵지 않았다. 다만 무엇보다 내가 점점 내리막길을 걸어 결국 깜깜한 어둠 속으로 들어가리라는 걸 무서울 만큼 또렷이 느꼈다. 나의 잘못에서 또 다른 새로운 잘못이 나올 것이다. 누이들 앞에 나서고 부모님에게 인사하고 입을 맞추겠지만 다 거짓이리라. 마음속에 숨겨야 할 운명과 비밀을 평생 끌고 다니리라.

아버지 모자를 보자 순간 신뢰와 희망이 불끈 솟았다. 아버지한테 다 털어놓아서 판결과 처벌을 달게 받고 비밀을 함께 나누고 구원을 받으리라. 힘들고 아픈 시간, 뉘우치며 용서를 비는 힘든 시간이 되겠지만 지금까지 여러 번 이겨 낸 참회와 비슷하리라.

그 생각은 얼마나 달콤했던가! 얼마나 솔깃했던가! 하지만 다 소용없었다. 나는 내가 그러지 않으리란 걸 알고 있었다. 비밀이 하나 있고 혼자 스스로 갚아야 하는 죄를 하나 지었음을 알고 있었다. 어쩌면 지금 나는 갈림길에 서 있는지도 몰랐다. 이 시간 이후로 영원히 나쁜 쪽에 속하고 악한 사람들과 비밀을 나누고 그들에게 휘둘리고 깜빡 복종하고 그들과 같은 사람이 되어야 할지도 몰랐다. 어른인 척 영웅인 척 행동했고 이제 그 결과를 감당해야 했다.

안으로 들어가자 다행히 아버지가 내 신발이 젖었다고 나무랐다. 초점이 빗나가 아버지는 더 나쁜 일을 눈치 채지 못했고 나는 은밀히 더 나쁜 그 일 때문에 꾸중을 듣는 거라고 생각하면서 견딜 수 있었다. 그때 처음 느끼는 묘한 감정이 내 안에서 반짝 타올랐다. 갈고리가 잔뜩 박힌 날카롭고 사악한 감정이었다. 나는 아버지한테 우월감을 느꼈다! 비록 한 순간이었지만 아버지의 무지에 일종의 경멸을 느꼈다. 장화가 젖었다고 나무라는 그의 꾸중이 좀스럽게 느껴졌다. "만약 아버지가 아신다면!" 그렇게 생각하자 살인을 고백해야 하는 마당에 빵 한 개를 훔쳤다고 심문받는 범죄자가 된 듯한 느낌이었다. 추악하고 역겨운 감정이었지만 강렬하고 깊은 매력을 지니고 있었다. 그 감정은 다른 어떤 생각보다 나를 나의 비밀과 죄에 단단히 묶어놓았다. 어쩌면 크로머가 벌써 경찰관한테 가서 나를 고발했을 수 있었다. 머리 위로 비바람이 몰려오는데 여기서는 나를 어린아이 취급 하고 있었다! 그런 생각이 들었다.

지금까지 말한 모든 체험 가운데 이 순간이 중요하고 여운이 남는 대목이었다. 아버지의 신성함에 처음으로 균열이 생기고 나의 어린 시절을 떠받치는 기둥에 처음으로 금이 가는 순간이었다. 그 기둥은 누구나 자기 자신이 되려면 부수어야 하는 기둥이었다. 우리 운명의 본질적인 내면의 선(線)은 아무도 보지 못하는 이런 체험들로 이루어진다. 그런 금과 균열은 다시 아물고 잊히지만 가장 은밀한 방에서는 계속 살아 피를 흘리고 있다.

곧바로 이 새로운 감성이 왈칵 두려워졌다. 당장 아버지 발에 입을 맞추고 용서를 빌고 싶었다. 하지만 본질적인 것에 대해 용서를 빌 수는 없는 법이다. 그것은 어린아이도 현자 못지않게 깊이 느끼고 또 잘 아는 사실이다.

나의 일을 깊이 생각하고 내일을 위한 방도를 궁리해야 할 것 같았다. 하지만 그렇게 하지 못했다. 저녁 내내 달라진 우리 집 거실 공기에 익숙해지느라 신경을 썼기 때문이다. 벽시계와 탁자, 성경과 거울, 책꽂이와 벽에 걸린 그림이 이별을 고하는 듯했다. 나의 세계와 아름답고 행복했던 삶이 과거가 되고 나한테서 떨어져 나가는 것을 얼어붙는 심정으로 바라보아야 했다. 내가 저 바깥 어둡고 낯선 세계에 새로 뿌리를 내려 양분을 빨아들이고 단단히 자리 잡는 것을 느껴야 했다. 나는 생전 처음으로 죽음을 맛보았다. 죽음은 쓴맛이 났다. 죽음은 탄생이며 무서운 혁신에 대한 불안이자 두려움이기 때문이다.

마침내 침대에 눕자 얼마나 기뻤던지! 방금 전 최후의 연옥과도 같은 괴로운 저녁 기도를 마쳤다. 내가 가장 좋아하는 찬송가를 다 함께 불렀다. 아, 나는 함께 노래하지 않았다. 음 하나하나가 다 쓸개즙이고 독약이었다. 기도도 같이 하지 않았다. 아버지가 축도하며 "우리 모두와 함께하소

서!"하고 기도를 마치자 움찔 일어난 경련이 나를 그 모임에서 쫓아냈다. 하느님의 은총이 그들 모두와 함께했지만 이제 나하고는 함께 하지 않았다. 나는 차가운 마음으로 녹초가 되어 자리를 떴다.

따뜻함과 안전함에 포근히 감싸여 잠시 침대에 누워 있는데 마음은 두려워하며 다시 뒤로 돌아가 불안하게 날개를 파닥이며 지난 일 주위를 맴돌았다. 어머니가 여느 때처럼 잘 자라고 밤 인사를 했다. 어머니의 발소리 여운이 아직 방에 남아 있고 어머니가 들고 있는 촛불 빛이 문틈으로 새어 들어왔다. 이제 어머니가 다시 돌아올 거야. 눈치를 채고 키스를 하며 묻겠지. 희망을 주는 온화한 목소리로. 그럼 나는 울음을 터뜨릴 수 있을 테고 그럼 목에 걸린 돌멩이가 눈 녹 듯 녹을 거야. 어머니를 와락 끌어안고 다 털어놓아야지. 그럼 모든 일이 말끔히 해결되고 나는 구원을 받을 거야! 문틈이 벌써 깜깜해졌지만 나는 잠시 더 귀를 쫑긋 기울이며 그럴 거라고, 꼭 그럴 거라고 생각했다.

그러고 다시 아까 그 일로 돌아가 적의 눈을 들여다보았다. 크로머가 똑똑히 보였다. 한쪽 눈을 가늘게 뜨고 야비하게 웃고 있었다. 그를 쳐다보자 피할 수 없는 일이 내 마음을 갉아먹으며 그가 더 커지고 추악해졌다. 그의 사악한 눈이 악마처럼 번쩍였다. 잠들 때까지 그는 내 옆에 바짝 붙어 있었다. 하지만 그의 꿈을 꾸지는 않았다. 오늘 있었던 일도 꿈꾸지 않았다. 나는 부모님과 누이들과 함께 보트를 타고 있었다. 휴일의 순수한 평화와 은은한 빛이 우리를 둘러싸고 있었다. 한밤중에 퍼뜩 잠이 깼다. 아직도 그 행복의 여운을 느끼고 햇빛에 반짝이는 누이들의 하얀 여름옷이 아른아른 보였다. 하지만 어느새 낙원에서 다시 현실로 돌아와 사악한 눈을 번쩍이는 악마 앞에 서 있는 것이었다.

아침에 어머니가 허둥지둥 달려와 늦었는데 왜 아직도 침대에 누워 있느냐고 소리쳤다. 나는 몸이 좋지 않아 보였고 어머니가 어디 아프냐고 묻자 ㄱ만 토하고 말았다.

덕분에 좀 나아진 것 같았다. 나는 몸이 조금 아픈 것이 좋았다. 아침 내내 카밀레 차를 옆에 두고 누워서 옆방에서 어머니가 청소하는 소리와 리나가 바깥 현관에서 푸줏간 주인을 맞는 소리를 들을 수 있었기 때문이다. 학교에 가지 않는 오전은 어딘지 동화 같고 마법에 걸린 것 같기도 했다. 방 안으로 아른아른 비쳐드는 햇빛은 학교에서 초록색 커튼으로 가리는 그 햇빛이 아니었다. 하지만 오늘은 그것도 그 맛이 나지 않았고 선율도 어긋나 있었다.

그래, 차라리 죽어버렸으면! 하지만 종종 그랬듯이 몸이 조금 좋지 않은 것뿐이었다. 그 정도로는 전혀 도움이 되지 않았다. 학교에 가는 일은 막아주었지만 열한 시에 시장에서 나를 기다리는 크로머를 막아주지는 못했다. 이번에는 어머니의 다정함도 위로가 되지 못했다. 그냥 귀찮고 괴롭기만 했다. 나는 다시 잠이 든 척하며 곰곰이 생각해보았다. 모두 소용이 없었다. 열한 시에는 시장에 나가야 했다. 나는 열 시에 살며시 일어나 이제 괜찮아졌다고 했다. 그런 경우에는 보통 다시 침대에 눕거나 오후에 학교에 가야 했다. 나는 학교에 가고 싶다고 했다. 계획을 세운 것이다.

돈도 없이 크로머를 만나러 갈 수는 없었다. 원래 내 것인 작은 저금통을 빼내는 수밖에 없었다. 저금통 안에 돈이 많지 않다는 건 알고 있었다. 턱도 없이 모자랐지만 그래도 얼마는 있었다. 하나도 없는 것보다는 조금이라도 있는 게 낫고 적어도 크로머를 달래야 한다고 직감이 일러주었다.

양말만 신고 살그머니 어머니 방에 들어가 책상에서 저금통을 들고 나오는데 기분이 좋지 않았다. 하지만 어제 일만큼 나쁘진 않았다. 숨이 막힐 듯 쿵쿵 뛰는 가슴을 안고 아래로 내려왔다. 층계참에서 처음으로 자세히 살펴보니 저금통이 잠겨 있었다. 계속 숨이 막힐 듯 가슴이 쿵쿵 뛰었다. 저금통은 아주 쉽게 열 수 있었다. 양철로 된 얇은 창살만 부수면 되었다. 하지만 부서진 곳을 보니 마음이 아팠다. 비로소 도둑질을 한 것이다. 지금까지는 고작 사탕이나 과일을 몰래 집어먹은 것뿐이었다. 하지만 이제 비록 내 돈이지만 엄연히 도둑질을 한 것이다. 크로머와 그의 세계에 다시 한 걸음 더 가까이 다가갔고 이제 그렇게 착실하게 한 걸음 한 걸음 아래로 내려가고 있다는 느낌이 들었다. 반항했지만 악마가 잡아간다고 해도 다시 돌아갈 길이 없었다. 두려워하며 돈을 세어보았다. 저금통 속에서는 그렇게 소리가 요란하더니 손에 쥐고 보니 형편없이 적은 액수였다. 고작 65페니히였다. 저금통을 아래층 마루에 감춘 다음 돈을 꼭 움켜쥐고 집을 나서는데 평소 대문을 나설 때와 기분이 영 달랐다. 위에서 누가 나를 부르는 듯했다. 나는 황급히 그곳을 떠났다.

아직 시간이 많이 남아 있었다. 나는 달라진 도시의 골목을 지나 처음 보는 구름 아래를 걸어 나를 쳐다보는 집들과 나를 의심하는 사람들 곁을 지나쳐 에움길로 갔다. 가는 도중에 문득 가축 시장에서 1탈러를 주운 같은 학교 다니는 아이 생각이 났다. 하느님이 기적을 일으켜 나도 돈을 줍게 해달라고 기도하고 싶었다. 하지만 이제 나는 기도할 자격도 없었다. 설사 있다고 해도 저금통이 다시 말짱해지진 않으리라.

프란츠 크로머는 멀리서 나를 보고도 무시하듯 천천히 걸어왔다. 가까이 가자 명령하듯 따라오라는 눈짓을 하더니 한 번도 뒤돌아보지 않고 유유히 계속 걸어갔다. 그는 슈트로 거리를 내려가 좁은 나무다리를 건너 마지막 집들 부근 신축 중인 건물 앞에서 걸음을 멈추었다. 일하는 사람은 보이지 않고 문과 창문을 달지 않은 벽만 덜렁 삭막하게 서 있었다. 크로머는 주위를 둘러보더니 안으로 들어갔다. 나도 따라 들어갔다. 그는 벽 뒤로 가서 눈짓으로 가까이 오라고 하더니 손을 내밀었다.

"가져왔지?"

그가 차갑게 물었다.

나는 움켜쥔 손을 호주머니에서 빼 그의 손바닥에 돈을 쏟았다. 마지막 5페니히 동전이 떨어지는 소리가 채 사라지기도 전에 그는 벌써 다 헤아렸다.

"65페니히네."

그는 이렇게 말하고 나를 쳐다보았다. 나는 쭈뼛쭈뼛 말했다.

"응. 내가 가진 것은 이게 다야. 너무 적다는 거 알아. 하지만 이게 다야. 더는 없어."

그는 거의 온화하다 싶은 어조로 나무랐다.

"네가 좀더 똑똑한 줄 알았는데. 신사들 사이에는 원칙이 있어야 하는 거야. 나는 너한테 정당하지 않은 돈을 받을 생각은 없어, 너도 알 거야. 이 동전은 도로 집어넣어! 다른 사람은 돈을 깎으려고 하지 않을걸. 다 줄 거라고. 누군지 너도 알지?"

"하지만 이게 다야, 다라고! 저금한 돈이었어."

"그거야 네 사정이지. 널 불행하게 만들고 싶지는 않아. 이제 빚이 1마르크 35페니히 남았어. 언제 받을 수 있을까?"

"아, 꼭 줄 거야, 크로머! 지금은 모르겠지만 아마 금방 돈이 더 생길 거야. 어쩌면 내일이나 모레 생길 수도 있어. 이 일을 우리 아버지한테 말할 수 없다는 건 너도 알잖아."

"나하고 상관없는 일이야. 널 해치고 싶은 생각은 없어. 나는 내 돈을 12시 전에 받을 수 있어, 알잖아, 그리고 난 가난하다고. 너는 좋은 옷을 입고 점심도 나보다 좋은 걸 먹잖아. 하지만 아무 말도 안 할게. 조금 더 기다리지 뭐. 모레 휘파람을 불게, 오후에 말이야. 그때까지 일을 말끔히 처리해. 내 휘파람 소리 알지?"

그는 휘파람을 불어 보였다. 자주 들었던 소리였다.

내가 말했다.

"응, 알아."

마치 일행이 아닌 듯 그는 혼자 훌쩍 가버렸다. 그것은 우리 사이의 거래였을 뿐, 그 이상 아무것도 아니었다.

지금도 갑자기 크로머의 휘파람 소리가 들리면 소스라치게 놀랄 것 같다. 그 후로 나는 그의 휘파람 소리를 자주 들었다. 계속 그 소리가 들리는 것 같았다. 휘파람 소리는 그 어떤 장소와 놀이, 그 어떤 일과 생각도 헤집고 들어올 수 있었다. 나를 좌지우지한 그 소리는 이제 나의 운명이었다. 색색으로 곱게 물든 따사로운 가을 오후에 나는 좋아하는 우리 집 작은 꽃밭에 나와 이상한 충동에 떠밀려 더 어렸을 때 했던 사내애들 놀이를 다시 해보곤 했다. 나보다 더 어리고 아직 착하고 자유롭고 순진하고 보호받는 소년인 척해본 것이다. 하지만 한창 놀고 있는데 어디선가 크로머의 휘파람 소리가 들리는 것이었다. 나는 늘 예상했으면서도 어김없이 방해를 받고 소스라치게 놀랐다. 그 소리는 놀이의 맥을 끊고 상상을 망쳐놓았다. 그럼 나는 가야 했다. 나를 괴롭히는 녀석을 따라 더럽고 나쁜 곳으로 가서 변명하고 돈을 갚으라는 재촉을 받아야 했다. 이 모든 일은 아마 몇 주간 계속되었을 것이다. 하지만 내게는 몇 년, 아니 영원처럼 느껴졌다. 돈이 생기는 일은 별로 없었다. 리나가 부엌 식탁에 올려놓은 장바구니에서 5페니히나 10페니히 동전을 훔치는 것이 전부였다. 그때마다 크로머한테 야단을 맞고 넘치도록 경멸을 받았다. 나는 그를 속이고 그의 정당한 권리를 빼앗으려는 사람이었다. 그의 돈을 훔쳐 그를 불행에 빠뜨린 사람이었다! 살면서 그렇게 곤경에 빠진 적은 많지 않았으며, 그보다 더 큰 절망과 예속을 느낀 적은 한 번도 없었다.

저금통을 장난감 돈으로 채워 원래 있던 자리에 도로 갖다놓았다. 거기에 대해 묻는 사람은 아무도 없었지만 언제라도 발각될 수 있었다. 어머니가 조용히 다가오면 혹시 저금통에 대해 물으려고 오는 게 아닌가 싶어서 크로머의 거친 휘파람소리보다 오히려 어머니가 더 무서울 때도 많았다.

여러 번 빈손으로 나가자 그 악마는 나를 다른 식으로 괴롭히고 이용하기 시작했다. 나는 그를 위해 일해야 했다. 그의 아버지가 심부름을 시키면 내가 대신 해야 했다. 한 발로 십 분 동안 뜀뛰기를 하거나 지나가는 행인의 웃옷에 종이쪽지를 붙이는 것 같은 어려운 일을 하기도 했다. 나는 무수히 많은 밤 꿈속에서 그런 괴로운 일을 계속했고 악몽으로 흠뻑 땀에 젖었다.

한동안 몸이 아팠다. 자주 토하고 쉽게 오한이 났지만 밤이면 땀에 젖고 고열에 시달렸다. 뭔가 잘못되었다고 느끼고 어머니가 더 관심을 쏟았지만 신뢰로 보답할 수 없었기에 괴롭기만 했다.

한번은 저녁에 이미 침대에 누웠는데 어머니가 초콜릿 한 조각을 가지고 왔다. 하루 종일 착하게 굴면 잠들기 전 종종 상으로 그런 간식을 받았던 더 어린 시절이 생각났다. 어머니가 거기 서서 초콜릿을 내밀었다. 얼마나 마음이 아픈지 나는 고개만 가로저었다. 어머니가 어디가 아픈지 물으며 내 머리를 쓰다듬었다. 나는 격하게 "아니요! 아니요! 아무것도 안 먹을래요!"라고만 했다. 어머니는 침대 옆 탁자에 초콜릿을 놓고 나갔다. 다음 날 어머니가 어젯밤 일에 대해 물으려고 했지만 아무것도 모르는 척했다. 한번은 어머니가 의사를 불렀다. 의사는 나를 진찰하고 아침에 찬물로 씻으라는 처방을 내렸다.

당시 나는 일종의 정신착란 상태였다. 우리 집의 반듯한 평화 속에서 두려워하고 고통 받으며 유령처럼 살았다. 다른 사람들의 생활에 동참하지 못했고, 단 한 시간도 나 자신을 잊어버리는 적이 드물었다. 화가 나서 대체 무슨 일인지 자꾸 말을 붙이려는 아버지한테는 마음을 닫고 차갑게 대했다.

2

―

카인

　나를 고통에서 구한 것은 전혀 예상 못한 의외의 곳에서
나타났다. 그와 함께 새로운 것이 내 삶 속에 들어와 지금까
지도 영향을 미치고 있다.

　얼마 전 우리 라틴어 학교에 새 학생이 들어왔다. 우리 도
시로 이사 온 부유한 미망인의 아들이었는데 검은 상장(喪
章)을 소매에 두르고 있었다. 그는 나보다 학년이 높고 나이
도 몇 살 더 많았지만 곧 내 눈에 띄었다. 모든 사람의 눈길
을 끄는 독특한 그 아이는 보기보다 훨씬 나이 들어 보여서
아무한테도 소년이라는 인상을 주지 않았다. 어린애 같은

우리 소년들 사이에서 그는 어른처럼, 아니 신사처럼 낯설고 성숙하게 보였다. 인기는 없었다. 놀이에 끼지 않았고 싸움질은 더더욱 하지 않았다. 다만 선생님들을 대하는 자신 있고 단호한 어조가 다른 아이들의 호감을 샀을 뿐이다. 그의 이름은 막스 데미안이었다.

우리 학교에서 가끔 있는 일이지만 어느 날 어떤 이유에선지 아주 넓은 우리 교실에서 다른 반이 함께 수업을 하게 되었다. 데미안의 반이었다. 우리 저학년은 성경 이야기를 공부했고 고학년은 작문을 해야 했다. 선생님이 일방적으로 카인과 아벨 이야기를 설명하는 동안 나는 여러 번 데미안 쪽을 힐끔힐끔 쳐다보았다. 그의 얼굴이 이상하게 마음을 사로잡았다. 똑똑하고 밝고 더없이 단호한 얼굴을 숙이고 열심히 작문을 하는 그는 과제를 하는 학생이 아니라 자신의 문제에 몰두한 연구자처럼 보였다. 사실 나는 그에게 호감보다는 오히려 거부감 같은 걸 느꼈다. 너무 위압적이고 냉정하며 태도가 지나치게 도전적으로 자신만만해 보였기 때문이다. 그의 눈에는 아이들이 절대 좋아하지 않는 어른의 표정이 서려 있었다. 경멸이 어린 조금 슬픈 표정 말이다. 하지만 좋고 싫은 것과 상관없이 계속 그를 쳐다볼 수밖에 없었다. 그가 내 쪽을 쳐다보면 흠칫 놀라 눈을 돌렸다.

지금 학생 시절 그의 모습이 어땠는지 생각하면 이렇게 말할 수 있다. 모든 점에서 다른 아이들과 달랐다고. 그는 아주 독특하고 개성이 강해서 눈길을 끌었다. 하지만 남의 눈에 띄지 않으려고 무진 애를 써서 옷차림도 그렇지만 행동도 꼭 농부의 아이들 가운데서 같은 부류로 보이려고 애쓰는 변장한 왕자처럼 행동했다.

학교가 끝나고 집에 오는데 그가 내 뒤에서 걸어왔다. 다른 아이들이 뿔뿔이 흩어지자 나를 따라잡더니 인사를 건넸다. 학생들의 어조를 흉내 낸 인사였지만 어른스럽고 정중했다.

"삼깐 같이 걸을까?"

그가 상냥하게 물었다. 나는 우쭐해져서 고개를 끄덕였다. 우리 집이 어딘지 자세히 설명했더니 그가 싱긋 웃으며 말했다.

"아, 거기? 그 집 알고 있어. 너희 집 대문 위에 특이한 것이 있더라고. 보자마자 마음이 끌렸지."

무슨 이야기인지 바로 알아듣지 못했다. 그가 우리 집을 나보다 더 잘 아는 것이 놀라웠다. 둥그런 아치 모양의 대문 윗부분에 일종의 문장(紋章)인 쐐기돌이 있었는데 그 돌 이야기를 하는 듯했다. 세월이 흐르며 평평해지고 몇 번이나 페인트를 덧칠한 그 돌은 내가 알기로 우리나 우리 가문과 아무 상관이 없었다.

나는 부끄러워하며 말했다.

"그 돌이라면 난 아는 게 없어. 새나 그 비슷한 건데 분명 아주 오래됐을 거야. 우리 집은 예전에 수도원이었다고 하더라고."

그가 고개를 끄덕였다.

"그럴 수 있겠네. 너도 한번 잘 봐! 그런 것 중에는 아주 재미있는 것이 많거든. 내 생각엔 새매인 것 같아."

함께 계속 걷는데 몹시 당황스러웠다. 우스운 일이 생각난 듯 데미안이 갑자기 웃음을 터뜨리더니 활기차게 말했다.

"맞아, 너희 수업을 같이 들었지. 이마에 표가 있는 카인의 이야기였어, 안 그래? 그 이야기가 마음에 드니?"

아니었다. 우리가 배워야 하는 것 가운데 내 마음에 드는 것은 별로 없었다. 하지만 어른과 이야기하는 기분이 들어 사실을 말할 수가 없었다. 그래서 아주 마음에 든다고 했다.

그러자 데미안이 내 어깨를 탁 쳤다.

"야, 내 앞에서 그런 척할 필요 없어. 사실 진짜 이상한 이야기긴 해. 수업에 나오는 대부분의 이야기보다 훨씬 더 이상하지. 선생님은 그 이야긴 별로 하지 않고 하느님이니 죄니 하는 흔한 이야기만 했지. 하지만 내 생각엔⋯⋯."

그는 말을 끊고 싱긋 웃으며 물었다.

"너, 이런 이야기 재미있니?"

그리고 다시 말을 이었다.

"음, 그러니까 나는 카인의 이야기를 전혀 다르게 볼 수도 있다고 생각해. 우리가 배우는 것은 대부분 진실이지만 모든 것을 선생님들하고 다르게 볼 수도 있어. 그럼 훨씬 나은 의미를 갖게 되지. 이를테면 카인이나 그의 이마의 표는 선생님의 설명으로는 진짜 만족할 수 없어. 너도 그렇게 생각하지 않니? 어떤 사람이 싸우다가 자기 형제를 때려죽이는 일은 분명 있을 수 있는 일이야. 그가 나중에 겁을 집어먹고 기가 꺾여 꼬리를 내리는 것도 가능한 일이지. 하지만 비겁함의 대가로 훈장까지 받고 그 훈장이 그를 지켜주고 다른 사람들에게 두려움을 불러일으키는 건 진짜 이상하다니까."

"하긴. 하지만 그 이야기를 어떻게 다르게 설명해야 하는데?"

나는 바짝 흥미가 생겨서 말했다. 이야기에 마음이 끌리기 시작했다.

그가 내 어깨를 두드리며 말했다.

"아주 간단해! 먼저 표가 있었고 그 표와 함께 이야기가 시작된 거야. 한 남자가 있는데 그의 얼굴에는 다른 사람들을 두렵게 만드는 뭔가가 있었어. 사람들은 감히 그를 건드리지 못했지. 위엄이 있었거든. 그와 그의 자손들이 위엄이 있었다고. 아마 엽서나 우표에 찍는 소인처럼 진짜 이마에 찍힌 표는 아니었을 거야. 아니, 확실히 아니야. 삶에서 그렇게 간단하고 명확한 일은 별로 없거든. 오히려 알아보기 힘든 으스스한 어떤 것이었을 거야. 어쩌면 사람들이 흔히 보는 것보다 눈빛에 조금 더 많은 정신과 용기가 서려 있었을지도 몰라. 그 남자는 힘이 있었고 사람들은 그를 두려워했지. 그에겐 '표'가 있었어. 사람들은 그 표를 멋대로 설명할 수 있었어. '사람들은' 언제나 자기한테 편하고 옳은 것만 바라니까. 사람들은 카인의 후예들이 무서웠어. 그들에겐 '표'가 있으니까. 그래서 그 표를 있는 그대로 뛰어남의 표시로 설명하지 않고 반대로 말했지. 이 표를 지닌 자들은 섬뜩한 녀석들이라고. 사실이기도 하지. 용기와 개성이 있는 사람들은 언제나 다른 사람들에게 아주 섬뜩한 존재니까. 두려움을 모르는 무서운 종족이 돌아다니는 게 몹시 불편하니까 복수하고 그동안 견딘 두려움을 조금 보상받으려고 별명을 붙이고 꾸민 이야기를 덧붙인 거야. 이해가 되니?"

"응, 그럼 카인이 전혀 나쁜 사람이 아니야? 성경의 모든 이야기가 원래는 사실이 아니란 말이야?"

"그렇기도 하고 아니기도 해. 그렇게 오래된 이야기들은 언제나 사실이지만 항상 있는 그대로 기록되고 설명되지는 않으니까. 간단히 말해서 나는 카인이 멋진 사람이었다고 생각해. 사람들은 단지 그가 두려웠기 때문에 이 이야기를 덧붙였던 거야. 그 이야기는 그냥 소문일 뿐이었어. 사람들이 떠들고 다니는 그런 거 말이야. 하지만 카인과 그의 후예들이 진짜 일종의 '표'를 지녔고 대부분의 사람들과 달랐던 것은 사실이야."

나는 몹시 놀랐다. 충격을 받고 이렇게 물었다.

"그럼 때려죽인 이야기도 사실이 아니라는 거야?"

"아니야! 그건 분명히 사실이야. 강한 자가 약한 자를 때려죽인 거지. 진짜 자기 동생이었는지는 의심할 수 있지만 그건 중요하지 않아. 결국 모든 사람은 다 형제니까. 그러니까 강한 자가 약한 자를 때려죽인 거야. 어쩌면 영웅적인 행동이었을 수 있지만 아닐 수도 있어. 어쨌든 다른 약한 사람들은 이제 겁에 질려 탄식했지. 누군가가 '왜 너희도 간단하게 그를 때려죽이지 않지?' 하고 물으면 그들은 '우리는 겁쟁이니까요'라고 하지 않았어. 대신 '그럴 수 없어요. 그에겐 표가 있거든요. 하느님이 주신 표예요!'라고 했지. 속임수는 대략 그런 식으로 생겼을 거야. 아, 널 너무 오래 붙잡아두고 있었나보다. 그럼 안녕!"

그는 나를 두고 알트 거리로 꺾어 들어갔다. 그 어느 때보다 얼떨떨한 기분이었다. 혼자 남자 그의 모든 이야기가 터무니없게 느껴졌다. 카인이 고귀한 사람이고 아벨이 겁쟁이라니! 카인의 표가 뛰어남의 표시라니! 어리석고 신성모독이며 파렴치한 이야기였다. 그럼 사랑의 하느님은 어디 있었단 말인가? 하느님은 아벨의 제물을 받지 않았던가? 아벨을 사랑하지 않았던가? 아니, 멍청한 소리였다! 정말 영리하고 말도 잘하는 데미안이 나를 놀리고 골탕 먹이려고 했다는 생각이 들었다. 정말 영리한 녀석이고 말도 잘했다. 하지만, 아니었다…….

아무튼 그때까지 나는 성경 이야기나 다른 이야기를 그렇게 깊이 생각해본 적이 없었다. 프란츠 크로머를 그렇게 까맣게 잊어버린 적도 없었다. 정말 오랜만에 몇 시간, 아니 저녁 내내 프란츠 생각을 하지 않았다. 집에 도착해서 성경에 나오는 카인과 아벨 이야기를 다시 한 번 죽 읽어보았다. 짧고 분명한 이야기였다. 거기서 어떤 특별하고 비밀스런 해석을 찾는 것은 완전히 미친 짓이었다. 그렇다면 사람을 때려죽인 사람은 누구나 자기가 하느님의 사랑을 받는 사람이라고 주장할 수 있으리라! 아니, 허튼 소리였다. 단지 데미안이 이야기하는 방식이 산뜻했을 뿐이다. 그는 모든 것이 당연하다는 듯 가볍고 멋있게 말했다. 더욱이 그런 눈빛으로!

물론 나 자신이 무언가 어긋나 있었다. 아니, 심한 혼란에 빠져 있었다. 지금까지 나는 밝고 깨끗한 세계에서 살고 있었다. 나는 아벨과 같은 부류였지만 이제 '다른' 세계에 깊이 빠지고 떨어지고 가라앉았다. 하지만 근본적으로 어떻게 할 도리가 없었다! 어떻게 된 일일까? 그렇다, 불현듯 어떤 기억이 떠올라 순간 숨이 탁 막혔다. 지금의 비참한 불행이 시작된 불쾌한 저녁에 아버지와 함께 있을 때였다. 비록 한 순간이었지만 나는 아버지와 그의 밝은 세계와 지혜를 갑자기 환히 꿰뚫어본 듯 경멸했었다! 그렇다, 그때 카인이고 표를 지닌 나 자신이 그 표가 치욕이 아니라 뛰어남의 표시라고 상상했었다. 나의 사악함과 불행으로 인해 나는 아버지보다 더 높이 있다고, 선하고 경건한 사람들보다 더 높이 있다고 상상했었다.

물론 이렇게 명확한 생각의 형태로 그 일을 겪었던 것은 아니다. 하지만 모든 것이 그 안에 담겨 있었다. 불타오른 감정과 묘한 마음의 동요였을 뿐이지만 나는 아프면서도 가슴 가득 자부심을 느꼈다.

곰곰 생각해보니 데미안은 두려움 없는 자와 겁쟁이에 대해 얼마나 이상한 이야기를 했던가! 카인의 이마의 표를 얼마나 특이하게 해석했던가! 어른처럼 독특한 그의 눈은 얼마나 묘하게 빛났던가! 어떤 생각이 언뜻 어렴풋이 머리를 스쳤다. 그가, 데미안 자신이 카인과 같은 사람이 아닐까? 비슷하다고 느끼지 않는다면 왜 카인을 옹호하겠는가? 왜 그렇게 눈초리에 힘이 있겠는가? 왜 '다른' 사람들, 두려워하는 사람들에 대해 그렇게 경멸하듯 말하겠는가? 사실 그들은 경건하고 하느님 마음에 드는 사람들인데.

한도 없이 그런 생각이 이어졌다. 누군가 나의 어린 영혼이라는 우물에 돌을 던졌다. 오래, 아주 오랫동안 카인과 살인, 표 이야기는 인식을 얻고 의심과 비판에 이르려는 나의 노력이 시작된 출발점이었다.

다른 아이들도 데미안에게 관심이 많다는 걸 알았다. 아무한테도 카인의 이야기를 한 적이 없지만 그들 역시 데미안에게 흥미를 느끼는 듯했다. 적어도 '새로 온 학생'에 대한 많은 소문이 떠돌았다. 소문을 전부 다 기억한다면 그 하나하나를 해석할 수 있을 것이고 데미안에 대해 뭔가 알 수 있으리라. 하지만 맨 처음 데미안 어머니가 큰 부자라는 소문이 돌았던 것이 기억날 뿐이다. 그녀는 교회에 다닌 적이 없고 아들도 그렇다는 말도 있었다. 아는 척 하는 어떤 아이는 데미안 모자가 유대인이라고 했지만 그들이 비밀스런 이슬람교도라는 말도 있었다. 막스 데미안의 체력에 대한 동화 같은 이야기도 있었다. 반에서 가장 힘센 아이가 데미안에게 싸움을 걸었다가 톡톡히 망신을 당한 것은 확실했다. 그는 데미안이 거절하자 겁쟁이라고 욕했다가 그런 꼴을 당했다고 했다. 그 자리에 있던 아이들은 데미안이 한 손으로 목덜미를 잡아 누른 것뿐인데 그 아이가 얼굴이 하얗게 질려 슬그머니 도망쳐 며칠 동안 팔을 못 썼다고 했다. 심지어 그 아이가 죽었다는 소문이 하루 저녁 동안 돌기도 했다. 한동안 오만가지 소문이 떠돌았고 모두 다 신뢰를 얻었다. 전부 다 자극적이고 놀라운 이야기들이었다. 그 후 한동안 잠잠하더니 얼마 되지 않아 새로운 소문이 우리 학생들 사이에서 돌았다. 데미안이 소녀들과 사귀고 있으며 '모든 것을 다 안다'는 소문이었다.

그 사이에도 프란츠 크로머와의 관계는 불가피한 길을 계속 가고 있었다. 벗어날 수가 없었다. 그가 가끔 며칠씩 그냥 내버려둘 때도 나는 그에게 매여 있었기 때문이다. 꿈에서 그는 그림자처럼 나와 함께 살았다. 그가 현실에서 시키지 않은 일을 나의 환상은 꿈속에서 시키게 만들었다. 꿈속에서 나는 완전히 그의 노예가 되었다. 평소에도 원래 꿈을 많이 꾸었지만 나는 현실보다 그런 꿈속에서 더 많이 살았으며 그 그림자 때문에 활력과 생기를 잃어버렸다. 그 중에서도 크로머가 나를 학대하고 침을 뱉고 무릎으로 깔아뭉개는 꿈을 자주 꾸었다. 더 나쁜 것은 그가 나를 유혹해 더 무거운 죄를 짓게 하는 것이었다. 아니, 유혹했다기보다 막강한 영향력으로 억지로 시켰다고 하는 것이 옳으리라. 가장 무서웠던 것은 내가 아버지를 죽이려는 꿈이었다. 나는 반쯤 미치광이가 되어 그 꿈에서 깨어났다. 크로머가 칼을 갈아 내 손에 쥐여 주었다. 우리는 어느 가로수 길의 나무 뒤에 숨어 누군가를 기다리고 있었다. 누구를 기다리는지는 알 수 없었다. 하지만 누군가 가까이 다가오자 크로머가 내 팔을 누르며 찔러 죽여야 할 사람이 바로 저 사람이라고 했다. 그 사람은 나의 아버지였다. 그 순간 잠이 깬 것이다.

　이런 일들 때문에 나는 카인과 아벨 생각은 했어도 데미안 생각은 별로 하지 않았다. 데미안이 다시 다가온 것도 이상하게 꿈속에서였다. 나는 학대와 폭력을 당하는 꿈을 다시 꾸었다. 하지만 이번에는 무릎으로 깔아뭉개는 사람이 크로머가 아니라 데미안이었다. 아주 새롭고 인상적인 사실은 내가 크로머에게 괴로워하고 저항을 느끼며 당했던 모든 일을 데미안한테는 기꺼이 당하며 환희와 두려움이 뒤섞인 감정을 느꼈다는 것이다. 그런 꿈을 두 번 꾸고 나자 크로머가 다시 그 자리를 차지했다.

이미 오래 전부터 나는 꿈속에서 겪은 일과 현실에서 겪은 일을 명확하게 구분할 수 없다. 아무튼 크로머와의 좋지 않은 관계는 여전히 계속되었다. 그 관계는 내가 순전히 작은 도둑질을 해서 마침내 빚을 다 갚은 다음에도 끝나지 않았다. 그랬다, 그는 내가 도둑질한 사실을 알고 있었다. 늘 돈이 어디서 났는지 물었기 때문이다. 나는 전보다 더 단단히 그의 손아귀에 잡혔다. 이제 그는 아버지한테 다 이야기하겠다고 자꾸 협박했다. 그럴 때면 두려움보다는 오히려 처음부터 아버지한테 다 털어놓지 않은 것에 대한 후회가 더 컸다. 하지만 아무리 비참해도 모든 걸 다 후회하지는 않았으며, 적어도 항상 후회하지는 않았다. 가끔 모든 것이 그럴 수밖에 없다는 느낌이 들었다. 불운이 내 머리 위에 드리워 있었고 극복하려고 발버둥 쳐도 소용이 없었다.

이런 상황에서 아마 부모님도 많이 힘들었을 것이다. 이제 낯선 정령이 덮친 나는 그렇게 친밀했던 가족과 어울리지 못했다. 잃어버린 낙원을 그리워하듯 종종 가슴 저리게 옛날이 그리웠다. 나는 악당이라기보다는 오히려 환자 대우를 받았다. 특히 어머니가 나를 그렇게 대했다. 하지만 진짜 사정이 어떤지는 두 누이의 태도를 보면 가장 잘 알 수 있었다. 조심스러운 그들의 태도는 나를 한없이 비참하게 만들었다. 그 태도를 보면 나는 일종의 악한 영에 씌운 사람이었다. 따라서 야단치기보다는 슬퍼해야 마땅하지만 어쨌든 내 안에 악이 둥지를 튼 것은 사실이었다. 식구들이 평소와 달리 나를 위해 기도하는 걸 알았지만 그 기도가 부질없다고 느꼈다. 종종 마음의 짐을 내려놓고 솔직히 털어놓고 싶은 타는 듯한 욕망을 느꼈지만 아버지한테도 어머니한테도 모든 일을 제대로 말하고 설명할 수 없을 듯한 느낌이 미리부터 들었다. 부모님은 이 일을 따뜻하게 받아들이고 나를 아끼고 불쌍하게 여기기까지 하겠지만 전부 다 이해하지는 못할 것 같았다. 이 모든 것이 운명인데도 일종의 탈선이라고 생각할 것 같았다.

많은 이들이 아직 열한 살도 안 된 아이가 그런 감정을 느낄 수 있다고 믿지 않으리란 걸 알고 있다. 나는 그런 사람들에게 내 이야기를 하는 것이 아니다. 인간을 더 잘 아는 사람들에게 이 이야기를 하는 것이다. 자신의 감정의 일부를 생각으로 바꾸는 법을 배운 어른들은 아이한테는 그런 생각이 없으니까 체험도 없을 거라고 믿는다. 하지만 살면서 그때처럼 깊이 체험하고 고통 받은 적도 드물었다.

비오는 어느 날 나를 괴롭히는 녀석이 부르크 광장으로 나오라고 했다. 나는 광장에서 크로머를 기다리며 시커먼 나무에서 계속 떨어지는 젖은 밤나무 잎을 발로 헤집었다. 나무에서는 빗물이 뚝뚝 떨어지고 있었다. 돈은 없었지만 적어도 뭐라도 줘야 했기에 케이크 두 조각을 가지고 왔다. 그렇게 외진 구석에 서서 그를 기다리는 것에 이미 오래 전부터 익숙해져 있었다. 아주 한참 기다려야 할 때도 많았지만 어쩔 수 없는 일을 받아들이듯이 그냥 받아들였다.

이윽고 크로머가 나타났다. 그 날 그는 오래 머물지 않았다. 내 갈비뼈를 주먹으로 툭툭 몇 번 치고는 웃으며 케이크를 받았다. 축축한 담배를 권하기까지 했다. 물론 받지 않았지만 그는 평소보다 다정하게 굴었다.

그가 자리를 뜨면서 말했다.

"아, 잊어버리기 전에 말하는데, 다음엔 누이를 데려와도 괜찮아. 누나 말이야. 누나 이름이 뭐지?"

나는 무슨 말인지 몰라 대답을 하지 않았다. 그냥 놀라서 쳐다보기만 했다.

"못 알아들어? 누나를 데려오라고."

"알아들었어, 크로머. 하지만 안 돼. 그럴 수 없어. 누나도 분명 따라오지 않을 거야."

나는 또 공연히 트집을 잡고 구실을 만든다고 생각했다. 그럴 때가 많았다. 뭔가 불가능한 것을 요구해 공포와 굴욕감을 느끼게 한 다음 서서히 흥정을 하는 것이었다. 그럼 나는 약간의 돈이나 다른 물건을 주고 풀려나야 했다.

하지만 이번에는 사뭇 달랐다. 내가 거절했는데도 별로 화를 내지 않았다.

그가 아무렇지도 않게 말했다.

"그래, 뭐. 잘 생각해봐. 난 네 누나와 알고 지내고 싶어. 언젠간 그렇게 되겠지. 그냥 산책할 때 누나하고 같이 나와. 그럼 내가 낄 테니까. 내일 휘파람으로 신호할게. 그때 다시 얘기하자."

그가 가자 문득 그의 욕망의 의미를 어렴풋이 짐작할 수 있었다. 아직 어린아이였지만 나는 소년과 소녀가 조금 더 나이가 들면 비밀스럽고 상스럽고 금지된 어떤 일을 함께 할 수 있음을 소문을 통해 알고 있었다. 그러니까 이제 바로 그런 일이 생기려는 것이다……. 퍼뜩 그게 얼마나 엄청난 일인지 똑똑히 깨달았다! 당장 절대 안 하겠다고 단단히 결심했다. 하지만 그럼 어떤 일이 벌어지고 크로머가 어떤 식으로 복수할지 생각할 엄두조차 나지 않았다. 새로운 고문이 시작되었다. 아직도 고통이 충분하지 않은 것이다.

두 손을 호주머니에 넣고 나는 절망해서 텅 빈 광장을 걸어갔다. 새로운 고통, 새로운 노예생활이었다!

그때 생기 있는 나직한 목소리가 나를 불렀다. 나는 소스라치게 놀라 달리기 시작했다. 누군가 쫓아와 뒤에서 한 손으로 나를 부드럽게 잡았다. 막스 데미안이었다.

나는 순순히 잡혔다. 그리고 겁먹은 목소리로 말했다.

"너였어? 깜짝 놀랐잖아!"

그가 나를 찬찬히 바라보았다. 그때처럼 그의 눈초리가 어른 같고 우월하고 모든 것을 꿰뚫어보는 듯했던 적도 없었다. 우리는 오랜만에 함께 이야기를 나누었다.

그는 정중하면서도 단호한 태도로 말했다.

"미안해. 하지만 들어봐, 그렇게 놀라면 안 되는 거야."

"그래, 그렇지만 그럴 수도 있지 뭐."

"그래, 그럴 수도 있지. 하지만 이것 봐, 아무 짓도 안 한 사람 앞에서 그렇게 소스라치게 놀라면 그 사람은 깊이 생각하기 시작하지. 이상하게 여기고 호기심을 느끼는 거야. 네가 이상하게 잘 놀란다고 생각하고 계속 생각하지. 두려우면 그러는데, 하고. 겁쟁이들은 늘 두려워하니까. 하지만 내 생각엔 넌 원래 겁쟁이가 아니야. 안 그래? 아, 물론 영웅도 아니지. 지금 넌 무서운 게 있는 거야. 무서운 사람도 있고. 하지만 그런 게 있으면 안 되는 거야. 절대 사람을 무서워하면 안 돼. 너, 내가 무섭지 않지? 혹시 무섭니?"

"아니야, 하나도 안 무서워."

"그것 봐. 하지만 무서운 사람이 있지?"

"모르겠어……. 날 좀 내버려둬. 나한테 뭘 바라는 거야?"

도망치고 싶어서 더 빨리 걸었지만 그도 따라서 빨리 걸었다. 옆에서 나를 바라보는 그의 눈길이 느껴졌다.

그가 다시 말을 이었다.

"내가 네게 호감을 느끼고 있다고 가정해봐. 아무튼 날 두려워할 필요는 없어. 실험 하나를 같이 하고 싶은데. 재미도 있고 아마 아주 쓸모 있는 걸 배울 수 있을 거야. 정신 바짝 차리고 들어! 이따금 나는 사람들이 독심술이라고 부르는 기술을 시험해보곤 하거든. 나쁜 마법은 아니야. 하지만 어떻게 하는지 원리를 모르면 아주 이상하게 보이지. 사람들을 깜짝 놀라게 만들 수도 있고. 자, 한번 해보자. 나는 널 좋아하거나 너한테 관심이 있어서 네 마음이 어떤지 알고 싶어. 벌써 첫발을 내디뎠어. 널 깜짝 놀라게 만들었으니까. 그러니까 너는 깜짝깜짝 잘 놀라지. 두려운 일이나 사람이 있다는 뜻이지. 왜 두려운 걸까? 사람은 그 누구도 두려워할 필요가 없는데. 만약 누가 무섭다면 그 사람한테 자신을 휘두를 힘을 허락했기 때문에 그런 거야. 예를 들면 나쁜 짓을 했는데 상대방이 그걸 아는 거야. 그럼 그는 널 마음대로 휘두를 힘을 갖게 되는 거지. 알겠어? 분명하지, 안 그래?"

나는 어찌할 바를 모르고 그의 얼굴을 쳐다보았다. 그의 얼굴은 언제나 그렇듯이 진지하고 영리하고 선량했지만 다정한 기색이 없고 엄격했다. 얼굴에 정의나 그 비슷한 것이 서려 있었다. 나한테 무슨 일이 벌어졌는지 알 수가 없었다. 앞에 서 있는 그가 마법사처럼 느껴졌다.

"알아들었어?"

그가 다시 물었다. 나는 고개를 끄덕였다. 아무 말도 할 수 없었다.

"말했잖아, 독심술은 우스워 보이지만 아주 자연스럽게 이루어지는 거야. 이를테면 나는 언젠가 카인과 아벨 이야기를 했을 때 네가 날 어떻게 생각했는지 꽤 정확하게 말할 수 있어. 물론 이 자리에 어울리는 이야기는 아니지. 또 나는 네가 내 꿈을 한 번은 꾸었을 수 있다고 생각해. 하지만 그 얘기는 그만 두자! 대부분의 아이들은 멍청하지만 넌 영리한 애야! 믿을 만한 영리한 소년과 가끔 이야기를 나누고 싶은데, 괜찮지?"

"물론이지. 다만 난 전혀 모르겠는데……."

"재미있는 실험을 계속하자! 그러니까 우리는 이런 사실을 알아냈어. 소년 S는 깜짝깜짝 잘 놀란다. 그는 누군가를 무서워한다. 아마 아주 불쾌한 비밀을 그 누군가와 나누고 있을 것이다. 대강 맞지?"

나는 꿈속에서처럼 그의 목소리와 그의 영향력에 굴복했다. 나는 그냥 고개만 끄덕였다. 나 자신한테서만 나올 수 있는 목소리가 말한 건 아닐까? 그 목소리는 모든 걸 다 알고 있지 않을까? 모든 것을 나 자신보다 더 분명히 더 잘 알지 않을까?

데미안이 내 어깨를 세게 탁 쳤다.

"맞구나. 그럴 줄 알았어. 이제 딱 하나만 더 물어볼게. 아까 저쪽으로 간 남자애 이름이 뭔지 아니?"

나는 기절할 만큼 놀랐다. 슬쩍 건드린 나의 비밀이 내 안에서 아프게 움츠러들어 밖으로 나오려 하지 않았다.

"어떤 아이? 아무도 없었는데. 나 혼자였어."

그가 웃음을 터뜨렸다.

"말해봐! 그 애 이름이 뭐야?"

"프란츠 크로머 말이야?"

내가 속삭이자 그가 만족한 듯 고개를 끄덕여 보였다.

"좋았어! 역시 넌 이해가 빠른 녀석이라니까. 우린 친구가 될 거야. 그런데 꼭 해줘야 할 말이 있어. 크로머라는 아이 말이야. 이름이 뭐든 나쁜 녀석이야. 얼굴에 악당이라고 써 있다고! 넌 어떻게 생각하니?"

나는 한숨을 쉬었다.

"맞아, 나쁜 애야, 악마야! 하지만 그 애가 알면 안 돼! 맙소사, 아무것도 몰라야 한다고! 너, 그 애 알아? 그 애가 널 아니?"

"진정해! 그 애는 벌써 갔고, 날 몰라……. 아직 모른다고. 걔, 초등학교 다니지?"

"응."

"몇 학년인데?"

"5학년. ……하지만 걔한테 아무 말도 하지 마! 부탁이야, 제발 부탁인데 걔한테 아무 말도 하지 마!"

"진정해. 아무 일도 없을 테니까. 그런데 크로머 이야기를 조금 더 해줄 생각은 아마 없겠지?"

"할 수 없어! 없다고, 날 좀 내버려둬!"

그는 잠시 아무 말도 하지 않았다. 이윽고 그가 입을 열었다.

"유감이다, 우린 실험을 계속할 수 있었는데. 하지만 널 괴롭히고 싶지는 않아. 그런데 그 애를 무서워하는 게 옳지 않다는 건 너도 알지. 안 그래? 그런 두려움은 우리를 완전히 망가뜨리는 거야. 두려움을 떨쳐버려야 해. 제대로 된 사람이 되려면 떨쳐버려야 한다고. 알겠니?"

"그럼, 네 말이 옳아……. 하지만 그게 안 돼. 넌 몰라…….'

"봤잖아, 네가 생각한 것보다 난 더 많이 알고 있어. 혹시 걔한테 빚이 있니?"

"응, 그렇기도 해. 하지만 그건 중요한 게 아니야. 난 말할 수 없어, 못 한다고!"

"그러니까 걔한테 진 빚을 내가 갚아줘도 소용없단 말이지? 내가 그 돈을 너한테 줄 수 있는데."

"아니, 아니야, 그런 게 아니야. 부탁인데 아무한테도 말하지 마! 한 마디도! 넌 날 불행하게 만들고 있어!"

"날 믿어, 싱클레어. 넌 나중에 너희들 비밀을 나한테 말하게 될 거야……."

나는 격하게 소리쳤다.

"절대, 절대 없을 거야!"

"너 하고 싶은 대로 해. 다만 혹시 네가 나중에 더 말해줄 수도 있다고 생각하는 것뿐이야. 물론 자발적으로 말이지! 설마 내가 크로머처럼 굴 거라고 생각하는 건 아니지?"

"아, 아니야. 하지만 넌 아무것도 몰라!"

"하나도 모르지. 그냥 그 일을 깊이 생각할 뿐이야. 나는 절대 크로머처럼 안 할 거야. 믿어도 돼. 넌 나한테 빚진 것도 없잖아."

우리는 한참 아무 말도 하지 않았다. 나는 차차 마음이 가라앉았다. 하지만 데미안이 그 일을 아는 것이 점점 더 수수께끼처럼 여겨졌다.

빗속에서 그가 외투를 더 단단히 여미며 말했다.

"이제 그만 집에 가야겠다. 말이 나왔으니까 하나만 더 말할게. 그 녀석을 떨쳐버려야 해! 다른 길이 없으면 녀석을 때려죽여! 그러면 난 감동할 거야. 내 마음에 들 거라고. 나도 같이 도와줄게."

나는 다시 와락 두려워졌다. 불현듯 카인의 이야기가 다시 떠올랐다. 나는 으스스해져서 훌쩍훌쩍 울기 시작했다. 주변에 섬뜩한 일들이 너무 많았다.

막스 데미안이 싱긋 웃었다.

"좋아. 그만 집에 가! 우리는 잘 해낼 거야. 때려죽이는 게 가장 간단하지만 말이야. 그런 일은 항상 가장 간단한 것이 가장 좋은 법이거든. 너, 크로머라는 친구와 어울려서 좋을 게 없어."

집에 왔는데 1년 동안 멀리 떠나 있었던 듯한 느낌이 들었다. 모든 것이 다르게 보였다. 나와 크로머 사이에 미래나 희망 같은 것이 생겼다. 이제 나는 더 이상 혼자가 아니었다! 그제야 몇 주 동안 얼마나 철저하게 나의 비밀을 혼자 끌어안고 있었는지 깨달았다. 문득 부모님한테 고백하면 마음은 가벼워질 수 있어도 완전한 구원은 받지 못하리라는 생각이 들었다. 그동안 몇 번이나 생각하고 또 생각했던 일이었다. 이제 고백을 한 셈이었다. 다른 사람한테, 낯선 사람한테 말이다. 구원의 예감이 강렬한 향기처럼 풍겨왔다!

두려움을 완전히 극복하진 못했지만 나는 적과의 길고도 무서운 대결을 단단히 각오했다. 그랬기에 모든 일이 그렇게 조용히, 그렇게 완전히 은밀하고 차분하게 이루어진 것이 더욱 수수께끼처럼 느껴졌다.

우리 집 앞에서 크로머의 휘파람 소리가 사라졌다. 하루, 이틀, 사흘, 일주일 동안이나 들리지 않았다. 믿을 수 없었다. 전혀 예상하지 않은 순간 그가 불쑥 다시 나타나는 것은 아닐까 내심 기다리기까지 했다. 하지만 나타나지 않았다! 새로운 자유가 의심스러워 믿을 수 없었다. 어느 날 프란츠 크로머와 맞닥뜨릴 때까지 그랬다. 그는 맞은편에서 자일러 거리를 걸어 내려오고 있었다. 나를 보자 흠칫하더니 얼굴을 찡그리고 마주치지 않으려고 몸을 돌려 가버렸다.

정말 놀라운 순간이었다! 적이 내 앞에서 도망치다니! 악마가 나를 두려워하다니! 나는 온 몸을 스치는 기쁨과 놀라움의 전율을 느꼈다.

그즈음 데미안이 다시 내 앞에 나타났다. 학교 앞에서 나를 기다리고 있었다.

내가 말했다.

"안녕."

"안녕, 싱클레어. 네가 어떻게 지내는지 궁금해서 왔어. 크로머가 이제 널 괴롭히지 않지, 안 그래?"

"네가 한 거야? 하지만 대체 어떻게? 응, 어떻게 했어? 이유를 모르겠어. 전혀 나타나지 않아."

"잘 됐네. 만약 다시 나타나면—그러지 않을 거라고 생각하지만, 혹시 모르지. 워낙 뻔뻔한 녀석이니까—그럼 이 말만 해. 데미안을 생각하라고."

"그게 서로 무슨 상관인데? 싸운 거야? 두들겨 패줬어?"

"아니, 나는 그런 짓은 좋아하지 않아. 너하고 했던 것처럼 그냥 이야기만 했어. 녀석에게 널 가만히 내버려두는 게 자신한테도 좋을 거라는 걸 깨우쳐줬지."

"설마 돈을 주지는 않았겠지?"

"그럼. 그건 네가 벌써 해본 거잖아."

더 물어보려고 했지만 그가 가버려서 혼자 남았다. 예전처럼 그에게 가슴을 짓누르는 묘한 감정을 느꼈다. 고마움과 경외심, 감탄과 두려움, 호감과 반발심이 묘하게 뒤섞인 감정이었다. 바로 다시 만나 모든 일을 더 이야기하고 카인의 이야기도 하리라. 그렇게 마음먹었다.

하지만 그러지 못했다.

나는 감사의 미덕을 믿지 않으며 그것을 어린아이한테 요구하는 것은 잘못이라고 생각한다. 그래서 내가 막스 데미안에게 보인 완벽한 배은망덕이 그다지 놀랍지 않다. 만약 데미안이 크로머의 손아귀에서 구해주지 않았다면 나는 평생 병들고 타락한 삶을 살았으리란 걸 똑똑히 안다. 당시 이미 그 해방이 나의 어린 인생의 가장 큰 체험이라고 느꼈다. 하지만 정작 해방시켜준 은인은 기적을 행하자마자 무시해버렸다.

이미 말했듯이 배은망덕은 이상하지 않다. 다만 호기심을 보이지 않은 것이 이상할 뿐이다. 데미안 덕분에 접한 비밀에 더 가까이 가지 않고 어떻게 단 하루를 조용히 살 수 있었을까? 어떻게 카인과 크로머, 독심술 이야기를 더 듣고 싶은 열망을 억눌렀을까?

정말 이해하기 힘든 일이지만 사실이 그렇다. 나는 갑자기 악마의 그물에서 풀려났고 세상이 다시 밝고 즐겁게 내 앞에서 빛나고 있었다. 이제 발작처럼 엄습하는 두려움과 목을 조르는 가슴의 두근거림이 씻은 듯 사라졌다. 마법의 힘은 끊어졌고 나는 이제 고문당하는 저주받은 자가 아니라 다시 평범한 학생이 되었다. 나의 본성은 될 수 있는 한 빨리 균형과 안정을 다시 찾으려고 노력했다. 무엇보다 수많은 추악하고 위협적인 일을 떨쳐버리고 잊으려고 애썼다. 나의 죄와 불안의 긴 이야기는 놀랄 만큼 빠르게 기억에서 사라졌다. 겉으로 보면 어떤 상처와 흔적도 남지 않은 듯 보였다.

도움의 손길을 내밀고 구원한 사람까지 빨리 잊으려고 한 것은 지금도 이해가 된다. 상처 입은 영혼의 충동과 힘을 모두 쏟아 나는 저주받은 고난의 땅, 크로머 곁에서 했던 무서운 노예생활에서 힘껏 도망쳐 행복하고 만족했던 곳으로 돌아왔다. 다시 문이 활짝 열린 잃어버린 낙원으로, 누이들이 속한 아버지와 어머니의 밝은 세계로, 순수의 냄새로, 하느님 마음에 흡족한 아벨의 세계로 돌아왔다.

데미안과 잠깐 이야기했던 날 나는 자유를 되찾았음을 마침내 확신하고 다시 끔찍한 생활로 떨어질까 두려워하지 않게 되었다. 그 날 나는 그동안 그렇게 간절히 바라던 일을 했다. 고백을 한 것이다. 어머니한테 가서 자물쇠가 망가지고 돈 대신 가짜 동전을 채운 저금통을 보여주고 나 자신의 죄로 인해 얼마나 오랫동안 사악한 악당의 손아귀에 잡혀 고통당했는지 털어놓았다. 어머니는 전부 다 이해하진 못했지만 저금통과 달라진 나의 눈초리를 보고 달라진 나의 목소리를 듣고 내가 이제 다 나았으며 그녀의 품으로 다시 돌아왔음을 느꼈다.

나는 가슴 벅찬 감동을 느끼며 다시 돌아온 것, 탕자의 귀향을 축하하는 잔치를 치렀다. 어머니는 나를 아버지한테 데리고 갔다. 똑같은 이야기가 되풀이되고 질문과 놀란 외침이 쏟아졌다. 부모님은 내 머리를 쓰다듬고 오랫동안 가슴을 짓누른 우울한 기분을 떨치고 안도의 한숨을 내쉬었다. 모든 것이 멋지고, 모든 것이 동화처럼, 모든 것이 놀랄 만큼 조화롭게 해결되었다.

나는 진정한 열정을 느끼며 그 조화 속으로 도망쳤다. 평화와 부모님의 신뢰를 되찾은 것을 싫증내지 않고 맛보고 또 맛보았다. 집에서는 나무랄 데 없는 모범적인 소년이 되어 예전보다 누이들과 많이 놀았고, 기도시간에는 구원받고 회심한 사람의 심정으로 좋아하는 옛 찬송가를 함께 불렀다. 전부 다 진심이었으며 거짓은 조금도 없었다.

하지만 무언가 잘못되어 있었다! 바로 여기에 내가 데미안을 그렇게 쉽게 잊은 진정한 이유가 있다. 나는 고백을 그에게 했어야 했다! 그랬다면 화려한 장식과 감동은 덜하지만 더 유익한 고백이 되었으리라. 이제 나는 뿌리를 모두 뻗어 예전의 낙원 세계에 단단히 매달렸다. 다시 집으로 돌아왔고 너그럽게 다시 받아들여졌다. 그러나 데미안은 그 세계에 속하지도 어울리지도 않는 사람이었다. 크로머와는 다르지만 데미안 역시 유혹하는 자였으며, 내가 영원히 아무것도 더 알고 싶지 않았던 두 번째 세계, 악하고 나쁜 그 세계에 나를 연결시키는 자였다. 이제 막 다시 아벨이 되었는데 아벨을 넘겨주고 카인을 찬양하는 것을 도울 순 없었다. 그러고 싶지도 않았다.

표면적인 이유는 그랬다. 하지만 속에 감춰진 이유는 이러했다. 나는 크로머라는 악마의 손아귀에서 벗어났지만 자신의 힘과 공로로 벗어난 것이 아니었다. 세상의 오솔길을 걸으려 했지만 길이 너무 미끄러웠다. 친절한 손이 구원해주자 나는 곁눈 한 번 팔지 않고 어머니의 품으로, 보살핌받고 경건했던 안전한 어린 시절로 다시 뛰어 돌아갔다. 나는 실제보다 더 어리고 의존적이고 어린아이같이 굴었다. 크로머에 대한 의존을 새로운 것으로 바꿔야 했다. 혼자 걸을 능력이 없었기 때문이다. 그래서 그것이 유일한 세계가 아님을 알면서도 맹목적으로 아버지와 어머니에 대한 의존, 예전의 사랑하는 '밝은 세계'에 대한 의존을 선택한 것이다. 그런 선택을 하지 않았더라면 데미안에게 의지하고 그에게 자신을 맡겨야 했을 것이다. 그때는 그의 낯선 생각이 의심스러워서 그런 줄 알았다. 나는 당연히 의심할 만하다고 생각했다. 하지만 사실은 두려움 때문이었다. 데미안은 부모님보다 훨씬 더 많은 걸 요구했을 테니까. 자극과 경고, 조롱과 풍자로 나를 더 자율적으로 만들려고 했을 테니까. 아, 이제 나는 알고 있다. 사람이 이 세상에서 자기 자신에게로 이르는 길을 가는 것보다 싫어하는 일도 없다는 것을!

그런데도 반년쯤 지났을 때 아버지와 함께 산책을 하다가 유혹을 못 이기고 카인을 아벨보다 좋게 보는 사람들이 있는데 어떻게 생각하느냐고 물었다.

아버지는 깜짝 놀라서 별로 새로울 것도 없는 관점이라

고 설명해주었다. 이미 초기 기독교 시대에 등장한 관점으로, 그렇게 가르친 기독교 종파들이 있었다는 것이다. 그런 종파 중 하나가 '카인 파'로 불리었다고 했다. 하지만 당연히 그런 정신 나간 가르침은 우리의 믿음을 파괴하려는 악마의 시도에 불과하다고 했다. 카인이 옳고 아벨이 그르다고 믿으면 하느님이 틀렸다는 결론이 나오기 때문이다. 따라서 성경의 하느님이 정의롭고 유일한 분이 아니라 거짓된 분이 되고 만다는 것이다. 실제로 카인 파는 그 비슷한 이야기를 가르치고 또 설교했지만 그런 이단은 오래 전에 역사에서 사라졌다고 했다. 아버지는 나의 학교 친구가 그런 것을 아는 것을 놀랍게 여겼을 뿐이다. 그리고 그런 생각은 하지 말라고 엄하게 타일렀다.

3

—

예수와 함께
십자가에 못 박힌 강도

나의 어린 시절과 어머니와 아버지 곁에서 누렸던 평온한 생활, 어린아이의 사랑과 온화하고 정겹고 밝은 환경에서 만족하며 즐겁게 놀면서 보낸 시절에 대해서라면 아름답고 다정하고 사랑스러운 이야기를 할 수 있으리라. 하지만 나는 오직 나 자신에게 이르기 위해 내가 디뎠던 삶의 발걸음에 관심이 있을 뿐이다. 잠시 쉬었던 아름다운 지점과 행복의 섬, 그리고 낙원의 매력을 모르지 않았지만 모두 먼 빛 속에 두고 싶을 뿐, 다시 돌아가고 싶은 마음은 없다.

그러므로 어린 시절 이야기를 계속하면서 새로운 일과

나를 앞으로 몰아가거나 혹은 멀리 떼어놓은 일들만을 이야기하겠다.

그런 계기는 항상 '다른 세계'에서 왔으며 두려움과 강요와 양심의 가책을 동반했다. 그것은 언제나 혁명적이었고 내가 계속 머물고 싶던 평화를 위협했다.

허용된 밝은 세계에서는 슬그머니 숨을 수밖에 없는 원초적 충동이 내 안에 존재함을 다시 확인하는 시기가 되었다. 모든 사람이 그렇듯이 서서히 눈뜬 성(性)이 적과 파괴자, 금기와 유혹과 죄악으로 찾아온 것이다. 호기심으로 찾아다니고 꿈과 쾌락과 두려움을 주었던 사춘기의 커다란 비밀은 보살핌 받았던 평화로운 유년의 행복과 도무지 어울리지 않았다. 나는 다른 아이들처럼 행동했다. 이미 어린아이가 아닌데 아이인 척 이중생활을 한 것이다. 나의 의식은 친숙하고 허용된 세계에서 살면서 어렴풋이 떠오르는 새로운 세계를 부정했다. 하지만 그것과 나란히 나는 잠재적인 어두운 꿈과 충동과 소망 속에서도 살았는데 의식적인 삶이 그 위에 놓은 다리는 시간이 갈수록 불안하게 흔들렸다. 내 안의 유년 세계가 무너졌기 때문이다. 대다수의 부모가 그렇듯 부모님도 내 안에서 눈뜬 언급하지 않은 삶의 충동을 해결하는 데 아무 도움이 되지 못했다. 다만 현실을 부정하고 점점 더 비현실적이고 위선적이 되어가는 유년 세계에 계속 머무르려고 가망 없이 애쓰는 나를 한없이 자상하게 도와주었을 뿐이다. 이런 문제에 부모가 많은 일을 할 수 있는지 알 수 없기에 부모님을 비난하고 싶지는 않다. 자신의 일을 매듭짓고 자신의 길을 찾는 것은 온전히 나의 몫이었다. 하지만 곱게 자라고 행실 바른 아이들이 대부분 그렇듯 나는 그 일을 잘 하지 못했다.

사람은 누구나 이런 어려움을 겪는다. 보통 사람들에게 이 시기는 자신의 삶의 요구와 주위 세상이 가장 심하게 갈등을 빚고, 앞으로 나아가는 길을 가장 힘들게 쟁취해야 하는 지점이다. 어린 시절이 물러져 서서히 무너지고 친숙했던 모든 것이 떠나려 하는 그때 우리는 불현듯 자신을 둘러싼 고독과 우주의 치명적인 냉기를 느낀다. 그리고 많은 이들은 일생에 단 한 번 우리의 운명인 죽음과 새로운 탄생을 경험한다. 아주 많은 이들이 언제까지나 이 절벽에 매달려 돌이킬 수 없는 과거와 모든 꿈 중 가장 나쁘고 치명적인 잃어버린 낙원의 꿈에 평생 고통스럽게 집착하고 있다.

다시 내 이야기로 돌아가자. 유년기의 종말을 알리는 느낌과 몽상들은 여기서 이야기할 만큼 중요하지 않다. 중요한 것은 '어두운 세계'와 '다른 세계'가 다시 나타났다는 사실이다. 예전에 프란츠 크로머였던 그것이 이제 내 안에 숨어 있었다. 그래서 바깥의 '다른 세계'도 다시 나를 마음대로 휘두를 힘을 갖게 되었다.

크로머 사건 이후 여러 해가 지났다. 나의 삶에서 극적이고 죄악으로 가득 찬 그 시절은 아득한 옛날 일이 되었고 마치 짧은 악몽처럼 흔적도 없이 사라졌다. 오래 전에 프란츠 크로머는 내 삶에서 자취를 감추었다. 어쩌다 마주쳐도 신경도 쓰이지 않았다. 하지만 나의 비극의 또 다른 중요한 인물 막스 데미안은 아직 주변에서 완전히 사라지지 않았다. 그는 오랫동안 멀리 언저리에 머물면서 눈에 띄기는 해도 어떤 영향을 끼치진 않았다. 그가 다시 서서히 다가와 힘과 영향력을 떨쳤다.

그 시절 내가 데미안에 대해 무엇을 알고 있었는지 생각해본다. 1년 남짓 그와 한 번도 이야기를 하지 않았을 것이다. 나는 그를 피했고 그 역시 무리하게 다가오지 않았다. 언젠가 한 번 우연히 마주쳤을 때 그는 고개를 끄덕여 보였다. 이따금 그의 다정함에서 희미한 경멸 혹은 빈정대는 비난의 기색을 느꼈지만 어쩌면 상상이었을 수도 있다. 나도 그렇지만 함께 겪은 사건과 당시 자신이 끼친 묘한 영향을 데미안도 까맣게 잊은 듯했다.

그의 모습을 떠올려본다. 그는 거기 있었고 나는 그의 존재를 알고 있었다. 그가 혼자 혹은 더 큰 상급생들 사이에 섞여 학교에 가는 모습이 보인다. 마치 별처럼 자신만의 독특한 분위기에 둘러싸여 자신만의 법칙을 따르면서 그들 사이에서 낯설고 외롭게 조용히 걷고 있다. 그를 좋아하는 사람은 아무도 없었고, 가깝게 지내는 사람도 없었다. 가까운 사람은 어머니밖에 없었지만 어머니하고도 아이가 아니라 어른으로서 함께 지내는 듯 보였다. 선생님들은 가능한 그를 가만히 두었다. 그는 좋은 학생이었지만 어느 누구의 마음에 들려고 애쓰지 않았다. 이따금 그가 어떤 선생님한테 무례한 도전이나 빈정거림으로 봐도 무방한 말이나 논평, 말대꾸를 했다는 소문이 들렸다.

눈을 감고 생각하면 그의 모습이 떠오른다. 어디였을까? 그렇다, 역시 거기였다. 우리 집 앞 골목길이었다. 어느 날 그가 노트를 손에 들고 거기 서서 그림을 그리는 것을 보았다. 우리 집 대문 위쪽의 새가 있는 옛 문장을 그리는 것이었다. 창가 커튼 뒤에 숨어서 지켜보는데 문장을 올려다보는 민감하고 서늘하고 밝은 그의 얼굴에 놀라움을 느꼈다. 무언가 아는 사람의 눈에 우월하고 의지에 차 있으며 이상하게 환하고 서늘한 그의 얼굴은 어른의 얼굴, 연구자나 예술가의 얼굴이었다.

그리고 그가 다시 보인다. 며칠 뒤 길거리에서였다. 학교에서 돌아오는 길에 우리는 모두 넘어진 말 주위에 빙 둘러서 있었다. 말은 농부의 수레 채에 매인 채로 도움을 청하듯 애처롭게 콧구멍을 벌름거리며 헐떡이고 있었다. 보이진 않지만 상처가 있는지 피가 흘러 말의 옆구리에 묻은 하얀 먼지가 서서히 검게 물들었다. 속이 메스꺼워서 눈을 돌리자 데미안의 얼굴이 보였다. 그는 앞으로 나오지 않고 맨 뒤에서 언제나 그렇듯이 편안하고 우아하게 서 있었다. 말의 머리를 보고 있는 듯한 그의 시선에서 다시 깊고 고요하고 거의 광저이지만 냉성한 집중력을 보았다. 한참 그를 바라볼 수밖에 없었다. 나는 의식했다고 하기엔 상당히 모자랐지만 아주 독특한 무언가를 느꼈다. 데미안의 얼굴을 보았다. 그의 얼굴이 소년의 얼굴이 아니라 어른의 얼굴인 것뿐 아니라 더 많은 걸 보았다. 그의 얼굴이 어른의 얼굴도 아닌 다른 무엇임을 본 것 같았다. 아니, 느낀 것 같았다. 여자의 얼굴도 조금 있는 듯했는데 무엇보다 한 순간이었지만 남자도 여자도 아니고 늙거나 젊지도 않고 마치 천 년을 산 듯 시간을 초월한 듯 우리의 시간 단위와 다른 시간의 흐름이 찍힌 듯 보였다. 짐승 혹은 나무나 별 들이 그렇게 보일 수 있었다. 그때는 그걸 몰랐고, 지금 어른이 되어 이야기하고 있는 내용을 정확히 느꼈던 것도 아니지만 아무튼 그 비슷한 것을 느꼈다. 그는 잘생겼을 수도 있었고, 내 마음에 들었을 수도 역겨울 수도 있었다. 어느 쪽인지 모르겠다. 단지 그가 우리와 다르고 짐승이나 유령 혹은 그림 같다는 걸 알았을 뿐이다. 그의 모습이 어땠는지 모르지만 아무튼 그는 우리 모두와 달랐다. 이루 상상할 수 없을 만큼 달랐다.

더는 기억이 나지 않는다. 이것 역시 어쩌면 일부는 뒷날의 인상에서 만들어낸 것인지도 모른다.

몇 살 더 나이가 들고 나서야 마침내 다시 그와 가까워졌다. 데미안은 관습이 요구하는 대로 동갑내기들과 함께 교회에서 하는 입교식*을 받지 않았다. 이 일과 연관해서도 바로 소문이 돌았다. 학교에서는 다시 그가 사실은 유대인, 아니 이교도라는 소문이 퍼졌다. 그와 그의 어머니는 종교가 아예 없다는 둥, 허황되고 사악한 사이비 종파에 속한다는 둥 떠드는 소문도 있었다. 그와 그의 어머니가 연인처럼 살고 있다는 의혹의 소리도 들었던 듯싶다. 짐작하건대 그는

---

* 기독교에서 유아세례를 받은 청소년 신자가 성서문답과 신앙고백을 통해 교회의 일원이 되는 의식.

지금까지 종교와 아무 상관없이 자랐고 그것 때문에 장래에 혹시 불이익이 있을까 염려했던 것 같다. 아무튼 그의 어머니는 동갑내기들보다 2년이나 늦었지만 아들에게 입교식을 받게 하기로 결심했다. 그래서 그는 몇 달 동안 나와 함께 입교식 준비수업을 같이 들었다.

한동안 나는 그와 거리를 두고 지냈다. 그와 얽히고 싶지 않았다. 그는 너무 많은 소문과 비밀에 둘러싸여 있는 듯 보였다. 무엇보다 크로머와의 사건 이후 남은 채무감이 방해가 되었다. 게다가 당시 나는 나 자신의 비밀도 감당하기 벅찼다. 입교식 준비수업은 내가 성(性) 문제에 결정적으로 눈 뜬 시기와 정확히 일치했다. 그래서 좋은 의도에도 불구하고 경건한 가르침에 대한 관심이 크게 손상을 입었다. 목사님이 말하는 내용은 아득히 먼 고요하고 성스러운 비현실 속의 일이었다. 아주 아름답고 가치가 있을지는 몰라도 당장 지금 중요하고 흥분되는 일은 아니었다. 반면 성 문제는 당장 지금 아주 중요하고 흥분되는 일이었다.

그런 상태로 인해 갈수록 수업에 무심해지면서 다시 막스 데미안에게 점점 더 관심이 갔다. 무언가가 우리 두 사람을 이어주는 것 같았다. 그 실마리를 가능한 한 정확히 따라가야 한다. 내가 기억하기론 그 일은 아직 교실에 불이 켜

있던 어느 이른 아침 수업시간에 시작되었다. 우리를 가르치는 목사님이 카인과 아벨 이야기를 했다. 나는 거의 주목하지 않았고 졸려서 듣는 둥 마는 둥 했다. 목사님이 목청 높여 카인의 표에 대해 힘주어 이야기하기 시작했다. 순간 무언가 스치는 느낌 혹은 경고하는 느낌이 들었다. 눈을 들었더니 앞줄에 앉은 데미안이 고개를 돌려 나를 쳐다보고 있었다. 이야기를 건네는 듯한 밝은 눈에는 비웃음 같기도 하고 진지함 같기도 한 표정이 어려 있었다. 아주 잠깐 쳐다본 것뿐이었지만 나는 바짝 긴장해서 목사님 말에 귀를 기울였다. 카인과 그의 표에 대한 목사님의 설명을 듣는데 마음 속 깊이 그것이 목사님이 가르치는 것과 같지 않다고 느꼈다. 그 일을 다르게 볼 수도 있고 비판도 할 수 있다는 깨달음이었다!

그 순간 나는 데미안과 다시 이어졌다. 신기하게도 영혼의 유대 같은 걸 느끼자마자 그 느낌이 마치 마법처럼 공간으로 옮겨지는 것을 목격했다. 그가 꾸민 일인지 순전히 우연이었는지 모르지만 며칠 후 데미안이 갑자기 종교시간에 자리를 바꿔 바로 내 앞에 앉은 것이다. 그때는 우연이라고 굳게 믿었다. (지금도 생각나는데 아침에 학생들이 빽빽이 들어찬 교실에서는 비참한 빈민구호소 냄새가 진동했다. 그의 목덜미에서 풍기는 은은하고 산뜻한 비누 냄새를 얼마나 좋아하면서 깊이 들이마셨던가!) 며칠 뒤 그는 다시 자리를 바꿔 내 옆에 앉았는데 겨우내 그리고 봄이 다 가도록 그 자리에 앉았다.

아침 수업시간이 사뭇 달라졌다. 이제 졸리거나 지루하지 않았다. 수업이 기다려지기까지 했다. 이따금 데미안과 나는 바짝 긴장해 목사님 설명을 들었다. 데미안이 한 번 슬쩍 쳐다보기만 해도 나는 특이한 이야기와 독특한 잠언에 주목했다. 그가 단호하게 쳐다보면 내 안에서 비판과 의심이 일어나고 경고의 목소리가 들렸다.

하지만 우리는 나쁜 학생이 되어 수업을 전혀 듣지 않을 때도 많았다. 데미안은 선생님과 동급생 들에게 늘 점잖게 행동했다. 나는 그가 다른 남학생들처럼 어리석은 짓을 저지르는 것을 본 적이 없다. 큰 소리로 웃거나 떠드는 모습도 보지 못했다. 선생님의 꾸중을 듣는 일도 없었다. 그는 속삭이기보다 신호와 눈짓으로 아주 조용히 자신의 관심사에 나를 끌어들이곤 했다. 그런 관심사 중에는 아주 특이한 일도 있었다.

이를테면 그는 어떤 아이에게 흥미를 느끼고 어떤 식으로 그 아이를 연구하는지 이야기해주었다. 그는 여러 아이를 아주 정확하게 알고 있었다. 수업 시작 전에 그가 말했다. "너한테 엄지손가락으로 신호하면 저 애가 우리를 돌아보거나 목덜미를 긁을 거야." 그런 식이었다. 수업 시간에 거의 잊어버리고 있었는데 갑자기 막스가 이상한 몸짓으로 엄지손가락을 돌려 보였다. 얼른 가리키는 쪽을 보면 마치 누가 줄로 잡아당긴 듯 그 아이가 예상했던 몸짓을 하는 것이었다. 선생님한테도 한번 해보라고 졸랐지만 막스는 하려고 하지 않았다. 그가 나를 도와준 적이 딱 한 번 있었다. 수업에 들어가면서 나는 오늘 숙제를 안 해왔는데 목사님이 질문을 하지 않았으면 좋겠다고 했다. 목사님이 교리문답의 한 구절을 암송할 학생을 찾았다. 여기저기 두리번거리던 그의 시선이 죄의식을 띤 내 얼굴 위에 멈추었다. 목사님은 천천히 걸어와 손가락으로 나를 가리키고 내 이름을 입에 올리려다가 갑자기 산만하거나 불안해진 듯 옷깃을 잡아당겼다. 그러고는 자신의 얼굴을 빤히 쳐다보는 데미안 쪽으로 가서 뭔가 물어보려다가 놀란 듯 다시 몸을 돌려 잠시 기침을 하더니 다른 아이를 시켰다.

　그런 장난에 즐거워하다가 차츰 내 친구가 나한테도 똑같은 장난을 자주 치는 것을 눈치 챘다. 학교 가는 길에 문득 데미안이 조금 뒤에서 따라오고 있는 느낌이 들어 돌아보면 어김없이 그가 있었다.

"정말 다른 사람이 네가 원하는 걸 생각하게 만들 수 있어?"

내가 묻자 그는 특유의 어른스러운 태도로 차분하고 객관적으로 사실을 말해주었다.

"아니, 할 수 없어. 목사님은 있다고 하지만 사람에겐 자유의지가 없어. 자신이 원하는 것을 생각할 수도 없고 내가 원하는 것을 다른 사람이 생각하게 만들 수도 없어. 하지만 누군가를 자세히 관찰할 수는 있지. 그럼 그가 무엇을 생각하거나 느끼는지 종종 상당히 정확하게 말할 수 있어. 다음 순간 그가 무엇을 할지도 대부분 예상할 수 있고. 아주 간단한 건데 사람들이 모르는 거야. 물론 연습이 필요하지. 예를 들면 나비들 가운데 어떤 나방 종류는 암컷이 수컷보다 숫자가 훨씬 적어. 나방은 모든 동물과 똑같이 번식해서 수컷이 암컷을 수정시키면 암컷이 알을 낳지. 자연과학자들이 많이 실험한 건데 만약 네가 그 나방 암컷을 한 마리 갖고 있잖아, 그럼 밤에 수컷들이 암컷을 찾아오는 거야. 그것도 몇 시간이나 날아서! 몇 시간이라니, 생각해봐! 몇 킬로미터 떨어진 곳에서도 수컷들은 그 지역에 있는 단 한 마리의 암컷을 감지하는 거야! 이 현상을 설명하려고 해도 쉽지 않지. 분명 일종의 후각이나 그 비슷한 거겠지. 훌륭한 사냥개가 눈에 띄지 않는 짐승의 흔적을 발견하고 뒤쫓을 수 있는 것처럼 말이야. 알겠니? 그런 일들이 있어. 자연에는 그런 일이 정말 많지만 아무도 설명을 못해. 나는 이렇게 말하고 싶어. 만약 그 나방 암컷이 수컷과 똑같이 많다면 수컷의 코는 절대 그렇게 예민할 수 없다고! 수컷의 코는 단지 훈련이 되어 있기 때문에 예민한 거야. 동물 혹은 사람이 자신의 주의력과 의지를 전부 다 쏟으면 어떤 일이든 이룰 수 있는 거야. 그게 다야. 네가 물어본 일도 똑같아. 어떤 사람을 자세히 관찰해봐. 그럼 그 사람 자신보다 그 사람을 더 많이 알게 될 거야."

하마터면 '독심술'이라는 단어를 입에 올려 옛날 크로머와의 사건을 상기시킬 뻔했다. 우리 사이의 이상한 일 중 하나인데 우리 둘 다 몇 년 전 그가 내 인생에 심각하게 개입했던 일을 암시조차 하지 않았다. 꼭 우리 사이에 아무 일도 없었거나 서로 상대가 그 일을 잊었기를 간절히 바라는 것 같았다. 함께 길을 걷다가 프란츠 크로머를 만난 적도 한두 번 있지만 우리는 서로 눈길을 주고받지 않았고 그에 대한 이야기도 꺼내지 않았다.

내가 물었다.

"그럼 의지는 어떻게 되는 거야? 사람에게는 자유의지가 없다며. 그러면서 또 어떤 일에 의지를 힘껏 쏟으면 목표를 이룰 수 있다니. 앞뒤가 안 맞잖아! 내가 내 의지의 주인이 아니라면 나는 그 의지를 마음대로 여기 혹은 저기에 쏟을 수도 없잖아."

데미안이 내 어깨를 탁 쳤다. 내가 그를 기쁘게 하면 늘 그가 하는 행동이었다.

그가 웃으며 말했다.

"질문을 하다니, 좋다! 사람은 항상 묻고 늘 의심해야 하거든. 이 일은 아주 간단해. 예를 들어 나방이 별이나 그 비슷한 데 의지를 쏟고 싶어 한다면 가망이 없어. 다만 나방은 그런 일은 결코 하려고 안 하지. 나방은 자신에게 의미와 가치가 있고 필요하며 반드시 손에 넣어야 하는 것만 찾아. 그래서 믿을 수 없는 일을 해내지. 바로 다른 동물에게는 없는 마법과도 같은 여섯 번째 감각을 개발하는 거야! 우리는 당연히 동물보다 활동 영역도 더 넓고 관심 분야도 더 많아. 하지만 우리 역시 비교적 좁은 테두리에 묶여 벗어나지 못해. 이런저런 공상을 할 수는 있지. 이를테면 꼭 북극에 가고 싶다거나 그 비슷한 일을 상상할 수 있지. 하지만 그것을 실행에 옮기거나 진짜 강하게 원한다면 그 소망이 내 안에 온전히 있고 정말로 내 존재가 그 소망으로 완전히 채워져야 해. 정말 그런 경우에 네 마음이 시키는 것을 시험 삼아 해보면 이루어질 거야. 좋은 말을 부리듯 네 의지를 마음대로 부릴 수 있을 거라고. 예를 들어 내가 앞으로 우리 목사님이 안경을 쓰지 않게 하려면 절대 이룰 수 없어. 그건 그냥 장난일 뿐이야. 하지만 지난 가을 저 앞줄로 꼭 자리를 바꾸겠다는 굳은 의지가 생기자 일이 아주 잘 됐지. 알파벳 순으로 내 앞에 앉아야 하는 아이가 여태 아파서 결석했다가 불쑥 나타났어. 누군가 자리를 내주어야 했는데 당연히 내가 그렇게 했지. 내 의지는 기회를 잡을 준비가 되어 있었거든."

내가 말했다.

"그래, 그때도 정말 이상하다고 생각했어. 우리가 서로 관심을 가진 순간부터 네가 점점 더 내 쪽으로 가까이 왔잖아. 어떻게 그렇게 한 거야? 처음부터 바로 내 옆에 앉지 않고 몇 번은 내 앞에 앉았지, 안 그래? 어떻게 그런 거지?"

"이런 거야. 처음 자리를 바꾸고 싶었을 땐 나도 내가 어디로 가고 싶은지 잘 몰랐어. 그냥 훨씬 뒤쪽에 앉아야겠다는 걸 알았을 뿐이야. 내 의지는 네 옆에 가고 싶었지만 그때까지는 의식을 못했던 거지. 동시에 네 의지도 함께 작용하면서 나를 도왔어. 네 앞에 앉았을 때 비로소 나는 내 소원이 이제 절반 실현되었음을 알았지. 원래 나는 네 옆에 앉고 싶었던 거야."

"하지만 그때는 새로 온 아이도 없었잖아."

"없었지. 그땐 그냥 원하는 걸 한 거야. 재빨리 네 옆에 앉은 거지. 자리를 바꾼 아이는 그냥 놀라서 내가 하는 대로 두었고. 한 번은 목사님도 달라진 걸 눈치 채셨어. 나를 상대할 때마다 무언가가 은연중에 마음에 걸렸던 거야. 내 성이 데미안이고, D로 시작하는 내가 아주 뒤쪽 S로 시작하는 아이들 사이에 앉아 있는 게 뭔가 맞지 않는다는 걸 아신 거지! 하지만 그 사실이 목사님 의식까지 밀고 들어가진 못했어. 그때마다 내 의지가 맞서서 방해하니까. 목사님은 계속 이상하다고 느끼고 나를 쳐다보며 연구하기 시작하지. 선량하신 목사님. 하지만 간단한 방법이 있어. 그때마다 목사님 눈을 똑바로, 아주 똑바로 쳐다보는 거야. 그걸 견디는 사람은 별로 없어. 모두 마음이 불안해지지. 만약 어떤 사람한테 뭔가를 얻고 싶고 그래서 갑자기 그의 눈을 똑바로 쳐다보는데도 전혀 불안해하지 않으면 포기해야 해! 아무것도 얻을 수 없으니까, 절대로! 하지만 그런 일은 아주 드물어. 사실 내가 아는 사람들 가운데 이 방법이 통하지 않는 사람은 딱 한 명밖에 없어."

"그게 누군데?"

나는 얼른 물었다. 깊이 생각할 때 항상 그러듯 그는 살짝 실눈을 뜨고 나를 바라보았다. 그러더니 눈길을 돌리고는 아무 대답도 하지 않았다. 나는 몹시 궁금했지만 다시 물어볼 수가 없었다.

하지만 자기 어머니 이야기였다고 생각한다. 그는 어머니와 매우 친밀하게 지내는 듯했지만 한 번도 어머니 이야기를 하지 않았다. 나를 집으로 데리고 간 적도 없었다. 나는 그의 어머니가 어떻게 생겼는지도 몰랐다.

당시 몇 번 데미안을 흉내 내 꼭 이루어야 하는 일에 의지를 집중하려고 해보았다. 내 생각에 충분히 절박한 소망들이 있었기 때문이다. 하지만 아무 소용도 없었고 아무것도 되지 않았다. 그 일에 대해 데미안과 이야기할 배짱도 없었다. 아마 내가 무엇을 원하는지 털어놓을 수 없었을 것이다. 그도 묻지 않았다.

그러는 사이 종교 문제에 대한 내 믿음에 숭숭 구멍이 뚫렸다. 하지만 전적으로 데미안의 영향을 받은 내 생각은 신을 믿지 않는다고 공언하는 동급생들의 생각과는 엄연히 달랐다. 그런 아이들이 몇 명 있었는데 그들은 신을 믿는 건 우스꽝스럽고 인간의 품위에 어울리지 않는다는 둥, 삼위일체와 예수가 동정녀 마리아에게서 태어난 이야기는 그야말로 웃기는 일이라는 둥, 오늘날에도 그런 잡동사니를 떠들고 다니는 것은 치욕이라는 둥 말하곤 했다. 나는 전혀 그렇게 생각하지 않았다. 의심하긴 했으나 나는 어린 시절의 경험을 통해 부모님의 삶처럼 경건한 삶이 있다는 것을 잘 알고 있었고, 그 삶이 품위가 없거나 위선적이 아니라는 사실도 알고 있었다. 나는 종교에 대해 전과 다름없이 깊은 경외심을 느꼈다. 다만 데미안의 영향을 받아 성경 이야기와 교리를 더 자유롭고 개인적이며 장난스럽고 환상적으로 바라보고 해석하는 데 익숙해졌을 뿐이다. 적어도 그가 암시한 해석을 들으면서 나는 늘 좋아하고 재미있어했다. 물론 카인의 이야기처럼 지나치게 극단적인 것도 많았다. 입교식 준비수업에서 그가 더 대담한 견해를 피력해 깜짝 놀란 적이 있었다. 아주 어렸을 때부터 나는 구세주의 고난과 죽음 이야기에 깊은 인상을 받았다. 어릴 때 수난의 금요일* 같은 날 아버지가 예수의 수난 이야기를 낭독한 후에 마음 깊이

---

* 부활절 직전의 금요일.

감동해 그 고통스럽게 아름답고 창백하고 유령 같지만 지극히 생생한 겟세마네 동산과 골고다 언덕의 세계에서 살았던 적도 여러 번 있었다. 바흐의 『마태수난곡』을 들으며 그 비밀스러운 세계가 발하는 음울하게 강렬한 수난의 광채에 신비로운 전율을 느끼기도 했다. 지금도 나는 그 음악과 〈장례 칸타타 Actus tragicus〉*를 모든 시와 예술적 표현의 정수라고 생각한다.

수업이 끝날 무렵 데미안이 생각에 잠긴 표정으로 말했다.

"싱클레어, 여기엔 내 마음에 안 드는 게 있어. 그 이야기를 한 번 자세히 읽고 혀로 음미해봐. 어딘지 김빠진 맛이 난다고. 예수와 함께 십자가에 못 박힌 두 강도 이야기 말이야. 언덕 위에 십자가 세 개가 나란히 서 있는 광경은 진짜 대단하지! 하지만 우직한 강도에 대한 감상적인 종교 이야기야! 애초에 그 강도는 범죄자였고 뭔지 모르지만 파렴치한 짓을 저질렀어. 그런데 이제 마음이 약해져서 참회와 개전의 눈물겨운 향연을 벌이다니! 무덤을 두 걸음 앞두고 하는 참회가 대체 무슨 의미가 있어? 사이비 사제의 떠드는 소리에 불과해. 최고로 교화적인 배경에 감상적인 감동

---

* 1707-1708년 작곡된 것으로 추정되는 요한 세바스티안 바흐의 초기 칸타타.

이 철철 넘치는 달콤하고 정직하지 않은 이야기야. 만약 네가 지금 두 강도 중 하나를 친구로 선택해야 하거나 누구를 더 믿을 수 있을지 고민해야 한다면 분명 이 울먹이는 개종자는 아니야. 아니지. 다른 쪽이지. 그 강도는 사나이인데다 줏대가 있어. 자기 처지에서 듣기 좋은 헛소리에 불과한 개종 같은 건 무시했지. 그는 끝까지 자기 길을 갔어. 분명히 그때까지 자기를 도와주었을 악마한테 막판에 비겁하게 등을 돌리지 않았다고. 줏대가 있다니까. 성경 이야기에서 줏대 있는 사람들은 걸핏하면 손해를 보곤 하지. 그도 어쩌면 카인의 후예일지 몰라. 그렇게 생각하지 않니?"

몹시 당황스러웠다. 십자가 수난사를 훤히 안다고 생각했는데 이제 그 이야기를 그동안 얼마나 개인적인 생각도 상상력도 환상도 없이 그냥 듣고 읽었는지 깨달았다. 그래도 데미안의 새로운 생각은 내게 치명적으로 들렸고 내가 꼭 지켜야 한다고 믿는 내 안의 개념들을 뒤엎어버리려고 했다. 아니, 모든 것을 그렇게 멋대로 부당하게 다룰 수는 없었다. 가장 성스러운 것도 마찬가지였다.

내가 무슨 말을 하기도 전에 데미안은 늘 그렇듯이 당장 나의 거부감을 눈치 챘다.

그가 체념하듯 말했다.

"나도 알아. 그건 오래된 이야기야. 너무 심각하게 생각하지 마! 하지만 말해주고 싶은 건 이 대목이 이 종교의 결함을 아주 뚜렷이 보여주는 대목의 하나라는 거야. 구약과 신약의 이 하느님은 뛰어난 존재지만 본래 대변해야 할 것을 대변하는 존재는 아니야. 하느님은 선하고 고귀하며 아버지 같고 아름답고도 높으며 감상적인 존재다, 아주 좋아! 하지만 세상은 다른 것으로도 이루어져 있어. 그런데 그런 건 모조리 악마의 것이라고 간단히 돌려놓지. 이 다른 부분, 세상의 절반이 전부 은폐되고 묵살되는 거야. 똑같은 방식으로 그들은 하느님이 모든 생명의 아버지라고 찬양하면서도 생명의 바탕인 성생활 전체를 간단히 묵살하고 여차하면 악마의 짓이나 죄악이라고 설명하지! 나는 사람들이 이 야훼 하느님을 존경하는 데 반대하지 않아. 하지만 우리는 모든 것을 존경하고 성스럽게 여겨야 한다고 생각해. 인위적으로 나눈 공인된 절반이 아니라 전체 세상을 말이야! 그러니까 하느님을 섬기는 예배 외에 악마 예배도 있어야 해. 나는 그게 옳다고 생각해. 아니면 악마도 포함하는 신을 하나 만들어야 할 거야. 그래서 세상에서 가장 자연스러운 일이 일어나도 그 신 앞에서는 두 눈을 질끈 감을 필요가 없어야 한다고."

그는 평소와 달리 매우 격해졌다. 그러나 바로 싱긋 웃고 나를 더 몰아붙이지 않았다.

그의 이야기는 어린 시절 늘 품고 있었지만 아무한테도 말하지 않았던 수수께끼를 건드렸다. 하느님과 악마, 공인된 신의 세계와 묵살된 악마의 세계에 대해 데미안이 한 말은 바로 나 자신의 생각이었고 나 자신의 신화였다. 밝은 세계와 어두운 세계라는 두 세계, 혹은 세상의 두 절반에 대한 생각 말이다. 나의 문제가 모든 인간의 문제이며 모든 생명과 사유의 문제라는 깨달음이 문득 신성한 그림자처럼 머리를 스쳤다. 나의 지극히 개인적인 삶과 생각이 위대한 사상의 영원한 흐름에 얼마나 깊이 동참하고 있는지 보고 느끼자 불현듯 두려움과 경외감이 엄습해왔다. 그 깨달음으로 왠지 확인받고 격려받는 느낌이었지만 즐겁진 않았다. 그 깨달음은 가혹하고 떫은맛이 났다. 이제 어린아이가 아니며 혼자 서야 한다는 책임의 소리가 담겨 있었기 때문이다.

생전 처음으로 깊은 비밀을 털어놓으며 아주 어릴 때부터 품어왔던 '두 세계'에 대한 내 생각을 친구에게 설명했다. 그는 내가 그에게 동의하고 그가 옳다고 깊이 느낀다는 걸 곧바로 알아차렸다. 하지만 그런 걸 이용하는 것은 그의 방식이 아니었다. 그는 여느 때보다 더 주의 깊게 내 말에 귀를 기울이며 내 눈을 들여다보았다. 나는 그만 눈을 돌리고 말았다. 그의 시선에서 시간을 초월한 예의 동물 같고 나이를 알 수 없는 이상한 표정을 보았기 때문이다.

그가 조심스레 말했다.

"그 얘긴 나중에 더 하자. 내가 보기에 넌 누군가에게 말할 수 있는 것보다 훨씬 많은 생각을 하고 있어. 만약 그렇다면 네가 생각한 대로 아직 한 번도 제대로 살아본 적이 없다는 것도 알 거야. 그건 좋지 않아. 스스로 살아본 생각만이 가치가 있거든. 넌 너의 '허용된 세계'가 세상의 절반에 불과하다는 걸 알았어. 그리고 목사님과 선생님 들처럼 두 번째 세계를 숨기려고 했지. 그럴 수 없을 거야! 한 번 그런 생각을 하기 시작하면 아무도 그럴 수 없어."

그 말이 가슴 깊이 와 닿았다.

나는 거의 외치듯 말했다.

"하지만 실제로 금지된 추악한 일들이 있어. 너도 부인하지 못할걸! 그런 일들은 금지되어 있고 우리는 그걸 하지 말아야 해. 이 세상에 살인과 온갖 악덕이 있다는 걸 알아. 하지만 그것이 단지 존재하니까 나도 가서 범죄자가 되라는 말이야?"

막스가 달래듯 말했다.

"그 얘긴 오늘 다 끝낼 수 없겠다. 당연히 넌 누굴 때려죽이거나 소녀를 강간하고 죽이면 안 돼. 절대 안 되지. 하지만 넌 '허용된' 것과 '금지된' 것이 실제로 무슨 뜻인지 아는데까진 아직 못 갔어. 이제 겨우 진실의 한 조각을 맛본 것뿐이지. 앞으로 다른 것이 올 거야. 이 말을 믿어! 예를 들면 1년쯤 전부터 네 안에서 어떤 충동이 꿈틀대고 있는데 그어떤 충동보다 강한 그 충동은 '금지된' 것으로 여겨지지. 하지만 그리스 사람들과 다른 많은 민족들은 그 충동을 신으로 떠받들고 큰 축제를 열어서 숭배했어. 그러니까 '금지된' 것은 영원하지 않고 바뀔 수 있는 거야. 오늘날에도 누구든 목사님 앞에서 여자와 결혼하면 당장 그 여자와 같이 자도 돼. 다른 민족들은 달라. 오늘날에도 그래. 그래서 우리는 각자 스스로 무엇이 허용된 것이고 무엇이 금지된 것인지 찾아야 하는 거야. 자신에게 무엇이 금지되어 있는지 찾아야 한다고. 금지된 일을 하나도 안 하고도 대단한 악당이될 수 있어. 그 반대도 가능하지. 사실 그건 단지 편의상의문제야! 너무 편해서 스스로 생각하고 스스로 자신을 심판할 수 없는 사람은 이미 존재하는 금지된 규율을 순순히 따르지. 그게 쉬우니까. 하지만 자신 안에서 스스로 계율을 느끼는 사람들도 있어. 그들에게는 정직한 신사들이 날마다 하는 일도 금지된 일일 수 있고, 보통은 금지된 일이 허용된 일일 수도 있어. 누구나 스스로 책임을 져야 하는 거야."

그는 말을 너무 많이 한 것을 후회하는 듯 갑자기 말을 끊었다. 당시 나는 느낌으로 그의 감정을 어느 정도 알 수 있었다. 머리에 떠오르는 생각을 그렇게 편하게 겉보기에는 가볍게 말하곤 했지만 그는 언젠가 말했듯이 '그냥 말하기 위한' 대화는 죽도록 싫어했다. 그런데 나한테서 진정한 관심 외에도 재치 있게 떠드는 걸 너무 좋아하고 지나치게 장난스러운 성향 혹은 그 비슷한 것을 느꼈던 것이다. 간단히 말해 완전한 진지함이 부족하다고 느꼈던 것이다.

'완전한 진지함.' 내가 쓴 마지막 말을 다시 읽으니까 불현듯 다른 장면이 떠오른다. 그것은 아직 반쯤 어린아이였을 때 막스 데미안과 함께 경험한 가장 강렬한 장면이었다.

입교식이 다가오면서 종교 수업의 마지막 몇 시간 동안 최후의 만찬을 다루었다. 목사님은 그것을 중요하게 생각해 정성을 들였고 수업 시간에는 성스러운 분위기마저 느껴졌다. 하지만 마지막 몇 시간 동안 내 생각은 딴 데 가 있었다. 그러니까 내 친구에게 가 있었다. 우리가 교회 공동체에 받아들여졌음을 엄숙하게 선언하는 입교식을 기다리면서 반

년 남짓 계속된 종교 수업의 가치는 여기서 배운 내용이 아니라 데미안과 가까이 지내면서 받은 영향에 있다는 생각이 물밀듯이 밀려왔다. 나는 교회가 아니라 전혀 다른 어떤 사상과 개성의 교단에 들어갈 준비가 되어 있었다. 내 친구는 이 세상 어딘가에 틀림없이 존재할 그 교단의 대표 또는 사도라는 느낌이 들었다.

나는 그런 생각을 떨쳐버리려고 애썼다. 모든 것에도 불구하고 입교식 잔치를 진심으로 품위 있게 치르고 싶었다. 하지만 나의 새로운 생각은 그런 품위에 그다지 어울리지 않는 듯했다. 그래도 나는 내가 원하는 일을 하고 싶었다. 이미 결심을 했고 그 생각은 다가오는 교회 잔치와 차츰 결합되었다. 나는 입교식 잔치를 다른 아이들과 다르게 치를 각오가 되어 있었다. 그 잔치는 데미안 덕분에 알게 된 사상의 세계로 들어가는 의식이어야 했다.

그 무렵 데미안과 또 한 번 열띤 논쟁을 벌였다. 교리문답 수업 직전이었는데 내 친구는 자물쇠를 채운 듯 입을 꽉 다물고 있었다. 그는 아는 척하고 허풍을 떠는 경향이 다분한 내 이야기를 좋아하지 않았다.

그가 평소와 달리 진지하게 말했다.

"우리, 말을 너무 많이 한다. 똑똑한 이야기는 의미가 없어, 전혀 없지. 자기 자신에게서 멀어지기만 할 뿐이야. 자신에게서 멀어지는 건 죄악이야. 사람은 거북처럼 자신 안으로 완전히 기어들어갈 수 있어야 해."

바로 큰 교실로 들어갔다. 수업이 시작되자 나는 집중하려고 노력했고 데미안은 그런 나를 방해하지 않았다. 얼마쯤 지나자 옆자리가 이상하다는 느낌이 들기 시작했다. 느닷없이 비어버린 듯 그가 앉아 있는 자리에서 공허함이랄까 서늘함이랄까 하여튼 그 비슷한 것이 느껴졌다. 그 느낌이 차츰 답답해지기 시작했기에 몸을 돌려 옆을 보았다.

내 친구는 평소와 다름없이 바른 자세로 꼿꼿이 앉아 있었지만 전혀 다르게 보였다. 그에게서 나온, 내가 알지 못하는 무언가가 그를 둘러싸고 있었다. 나는 그가 눈을 감고 있다고 생각했지만 사실은 뜨고 있었다. 하지만 그 눈은 아무것도 보고 있지 않았다. 무언가를 보지 않고 꼼짝 않고 내면 혹은 아득히 먼 곳을 향하고 있었다. 꼼짝도 하지 않고 앉아 있는 그는 숨도 쉬지 않는 것 같았다. 입은 나무나 돌로 깎아놓은 듯했다. 얼굴은 혈색이 없고 돌처럼 굳어 창백했다. 가장 살아 있는 듯 보이는 것은 갈색 머리카락뿐이었다. 물건 혹은 돌이나 열매처럼 생기 없이 조용히 앞 의자에 놓여 있는 두 손은 창백하고 미동도 하지 않았지만 축 늘어져 있지는 않았다. 그 손은 강인한 생명을 감싸고 있는 단단하고 좋은 껍질처럼 보였다.

그 모습을 보자 온 몸이 부들부들 떨렸다. 죽었구나! 그렇게 생각하고 하마터면 소리를 지를 뻔했다. 하지만 나는 그가 죽지 않았음을 알고 있었다. 홀린 듯 그의 얼굴, 창백하고 돌 같은 그 가면을 계속 바라보면서 느꼈다. 이것이 진짜 데미안이다! 함께 걷고 같이 이야기하는 평소의 그는 반쪽짜리 데미안으로 가끔 어떤 역할을 하고 맞춰 주며 호의로 함께 어울리는 사람이었다. 진짜 데미안은 여기 이 사람처럼 돌로 되어 있고 무한히 나이 들고 동물 같고 바위 같으며 아름답지만 차갑고 죽었지만 엄청난 생명이 은밀히 넘치는 사람인 것이다. 그를 둘러싼 이 고요한 공허함, 이 에테르와 우주 공간, 이 고독한 죽음!

이제 그가 완전히 자신 안으로 들어갔음을 전율하며 느꼈다. 나는 한 번도 그렇게 고독한 적이 없었다. 그와 함께할 수 없었다. 그는 세상에서 가장 먼 섬보다 더 멀리 도저히 내가 닿을 수 없는 곳에 있었다.

나 말고 아무도 그것을 보지 못했다니, 이해할 수가 없었다! 모두 이쪽을 보고 전율해야 했다. 하지만 그를 주목하는 사람은 아무도 없었다. 그는 그림처럼, 내 생각엔 이교의 신처럼 뻣뻣하게 앉아 있었다. 파리 한 마리가 그의 이마에 앉았다가 천천히 코와 입술로 내려왔지만 얼굴을 찡그리지도 않았다.

그는 지금 어디에, 어디에 있을까? 무엇을 생각하고 무엇을 느낄까? 천국에 있을까, 아니면 지옥에 있을까?

직접 물어볼 수는 없었다. 수업이 끝나갈 무렵 그가 다시 살아서 숨을 쉬었다. 그걸 보고 눈이 마주쳤는데 전과 다름없는 모습이었다. 그는 어디서 왔을까? 어디 있었을까? 피곤해 보였다. 얼굴에 다시 핏기가 돌고 두 손이 다시 움직였지만 갈색 머리카락은 윤기를 잃고 지친 듯 보였다.

다음 며칠 동안 내 방에서 여러 번 새로운 연습을 했다. 의자에 꼿꼿이 앉아 한 곳을 응시하고 꼼짝도 하지 않은 채 얼마나 오래 견딜 수 있고 어떤 것을 느끼게 될지 기다려보았다. 하지만 그냥 피곤해지면서 눈꺼풀에 심한 경련이 일어났을 뿐이다.

그 후 바로 입교식이 있었지만 기억에 남는 중요한 일은 없었다.

이제 모든 것이 달라졌다. 유년기는 내 주위에서 산산이 부서져버렸다. 부모님은 살짝 당혹스러워하며 나를 바라보았다. 누이들과는 서먹서먹해졌다. 눈이 뜨이면서 친숙한 감정과 기쁨 들이 빛이 바래고 변질되었다. 정원에서는 향기가 사라지고, 숲은 유혹하지 않았으며, 세상은 낡은 상품의 떨이판매처럼 김빠지고 아무 매력도 없었으며, 책은 종이요 음악은 소음이었다. 그렇게 가을에 낙엽이 떨어져도 나무는 아무것도 느끼지 못한다. 비나 햇빛, 혹은 서리가 나무에 흘러내리고 나무 안에서는 생명이 가장 좁고 깊은 내면으로 서서히 움츠러든다. 나무는 죽지 않는다. 다만 기다릴 뿐이다.

방학이 끝나면 처음으로 집을 떠나 다른 학교로 가기로 결정되었다. 가끔 어머니가 다정하게 다가와 미리 이별을 고하면서 사랑과 향수와 잊지 못할 기억을 마음에 새겨주려고 했다. 데미안은 여행을 떠났다. 나는 혼자였다.

4

베아트리체

친구를 다시 못 만나고 방학이 끝나갈 무렵 성 ○○시로 갔다. 부모님이 같이 따라와 세심하게 신경 써 김나지움 선생님이 관리하는 남학생 기숙사에 넣어주었다. 나를 어떤 일에 떠밀어 넣었는지 알았더라면 부모님은 아마 놀라서 몸이 굳어버렸으리라.

시간이 흘러 내가 좋은 아들이자 쓸모 있는 시민이 될지, 혹은 내 본성이 다른 길을 갈망할지 여전히 의문이었다. 아버지 집과 정신의 그늘에서 행복을 찾으려는 나의 마지막 시도는 오래 갔고 이따금 거의 성공도 했지만 결국 완전히 실패로 돌아갔다.

　입교식 후 방학 중 처음 느낀 묘한 공허함과 외로움은 쉽사리 사라지지 않았다. (훗날 그 공허함과 희박한 공기를 얼마나 더 맛보았던가!) 고향과의 이별은 이상할 만큼 쉬웠다. 사실 더 슬프지 않아서 부끄러울 정도였다. 누이들은 이유 없이 눈물을 흘렸지만 나는 그럴 수 없었다. 그런 나 자신이 놀라웠다. 나는 늘 감정이 풍부하고 근본적으로 상당히 착한 아이였지만 지금은 완전히 달라졌다. 바깥 세상에 대한 관심을 완전히 끊고 며칠이고 나 자신의 내면에 귀를 기울이며 내 안 저 깊이 흐르는 금지된 나직한 강물 소리를 듣는 데만 열중했다. 지난 반 년 사이에 훌쩍 자라서 장대같이 크고 여위고 미숙한 모습으로 세상을 바라보았다. 소년의 사랑스러움은 말끔히 사라졌다. 사람들이 그런 나를 사랑할 수 없을 것 같았지만 나도 나 자신을 사랑하지 않았다. 막스 데미안이 사무치게 그리울 때가 많았다. 하지만 그를 미워할 때도 적지 않았다. 나는 몹쓸 병을 짊어진 듯 빈곤해진 나의 삶도 그의 탓으로 돌렸다.

　처음에 나는 기숙사에서 인기도 없고 주목도 못 받았다. 아이들은 나를 놀리다가 나중에는 멀리했다. 그들은 내가 소심한 성격에 불쾌한 괴짜라고 생각했다. 그 역할이 마음에 들어 짐짓 과장하며 밖에서 보면 늘 남자답게 세상을 경멸하는 듯 보이는 고독에 잠겼지만 사실은 소모적인 슬픔과 절망의 발작에 남몰래 시달리곤 했다. 학교에서는 고향에서 쌓은 지식만 축내며 지냈다. 지금 다니는 학교는 예전 학교에 비해 진도가 약간 뒤져 있어서 동갑내기들을 어린아이로 여겨 약간 얕보는 버릇이 생겼다.

그렇게 일 년 남짓 시간이 흘렀다. 첫 방학을 맞아 고향집에 돌아왔지만 별다른 느낌이 없었다. 나는 홀가분한 마음으로 학교로 돌아왔다.

11월 초였다. 날씨에 상관없이 짧은 산책을 하며 생각에 잠기는 습관이 생겼다. 산책할 때면 우수와 세상에 대한 경멸, 그리고 자기경멸이 가득 찬 희열을 느꼈다. 축축하고 안개 낀 어느 날 저녁 어스름이 질 무렵 그렇게 도시 주변을 천천히 걷고 있는데 시립공원의 인적 없는 넓은 가로수 길이 어서 오라는 듯 손짓했다. 길에 수북이 쌓인 낙엽을 음울한 쾌감을 느끼며 발로 헤집자 축축하고 씁쓸한 냄새가 났다. 안개 속에서 멀리 있는 나무들이 어슴푸레 거대한 유령처럼 보였다.

가로수 길 끝에서 마음을 못 정하고 서서 검은 나뭇잎을 바라보며 파멸과 소멸의 축축한 냄새를 탐욕스럽게 들이마셨다. 내 안의 무엇인가가 그 냄새에 응답하고 반갑게 인사했다. 아, 삶은 얼마나 김빠진 맛이 났던가!

옆길에서 어떤 사람이 깃 달린 외투를 바람에 휘날리며 다가왔다. 계속 가려고 하는데 그가 불렀다.

"어이, 싱클레어!"

그가 가까이 걸어왔다. 우리 기숙사에서 가장 나이가 많은 알폰스 베크였다. 그는 자기보다 어린 아이들한테 하듯이 나한테도 늘 빈정대고 아저씨처럼 굴었다. 그것만 빼면 반감이 없었고 그를 만나면 늘 좋았다. 곰처럼 힘이 세고 기숙사 선생님들까지 좌지우지한다는 그는 김나지움 학생들 사이에 떠도는 소문의 주인공이었다.

연장자가 가끔 우리를 대할 때 그러듯 자신을 낮추는 어조로 그가 상냥하게 물었다.

"여기서 뭐 해? 음, 내기할까? 시를 지었지?"

나는 퉁명스럽게 대답했다.

"생각조차 안 했어."

그는 하하 크게 웃더니 옆에서 같이 걸으며 수다를 떨었다. 이제 그런 것이 낯설게 느껴졌다.

"내가 이해 못할까 봐 걱정하지 마, 싱클레어. 저녁에 이렇게 가을의 상념에 젖어 안개 속을 걸으면 뭔가 있다고. 그때 사람들은 즐겨 시를 짓지. 다 안다니까. 물론 죽어가는 자연과 그것과 비슷한 잃어버린 청춘에 대해서지. 하인리히 하이네를 보라고."

내가 항의했다.

"난 그렇게 감상적이지 않아."

"아, 그만 하자! 그런데 이런 날씨에는 포도주나 그 비슷한 게 있는 조용한 곳이 좋을 것 같은데. 잠깐 같이 갈래? 마침 나도 혼자거든. 싫어? 뭐 네가 모범생이 돼야겠다면 나쁜 길로 유혹하고 싶지는 않아."

우리는 곧 교외의 작은 술집에 앉아 품질이 의심스러운 포도주를 마시며 두꺼운 유리잔을 쨍 부딪쳤다. 처음에는 별로 좋지 않았지만 어쨌든 새로운 경험이었다. 포도주를 마셔본 적이 없어서 그런지 나는 금세 말이 많아졌다. 내 안에서 창문이 활짝 열리고 그 안으로 세상이 쏟아져 들어오는 듯한 기분이었다. 얼마나 오랫동안, 얼마나 끔찍하게 오랫동안 영혼에 대해 이야기하지 않았던가! 나는 헛소리를 늘어놓다가 카인과 아벨 이야기까지 했다.

베크는 흡족한 얼굴로 귀를 기울였다. 드디어 내가 뭔가 줄 수 있는 사람이 생긴 것이다! 베크가 내 어깨를 두드리며 대단한 녀석이라고 하자 말을 하고 속을 털어놓고 싶은 억눌려 있던 욕구를 마음껏 분출하고 인정받고 연장자한테 존중받는 기쁨에 가슴이 한껏 부풀어 올랐다. 나를 방탕한 천재라고 부르는 그의 말이 달콤하고 독한 술처럼 영혼으로 흘러 들어왔다. 세상이 새로운 색깔로 불타오르고, 수백 개의 힘찬 샘물에서 생각이 흘러나오고, 내 안에서 정신과 불꽃이 활활 타올랐다. 선생님과 친구 들 이야기를 하는데 죽이 척척 맞는 느낌이었다. 그리스인과 이교 이야기도 했다. 베크가 사랑의 모험을 기어이 고백하게 만들려고 했지만 나는 같이 할 말이 없었다. 들려줄 경험도 이야기도 없었다. 속으로 느끼고 꾸며내고 상상했던 것이 내 안에서 활활 타고 있었지만 포도주도 그걸 풀어 털어놓게 만들 힘이 없었다. 소녀들이라면 베크가 훨씬 더 많이 알고 있었다. 나는 한껏 달아올라 동화 같은 그 이야기에 귀를 기울였다. 믿을 수 없는 이야기도 나왔다. 결코 가능하다고 생각하지 않았던 일들이 진짜 현실이 되고 당연한 일이 되었다. 열여덟 살 정도밖에 안 됐을 텐데 알폰스 베크는 벌써 경험이 많았다. 소녀들은 다루기 성가신 존재라서 살살 비위를 맞춰주고 상냥하고 정중하게 대해주는 것만 좋아하는데 그것도 물론 괜찮지만 진짜는 아니라고 했다. 성숙한 여자들한테서 더 큰 성공을 거둘 수 있고, 그들이 훨씬 더 영리하다는 것이다.

이를테면 공책과 연필을 파는 문구점 주인 야겔트 부인과는 말이 잘 통한다는 것이다. 문구점 계산대 뒤에서는 온갖 일이 벌어지는데 그런 것은 책에도 나오지 않는다고 했다.

나는 홀린 듯 멍하니 앉아 있었다. 야겔트 부인을 사랑하는 일은 절대 없을 것 같았지만 어쨌든 처음 듣는 이야기였다. 그곳에는 내가 꿈꾼 적도 없는 샘물이 흐르는 듯했다. 적어도 나보다 나이 많은 학생한테는 흐르는 것 같았다. 거짓 울림이 있고 모든 것이 사랑이라면 그러하리라 생각했던 것보다 더 하찮고 평범한 맛이 났지만 아무튼 그것은 현실이고 삶이며 모험이었다. 그걸 경험하고 당연하게 여기는 사람이 옆에 앉아 있는 것이다.

우리의 대화는 조금 저속해지고 무언가를 잃어버렸다. 나도 천재적인 어린 녀석이 아니라 어른의 말을 경청하는 소년일 뿐이었다. 하지만 적어도 지난 몇 달 동안의 내 생활에 비하면 멋지고 유쾌했다. 더욱이 술집에 앉아 있는 것부터 시작해서 우리의 대화까지 전부 다 엄격히 금지된 일임을 차츰 느끼기 시작했다. 아무튼 거기서 정신과 혁명을 맛본 것은 사실이다.

또렷이 기억한다. 우리는 차갑고 축축한 그 날 밤늦게 흐릿한 가스등을 지나 집으로 돌아왔다. 나는 생전 처음으로 취해 있었다. 기분이 좋지 않고 몹시 괴로웠지만 매력과 달콤함 같은 무언가가 있었다. 그것은 반란이고 질탕한 축제였으며, 삶이자 정신이었다. 완전 초보자라고 욕하면서도 베크는 나를 능숙하게 보살피고 떠메다시피 집으로 데리고 와 열려 있는 복도 창문으로 함께 살그머니 기어 들어왔다.

아주 잠깐 죽은 듯 깜빡 잠이 들었다. 괴로워하며 깨어나자 엄청난 고통이 밀려왔다. 일어나 침대에 앉았는데 낮에 입었던 셔츠를 그대로 입고 있었다. 옷가지와 신발이 방바닥에 어지럽게 널려 있고 담배와 토한 음식 냄새가 났다. 두통, 메스꺼움과 심한 갈증 사이사이로 오랫동안 보지 못했던 광경이 선하게 떠올랐다. 고향과 부모님 집, 아버지와 어머니, 누이들과 정원이 보였다. 조용하고 아늑한 내 침실이 보였고, 학교와 광장이 보였으며, 데미안과 입교식 준비수업이 보였다. 모든 것이 환하고 빛에 휘감겨 있고 멋지고 신성하고 깨끗했다. 똑똑히 깨달았다. 그 모든 것이 어제까지, 아니 불과 몇 시간 전까지 내 것이었으며 나를 기다리고 있었다. 그러나 지금, 지금 이 시간 다 침몰하고 저주받은 그것은 이제 내 것이 아니었다. 나를 밀어내고 역겨운 듯 나를 바라보았다! 아득히 멀고 아름다운 유년기의 정원에서부터 부모님한테 받은 사랑과 다정함, 어머니의 키스, 크리스마스, 경건하고 밝은 일요일 아침, 정원에 핀 꽃들. 그 모든 것이 다 황폐해지고 내 발에 짓밟혀버렸다! 당장 형리가 들이닥쳐 나를 꽁꽁 묶고 쓰레기라고, 신성모독자라고 선언하면서 교수대로 끌고 간다고 해도 아마 다 받아들이고 옳고 당연하다고 생각하고 순순히 따라갔으리라.

나의 내면의 풍경은 그런 모습이었다! 나는 어슬렁어슬렁 배회하며 세상을 경멸했었다! 정신적인 자부심을 느끼고 데미안의 생각에 공감했었다! 그런데 이제 술에 취하고 지저분하고 역겁고 비열한 쓰레기에 더러운 돼지가 되고 추악한 충동의 기습을 받아 난잡한 짐승이 되었다! 모든 것이 순수하고 빛나고 사랑스럽고 다정한 정원에서 온 나는 바흐의 음악과 아름다운 시를 사랑했었다! 나 자신의 웃음소리, 술에 취하고 자제가 안 되고 어리석고 간간이 느닷없이 터져 나왔던 웃음소리가 아직도 귀에 쟁쟁했다. 메스꺼움과 분노를 느꼈다. 그것이 나였다!

그럼에도 불구하고 그 고통을 거의 즐기며 괴로워했다. 오랫동안 눈을 감은 채 무감각하게 느릿느릿 살아왔고 가슴은 오랜 세월 침묵하고 빈곤해져 구석에 틀어박혀 있었다. 그랬기에 그런 자기고발과 공포와 영혼의 끔찍한 느낌조차 반가웠다. 어쨌든 그것은 감정이었으며 불꽃이 타오르고 그

속에서 심장이 움찔했다! 비참했지만 당혹스럽게 해방과 봄 같은 것을 느꼈다.

그동안 겉으로 보면 나는 착실히 내리막길을 걸었다. 처음 술에 취한 경험은 한 번으로 끝나지 않았다. 우리 학교에는 뻔질나게 술집에 드나들고 행패를 부리는 아이들이 많았는데 나는 그런 아이들 가운데 가장 어린 축에 속했다. 하지만 곧 그런대로 끼워줄 수 있는 꼬마가 아니라 주동자이자 스타가 되고 대담하게 술집을 드나드는 유명인사가 되었다. 나는 또다시 어둠과 악마의 세계로 들어갔고 거기서 멋진 녀석으로 인정을 받았다.

하지만 참담한 기분이었다. 자기 파괴적인 방종한 생활을 하며 동료들 사이에서 주동자이자 멋진 녀석으로 통하고 아주 단호하고 재치가 넘치는 놈으로 인정받으면서도 내 안 저 깊은 곳에서 두려움에 찬 영혼이 불안하게 날개를 파닥이고 있었다. 눈물을 흘린 적도 있었다. 지금도 생각나는데, 어느 일요일 아침에 술집에서 나오는데 산뜻하게 빗질을 하고 나들이옷을 입은 아이들이 길거리에서 밝고 즐겁게 놀고 있었다. 그 모습을 보자 눈물이 핑 돌았다. 시시한 술집의 지저분한 탁자 위로 여기저기 맥주가 엎질러져 있고, 그 속에서 대담한 조소로 친구들을 즐겁게 혹은 놀래주면서도 마음 저 깊숙한 곳에서는 내가 비웃었던 모든 것에 경외심을 느끼고 나의 영혼과 과거, 어머니와 하느님 앞에 무릎 꿇고 울었다.

한 번도 동료들과 하나가 되지 못하고 어울리면서도 늘 외롭고 그래서 괴로웠던 데는 이유가 있었다. 나는 술집 영웅이자 가장 야비한 아이들의 입맛에도 맞는 독설가였고 선생님과 학교, 부모와 교회에 대한 생각과 말에서 재치와 용기를 보여주었다. 음담패설도 태연히 듣고 또 직접 한 적도 있지만 소녀들을 찾는 동료들을 따라간 적은 한 번도 없었다. 내가 하는 말을 들으면 뻔뻔스러운 호색가가 틀림없었지만 사실 나는 외톨이였고 사랑에 대해 뜨겁고 가망 없는 그리움을 가득 품고 있었다. 나만큼 쉽게 상처받고 부끄러움을 잘 타는 사람도 없었다. 가끔 앞에서 평범한 집 소녀들이 예쁘고 깔끔하고 밝고 우아하게 걸어가는 걸 보면 그들이 아름답고 순수한 꿈처럼 보이고 천 배는 더 착하고 순결하게 느껴졌다. 나는 한동안 야겔트 부인의 문구점에도 갈 수 없었다. 그녀를 볼 때마다 알폰스 베크의 이야기가 생각나 얼굴이 빨개졌기 때문이다.

새로 어울리는 무리에서도 계속 외로움과 이질감을 느낄수록 더욱 더 그들과 멀어질 수 없었다. 술을 퍼마시고 허풍을 떨면서 과연 즐거운 적이 있었는지 정말 모르겠다. 술도 끝까지 익숙해지지 않아 늘 고통스러운 후유증에 시달렸다. 모든 것이 강박증 같았다. 나는 해야 하는 일을 했다. 안 그러면 나 자신을 어떻게 해야 할지 도무지 알 수가 없었기 때문이다. 오래 외톨이로 지내는 것이 두렵고, 늘 마음이 끌리면서도 불쑥 불쑥 엄습하는 섬세하고 수줍고 내밀한 감정이 두렵고, 자주 느끼는 부드러운 사랑의 감정이 두려웠다.

친구가 가장 절실하게 필요했다. 좋아하는 아이들이 두세 명 있었지만 그들은 착실한 아이들이었다. 오래 전부터 주변에서 내 악행은 이미 비밀이 아니었고 그 아이들은 나를 피했다. 모든 사람들이 다 내가 불안정하고 가망 없는 날라리라고 생각했다. 선생님들은 그런 나에 대해 잘 알고 있었다. 여러 번 엄한 처벌을 받았고 모두 내가 결국 퇴학을 당할 거라고 생각했다. 나도 알고 있었다. 이미 오래 전부터 나는 착한 학생이 아니었다. 그리 오래 가지 않을 거라고 느끼며 요리조리 도망치고 요령을 부리며 힘겹게 고비를 넘기며 지냈다.

신이 우리를 고독하게 만들어 우리 자신에게로 인도하는 길은 무수히 많다. 당시 신은 그 길을 나와 함께 걸었다. 그 것은 마치 악몽과도 같았다. 더러움과 끈적거림, 깨진 맥주

잔과 냉소적으로 떠들며 지샌 숱한 밤 저 너머로 추방당한 몽상가가 추하고 더러운 길을 쉬지도 못하고 고통스럽게 기어가는 모습이 보인다. 그게 나였다. 공주님을 찾아 나섰다가 악취가 진동하고 쓰레기가 널린 뒷골목 시궁창에 빠지는 꿈도 있는 법이다. 내가 바로 그런 경우였다. 별로 섬세하지 못한 방식으로 그렇게 나의 운명은 고독하도록 정해졌다. 나와 유년기 사이에는 무자비할 만큼 눈부시게 빛나는 파수꾼들이 지키는 굳게 닫힌 에덴동산의 문이 가로놓여 있었다. 그때 나 자신을 향한 향수가 시작되고 눈을 떴다.

아버지가 기숙사 선생님의 경고 편지를 받고 성 ○○시로 찾아왔다. 아버지가 처음 불쑥 나타났을 때만 해도 나는 소스라치게 놀라 경련을 일으켰다. 하지만 그 겨울이 끝날 무렵 아버지가 두 번째로 찾아와 나무라고 부탁하고 제발 어머니를 생각하라고 애원했을 때는 무정하고 냉담한 태도를 보였다. 결국 아버지는 몹시 화가 나서 만약 달라지지 않으면 치욕스럽고 창피스럽게 퇴학시켜서 감화원에 넣어버리겠다고 했다. 좋으실 대로! 아버지가 떠나자 안됐다는 생각이 들었다. 하지만 아버지는 아무것도 이루지 못했으며 나한테 오는 길도 찾지 못했다. 한순간 아버지가 이런 일을 겪는 것이 당연하다는 느낌이 들었다.

앞으로 내가 무엇이 되든 관심이 없었다. 나는 술집에 앉아 잘난 척 우쭐대며 별로 아름답지 못한 이상한 방식으로 세상과 싸웠다. 그것이 내가 세상에 항의하는 방식이었다. 그렇게 자신을 망가뜨리면서 이따금 상황을 이렇게 이해했다. 세상이 나 같은 사람을 필요로 하지 않고 더 좋은 자리와 더 높은 과제를 주지 않는다면 나 같은 사람은 바로 이렇게 망가지는 거라고. 세상이 손해를 보더라도 어쩔 수가 없다고.

그해 크리스마스 방학은 정말이지 즐겁지 않았다. 나를 본 어머니는 깜짝 놀랐다. 나는 키가 훌쩍 더 컸고 생기 없는 표정에 눈가가 짓무른 여윈 얼굴은 잿빛으로 까칠해져 있었다. 거뭇거뭇 나기 시작한 콧수염과 얼마 전부터 쓴 안경 때문에 어머니는 더욱 서먹해했다. 누이들은 뒤로 물러나 킥킥거리고 웃었다. 모든 것이 즐겁지 않았다. 서재에서 아버지하고 한 대화가 불쾌하고 씁쓸했으며, 몇몇 친척과 나눈 인사가 불쾌하고, 무엇보다 크리스마스이브가 불쾌했다. 내가 세상에 태어난 이래로 크리스마스이브는 우리 집에서 가장 성대한 날이었다. 축제 분위기와 사랑과 감사가 넘치고 부모님과 나의 유대를 새롭게 확인하는 저녁이었다. 하지만 이번에는 모든 것이 마음을 짓누르고 당혹스럽기만 했다. "그들은 거기서 자기 양떼를 지켰더라." 예전처럼 아버지가 들판의 목자에 대한 복음서를 읽고 누이들은 선물이 놓인 탁자 앞에 환한 표정으로 서 있었다. 하지만 아버지의 목소리는 즐겁게 들리지 않았고 얼굴은 늙고 짓눌린 듯 보였으며 어머니는 슬퍼했다. 나는 선물과 축하의 말, 복음서와 크리스마스트리 등 전부 다 괴롭고 반갑지 않았다. 크리스마스 쿠키가 달콤한 냄새를 솔솔 풍기며 더 달콤한 추억의 구름을 피워 올렸다. 향기로운 전나무는 이제는 과거가 되어버린 일들을 조잘거렸다. 하지만 나는 그날 저녁 축제가 얼른 끝나기를 간절히 바랐다.

겨울 내내 그렇게 지냈다. 바로 얼마 전 나는 교무위원회로부터 퇴학시키겠다고 으름장을 놓는 엄중한 경고를 받았다. 오래 걸리지 않을 것이다. 될 대로 되라지.

막스 데미안이 원망스러웠다. 그동안 그를 한 번도 보지 못했다. 성 ○○시에서의 학창시절 초반에 편지를 두 번 썼지만 답장을 받지 못했다. 그래서 나는 방학 때도 그를 만나러 가지 않았다.

지난가을 알폰스 베크를 만났던 그 공원에서 한 소녀가 눈에 띄었다. 가시나무 울타리가 파릇파릇해지기 시작하는 초봄이었는데 나는 불쾌한 생각과 걱정에 잠겨 혼자 산책하고 있었다. 건강을 상한데다 계속 돈에 쪼들렸기 때문이다. 동료들한테 진 빚 때문에 집에서 돈을 좀 얻어내려면 필요한 지출을 꾸며내야 했고 몇몇 가게에서 담배나 그 비슷한 물건을 산 외상값도 쌓여가고 있었다. 하지만 심각하게 걱정하지는 않았다. 머지않아 이곳 생활이 끝나고 물에 뛰어들거나 감화원에 가면 그런 사소한 걱정들은 아무것도 아니기 때문이었다. 하지만 여전히 그런 불쾌한 일들을 마주하고 살면서 괴로워했다.

그 봄날 공원에서 아주 매혹적인 소녀를 만났다. 키가 크고 날씬한데다 우아한 옷차림에 얼굴은 영리한 소년 같은 그녀가 바로 마음에 들었다. 내가 좋아하는 타입이었다. 그녀를 보자 상상력이 바쁘게 움직이기 시작했다. 나이는 나보다 그렇게 위인 것 같지 않았지만 훨씬 더 성숙했으며 우아하고 고운 윤곽에 벌써 완연히 숙녀 티가 났다. 하지만 얼굴에는 어렴풋이 오만함과 소년 같은 데가 있었는데 그 점이 특히 마음에 들었다.

그때까지 나는 사랑을 느낀 소녀에게 가까이 다가가본 적이 한 번도 없었다. 그 소녀 역시 마찬가지였다. 하지만 나는 이전의 어떤 인상보다 강한 인상을 받았고, 그녀를 사랑하는 감정은 나의 삶에 엄청난 영향을 끼쳤다.

고귀하고 존경스러운 하나의 모습이 갑자기 다시 내 앞에 나타났다. 아, 내 안의 그 어떤 욕구와 갈망도 경외와 숭배를 향한 소망만큼 깊고 격렬하지 않았다! 나는 소녀를 베아트리체라고 불렀다. 단테를 읽은 적은 없지만 복사본을 갖고 있는 어느 영국 화가의 그림*을 통해 그녀를 알고 있었기 때문이다. 영국 라파엘 전파(前派)의 화가가 그린 그림 속 소녀는 날씬하고 팔다리가 아주 길고 얼굴은 갸름하고 손과 표정에는 승화된 정신의 분위기가 어려 있었다. 나의 아름다운 소녀도 내가 좋아하는 날씬하고 소년 같은 몸매에 승화된 정신과 영혼의 분위기가 얼굴에 엿보였지만 그림 속 소녀와 똑같지는 않았다.

한 마디도 나눈 적이 없지만 베아트리체는 내게 큰 영향을 끼쳤다. 그녀는 내 앞에 모습을 드러내 거룩한 성전의 문을 열어 내가 신전에서 기도하도록 했다. 그날부터 나는 술집에 발길을 딱 끊고 밤에 돌아다니지도 않았다. 이제 다시 혼자 있을 수 있었다. 나는 다시 책을 열심히 읽고 산책도 자주 했다.

---

* 영국 화가 단테 가브리엘 로세티의 〈베아타 베아트릭스〉를 말한다.

갑작스런 변화에 놀림을 많이 받았다. 하지만 이제 사랑하고 숭배하는 대상과 이상이 생기고 삶은 다시 예감과 다채롭고 신비로운 여명으로 가득했기에 아무렇지도 않았다. 숭배하는 대상을 섬기는 노예와 하인일 뿐이었지만 나는 다시 나 자신으로 돌아왔다.

감동이 없이 그 시절을 생각할 수 없다. 나는 무너진 인생의 한 시기의 파편을 모아 '밝은 세계'를 다시 세우기 위해 혼신의 힘을 기울였다. 내 안의 어둠과 악을 떨쳐버리고 신들 앞에 무릎 꿇고 온전히 빛 속에 머무르겠다는 단 하나의 소망을 품고 살았다. 어쨌든 그 '밝은 세계'는 어느 정도 내가 만든 작품이었나. 어머니의 품으로, 책임이 필요 없는 보호 속으로 도망가고 숨는 것이 아니었다. 그것은 내가 직접 고안하고 요구한 새로운 예배로서 책임과 자제가 따랐다. 그동안 나를 괴롭히고 자꾸 도망치게 만든 성(性)은 이제 그 성스러운 불길 속에서 정신과 예배로 승화되어야 했다. 이제 어둡고 추한 것은 모두 사라져야 했다. 신음하며 지새운 밤도 외설적인 그림 앞에서 뛰는 가슴도 금지된 문 앞에서 몰래 엿듣는 것도 음탕함도 다 사라져야 했다. 나는 그 모든 것을 버리고 베아트리체의 상으로 나의 제단을 세웠다. 그녀에게 나를 봉헌하면서 정신과 신들에게 나를 봉헌했다.

어두운 힘들한테서 빼앗은 삶의 한 부분을 밝은 힘들에게 바쳤다. 나의 목표는 쾌락이 아니라 순결이었고, 행복이 아니라 아름다움과 정신성이었다.

베아트리체 숭배는 나의 삶을 송두리째 바꾸어 놓았다. 어제까지 건방지고 냉소적이었던 사람이 성자가 되고자 하는 수도승이 되었다. 나는 익숙한 나쁜 생활을 버리는 데 그치지 않고 모든 걸 바꾸려고 노력했다. 모든 것에서 순결과 고결함과 품위를 추구해서 먹고 마시고 말하고 옷을 입으면서도 그 생각을 했다. 처음에는 억지로 힘들게 했지만 아침 냉수욕으로 하루를 시작했다. 진지하고 품위 있게 행동하고 자세를 똑바로 하고 전보다 천천히 품위 있게 걸었다. 남들이 보면 우스웠겠지만 내 안에서 그것은 신에게 드리는 순수한 예배였다.

새로운 신념을 표현하기 위해 새로 시작한 훈련 중 하나가 중요한 의미를 갖게 되었다. 나는 그림을 그리기 시작했다. 가지고 있는 영국 화가의 베아트리체 그림이 그 소녀와 비슷하지 않아서 시작한 일이었다. 나를 위해 그녀를 그리고 싶었다. 얼마 전 혼자 쓰는 방이 생겨서 새삼 기쁨과 희망에 들떠 예쁜 종이와 물감과 붓을 장만하고 팔레트며 유리잔이며 도자기 접시며 연필을 가지런히 정돈했다. 새로

산 작은 튜브에 든 고운 템페라 물감은 정말 황홀할 만큼 매혹적이었다. 반짝이는 짙은 녹색 물감이 처음으로 하얀 접시에 담겨 빛나던 광경이 아직도 눈에 선하다.

나는 조심스럽게 시작했다. 얼굴을 그리는 것이 어려워 처음에는 다른 것으로 시험해보았다. 장식과 꽃, 상상한 작은 풍경, 예배당 옆에 서 있는 나무, 사이프러스나무가 늘어선 로마의 다리를 그렸다. 가끔 장난스러운 그 일에 푹 빠져 물감상자를 받은 아이처럼 행복해하기도 했다. 드디어 베아트리체를 그리기 시작했다.

몇 장을 완전히 망쳐서 내버렸다. 길에서 여러 번 마주쳤는데도 소녀의 얼굴을 떠올리려고 애쓰면 애쓸수록 생각이 나지 않았다. 결국 포기하고 상상의 나래를 따라, 그리고 일단 시작한 것에 물감과 붓이 이끄는 대로 바로 얼굴을 그리기 시작했다. 거기서 내가 꿈꾸는 얼굴이 나왔는데 꼭 불만스러운 것도 아니었지만 계속 더 해보았다. 새로 그린 그림은 점점 더 분명하게 무언가 말을 했고, 실물하고는 사뭇 달라도 그 타입에는 더 가까워졌다.

점점 더 꿈결 같은 붓놀림으로 선을 그리고 면을 채우는 데 익숙해졌다. 그 선과 면은 모방하는 본보기도 없이 장난스러운 터치와 무의식에서 나온 것이었다. 드디어 어느 날

전보다 더 강하게 말을 거는 얼굴을 거의 무의식적으로 그렸다. 그 소녀의 얼굴이 아니었다. 그 소녀의 얼굴을 그리는 것은 어차피 오래 전에 틀린 일이었다. 무언가 다르고 비현실적이었지만 가치가 덜하지는 않았다. 소녀의 얼굴이라기보다 청년의 얼굴에 가까운 그 소녀는 나의 예쁜 소녀처럼 밝은 금발이 아니라 붉은 기가 도는 갈색 머리에 턱은 강하고 단단하며 입은 붉게 피어났다. 전체적으로 조금 경직되고 가면 같은 데가 있었지만 인상적이고 신비로운 생명으로 가득했다.

완성된 그림 앞에 앉아 있는데 묘한 인상을 받았다. 그림은 신의 상이나 신성한 가면처럼 남자와 여자가 반씩 섞여 있고 나이를 알 수 없으며 강한 의지가 엿보이면서도 꿈을 꾸는 듯하고 경직되어 있으면서도 은밀히 생기가 있었다. 나의 것인 그 얼굴이 내게 무언가 말을 하고 무언가를 요구했다. 누군지는 모르겠지만 어떤 사람을 닮아 있었다.

이제 그림은 한동안 나의 생각과 삶을 함께 했다. 누가 훔쳐보고 나를 놀리는 일이 없도록 그림을 서랍에 숨겨놓았다. 그러나 작은 방에 혼자 있으면 당장 꺼내 이야기를 나누었다. 저녁에는 침대 맞은편 벽에 핀으로 꽂아 놓고 잠들 때까지 바라보았으며 아침에 일어나면 맨 먼저 그쪽으로 눈이 갔다.

당시 나는 어렸을 때처럼 다시 꿈을 많이 꾸기 시작했다. 최근 몇 년간 꿈을 꾸지 않은 듯했다. 이제 꿈을 다시 꾸는데 전혀 다른 영상과 함께 내 그림이 계속 나타났다. 그림이 살아서 말을 하고 친구가 되었다가 적이 되고 오만상을 찌푸렸다가 한없이 아름답고 조화롭고 고결해지는 것이었다.

어느 날 아침 그런 꿈에서 깨어났을 때 불현듯 깨달았다. 그림이 믿을 수 없을 만큼 친근하게 나를 바라보며 내 이름을 부르는 것 같았다. 어머니처럼 나를 잘 알고 그동안 내내 내게 관심을 쏟은 듯 보였다. 두근거리는 가슴을 안고 그림을 응시했다. 숱 많은 갈색 머리, 반쯤 여자 같은 입술과 이상하게 밝고 (물감이 마르면서 저절로 그렇게 되었다) 강인한 이마를 바라보았다. 내 안에서 인식과 재발견, 그리고 깨달음에 점점 더 가까이 다가가고 있다는 느낌이 들었다.

나는 튕기듯 침대에서 일어나 그림 앞에 바짝 다가가 얼굴을 바라보다가 크게 뜨고 응시하는 초록빛이 도는 두 눈을 들여다보았다. 왼쪽보다 조금 올라간 오른쪽 눈이 갑자기 아주 살짝, 하지만 분명히 찡긋했다. 그것을 보고 알았다. 그림은······.

어떻게 그렇게 늦게 알아볼 수 있었을까! 그것은 데미안의 얼굴이었다.

나중에 나는 기억 속의 데미안의 실제 표정과 그림을 몇 번이나 비교해보았다. 비슷하지만 절대 똑같지는 않았다. 그래도 그건 데미안이었다.

어느 초여름 저녁 서쪽으로 난 창문으로 붉은 햇살이 비스듬히 들어왔다. 방이 어둑어둑해졌다. 불현듯 베아트리체 혹은 데미안의 초상을 핀으로 십자 창살에 꽂고 석양에 비추어 보고 싶었다. 그렇게 하자 얼굴의 윤곽은 흐려졌지만 주위가 발그레한 눈과 환한 이마, 강렬한 붉은 입술은 도드라져 깊고도 격렬하게 빛났다. 빛이 사라진 후에도 나는 한참 그림 앞에 앉아 있었다. 차츰 그림이 베아트리체도 데미안도 아닌 나 자신인 듯한 느낌이 들었다. 그림은 나와 비슷하지 않았다. 비슷할 리도 없다고 느꼈다. 하지만 나의 삶을 이루는 것이며 나의 내면이나 나의 운명 혹은 나의 데몬*이었다. 언젠가 다시 친구를 사귄다면 그가 그런 모습이리라. 사랑하는 여인이 생긴다면 그녀가 그런 모습이리라. 나의 삶과 죽음이 그런 모습이리라. 그것은 내 운명의 선율이자

---

* Dämon. 그리스어 'δαίμων(daimon)'에서 유래한 낱말로 '수호정령'을 뜻한다. 맥락에 따라 악한 정령 혹은 선한 정령을 지칭할 수 있다.

리듬이었다.

그 몇 주 동안 책을 한 권 읽기 시작했는데 전에 읽은 그 어떤 책보다 감명 깊었다. 니체 정도라면 모를까 나중에도 그런 책은 별로 없었다. 편지와 경구 들이 담긴 노발리스*의 책이었는데 이해하지 못한 것이 많았지만 하나같이 이루 말할 수 없이 매혹적이고 마음을 사로잡았다. 문득 경구 하나가 생각났다. "운명과 기질은 같은 개념을 부르는 두 이름이다."** 나는 펜으로 그 구절을 초상화 밑에 적었다. 방금 나는 그 경구의 의미를 이해했다.

내가 베아트리체라고 부르는 소녀와는 여전히 자주 마주쳤다. 이제 마음이 흔들리지는 않았지만 늘 부드러운 일치감과 감정적인 예감을 느꼈다. 너는 나와 이어져 있어. 네가 아니라 네 모습이 그래. 넌 내 운명의 일부야.

막스 데미안이 다시 사무치게 그리웠다. 지난 몇 년간 그의 소식을 전혀 듣지 못했다. 방학 때 한 번 잠깐 만난 적이 있었다. 지금 그 이야기를 이 수기에서 빠뜨린 걸 알았다. 부끄러움과 허영심 때문에 쓰지 않았는데 늦었지만 지금이

---

* 독일 낭만주의 시인이자 작가.
** '푸른 꽃'으로 잘 알려진 노발리스의 대표작 『하인리히 폰 오프터딩엔』에 나오는 구절.

라도 그 이야기를 해야겠다.

언젠가 방학 때 나는 술집을 드나들던 시기의 거만하고 지친 얼굴로 고향 도시를 천천히 걷고 있었다. 산책용 지팡이를 휘두르며 변함없이 똑같은 경멸스러운 속물들의 얼굴을 바라보고 있는데 옛 친구가 맞은편에서 걸어왔다. 그를 보는 순간 흠칫했다. 불현듯 크로머 생각이 났다. 제발 데미안이 그 사건을 까맣게 잊었으면! 그에게 빚을 졌다는 사실이 몹시 불쾌했다. 사실 어린 시절의 어리석은 일일 뿐이었지만 그래도 그런 빚이 있다는 건…….

그는 내가 먼저 인사하기를 기다리는 눈치였다. 가능한 태연하게 인사하자 그가 손을 내밀었다. 역시 데미안의 악수였다! 굳건하고 따뜻하면서도 차갑고 남자다운 악수였다!

그가 내 얼굴을 자세히 들여다보며 말했다.

"키가 많이 컸구나, 싱클레어."

그는 하나도 변하지 않은 것 같았다. 언제나처럼 나이 들었으면서도 젊은 모습이었다.

그가 합류해서 우리는 함께 산책을 했다. 옛날 이야기는 꺼내지 않고 사소한 이야기만 했다. 문득 언젠가 몇 번 편지를 보내도 답장이 없었던 일이 생각났다. 그가 멍청한 그 편지들도 까맣게 잊었으면! 그는 편지에 대해서 아무 말도 하지 않았다!

그때는 베아트리체도 초상화도 없고 여전히 방종하게 살던 때였다. 교외에 이르러 술집에 가자고 했더니 그가 그러자고 했다. 나는 호기를 부리며 포도주 한 병을 주문하고 술을 따르고 잔을 부딪치며 대학생 음주문화에 친숙한 걸 과시했으며 첫 잔 역시 단번에 쭉 들이켰다.

"술집에 자주 가나 보지?"

그가 물었다. 나는 나른하게 대답했다.

"음, 그렇지 뭐. 다른 할 일이 뭐 있나? 어쨌든 결국 제일 재미있잖아."

"그렇게 생각하니? 그럴지도 모르지. 하긴 술에 취하는 것이며 바쿠스적인 것이며 멋진 점도 있지! 하지만 내가 보기에 술집에 드나드는 대부분의 사람들은 그 맛을 잊어버린 것 같아. 나는 술집에 드나드는 거야말로 진짜 속물적이라고 생각해. 물론 하룻밤 횃불을 밝히고 화끈하게 취해 비틀거리면 좋지! 하지만 그렇게 계속 한 잔 두 잔 마시는 건 진짜가 아니잖아? 파우스트가 매일 저녁 단골 술집에 앉아 있는 모습을 상상할 수 있니?"

나는 잔을 비우고 적의에 차 그를 쳐다보고는 짧게 말했다.

"그렇지, 하지만 누구나 파우스트는 아니니까."

그는 조금 놀란 듯 멈칫하고 나를 빤히 바라보았다.

그러고 전처럼 활기차고 우월한 태도로 웃었다.

"이런 일로 싸우지 말자. 아무튼 술꾼이나 방탕아의 삶은 아마 흠잡을 데 없는 시민의 삶보다 활기찰 거야. 언젠가 방탕아의 삶은 신비주의자가 되기 위한 최고의 준비라는 말을 읽은 적이 있어. 훗날 예언자가 되는 성 아우구스티누스 같은 사람이 늘 있잖아. 아우구스티누스도 한때 인생을 즐기는 세속적인 사람이었거든."

나는 의혹을 느꼈고 절대 그에게 휘둘리고 싶지 않았다. 그래서 거만하게 말했다.

"글쎄, 다 취향대로 사는 거지! 솔직히 말해서 예언자나 뭐 그런 게 되는 건 나하고 상관없는 일이야."

데미안은 다 안다는 듯 눈을 살짝 가늘게 뜨고 나를 빤히 쳐다보았다. 그리고 천천히 말했다.

"이봐, 싱클레어, 기분 나쁜 얘기를 할 의도는 없었어. 그건 그렇고, 지금 넌 왜 술을 마시는 걸까? 우리 둘 다 네가 술을 마시는 목적을 몰라. 아마 네 안에서 네 삶을 만드는 것은 이미 알고 있을 거야. 알아두는 게 좋아. 우리 안에는 모든 것을 알고 모든 것을 원하며 우리 자신보다 모든 것을 더 잘 하는 누군가가 있어. 그런데 미안하다, 난 그만 집에 가야겠다."

우리는 짧게 작별 인사를 나누었다. 나는 기분이 나빠서 그대로 앉아 혼자 술병을 비웠다. 술집을 나오며 데미안이 이미 계산을 마친 것을 알았다. 그래서 더 화가 났다.

별다른 일도 아닌 그 일이 계속 생각났다. 온통 데미안 생각뿐이었다. 그가 변두리 술집에서 했던 말이 이상할 만큼 생생하게 다 떠올랐다.

"알아두는 게 좋아! 우리 안에는 모든 것을 다 아는 누군가가 있어."

창문에 걸려 있는 그림을 올려다보았다. 어둠이 내려 보이지 않았지만 두 눈은 여전히 빛나고 있었다. 그것은 데미안의 눈길이었다. 혹은 내 안에 있는 누군가의 눈길이었다. 모든 것을 다 아는 누군가의 눈길이었다.

데미안이 얼마나 가슴 저리게 그리웠던가! 연락이 닿지 않아 그의 소식을 알지 못했다. 어딘가에서 대학을 다니고 있으며 그가 김나지움을 마치자 그의 어머니가 우리 도시를 떠났다는 정도만 알고 있었다.

크로머와의 일까지 되짚어 올라가 막스 데미안과의 추억을 모두 떠올려보았다. 그가 한 말이 얼마나 많이 생각났던지! 전부 다 의미가 있고 적절하고 나와 상관이 있었다! 그다지 유쾌하지 않았던 마지막 만남에서 방탕아와 성자에 대해서 했던 말도 불현듯 또렷이 떠올랐다. 나도 그렇지 않았던가? 나도 술에 취하고 더러움과 마비와 상실 속에서 살지 않았던가? 그러다 새로운 삶의 충동이 내 안에서 눈뜨며 순결에 대한 욕구와 성스러움을 향한 그리움 같은 정반대의 다른 것이 생생해지지 않았던가?

나는 계속 기억을 더듬어보았다. 오래 전에 밤이 되었는데 밖에서는 비가 내리고 있었다. 기억 속에서도 빗소리가 들렸다. 데미안이 밤나무 밑에서 프란츠 크로머 일을 캐묻고 나의 첫 비밀을 짐작해서 알아맞혔던 때였다. 등교하며 나눈 이야기며 입교식 준비수업이며 하나하나 차례로 떠올랐다. 마지막으로 막스 데미안과 처음 만났던 일까지 생각났다. 무슨 일이 있었지? 금방 떠오르지 않았지만 시간을 두고 생각에 온전히 잠겼다. 드디어 그 일도 생각났다. 그가 카인에 대한 생각을 말한 다음이었다. 함께 우리 집 앞에 서 있는데 그는 우리 집 대문 위에 있는 희미해지고 오래된 문장에 대해 이야기했다. 위로 갈수록 넓어지는 쐐기돌에 새겨진 문장에 관심이 있다면서 그런 것은 유심히 봐야 한다고 했다.

그 날 밤 데미안과 문장의 꿈을 꾸었다. 데미안이 두 손에 들고 있는 문장이 작고 잿빛이었다가 엄청나게 크고 다양한 색깔을 띠었다가 계속 끊임없이 변했다. 하지만 그는 늘 똑같은 문장이라고 했다. 마지막에 그가 문장을 먹으라고 자꾸 권했다. 문장을 삼켰더니 놀랍게도 문장의 새가 내 안에서 살아나 나를 가득 채우고 안에서부터 나를 쪼아 먹기 시작하는 것이었다. 나는 죽음의 공포에 사로잡혀 화들짝 잠이 깼다.

정신을 차렸더니 한밤중인데 비가 방으로 들이치고 있었다. 창문을 닫으려고 일어났다가 바닥에 있는 환한 것을 밟았다. 아침에 보니 내가 그린 그림이었다. 축축한 바닥에 있어서 불룩해진 그림을 말리기 위해 잘 펴서 압지에 넣어 두꺼운 책 속에 끼워 놓았다. 다음날 보니까 습기는 말랐지만 그림이 달라져 있었다. 붉은 입술은 빛이 바래고 조금 얇아졌다. 이제 완전히 데미안의 입이었다.

나는 그림을 새로 그리기 시작했다. 이번에는 문장의 새를 그렸다. 새의 모습이 원래 어땠는지 또렷이 기억이 나지 않았다. 워낙 오래된 문장인데다 여러 번 덧칠을 해서 가까이서 봐도 알아보기 힘든 부분도 있었다. 새는 꽃이나 바구니, 둥지나 나무 우듬지 같은 어떤 것 위에 서 있거나 앉아 있었다. 그런 것에는 신경 쓰지 않고 분명하게 기억나는 것부터 그리기 시작했다. 막연한 욕구를 느끼고 처음부터 바로 강렬한 색을 사용해 새의 머리를 황금색으로 그렸다. 기분 내키는 대로 계속 그려서 그림을 며칠 만에 완성했다.

그것은 날카롭고 대담한 새매의 머리를 한 맹금이었다. 푸른 하늘을 배경으로 어두운 색깔의 지구 속에 반쯤 몸이 박힌 새는 마치 거대한 알에서 나오려는 듯 몸부림치고 있었다. 보면 볼수록 그림이 꿈에서 본 화려한 문장과 비슷해 보였다.

어디로 부칠지 알았다고 해도 데미안에게 편지를 쓸 수는 없었으리라. 하지만 당시 무슨 일을 할 때마다 느낀 꿈결 같은 예감 때문에 새매 그림을 그에게 보내기로 결심했다. 그가 그림을 받든 못 받든 상관없었다. 그림에는 아무 말도, 심지어 내 이름도 쓰지 않았다. 나는 그림 가장자리를 조심스럽게 잘라내고 커다란 종이봉투를 사서 내 친구의 옛날 주소를 적은 다음 부쳤다.

시험이 다가와 평소보다 더 많이 공부해야 했다. 무례한 태도를 갑자기 버린 다음부터 선생님들은 너그럽게 나를 다시 받아주었다. 여전히 모범생은 아니었지만 반 년 전의 일을 생각하는 사람은 아무도 없었다. 나도 모든 사람의 눈에 내가 퇴학 처벌을 받을 듯 보였던 그때 일을 생각하지 않았다.

이제 아버지도 비난과 협박을 하지 않고 예전처럼 부드러운 어조로 편지를 보냈다. 나는 아버지나 그 누구에게도 달라진 이유를 설명하고 싶지 않았다. 그 변화가 부모님과 선생님들의 소망과 일치한 것은 우연이었다. 변화는 나를 다른 이와 이어주지도 누군가와 가까워지게 하지도 않았다. 나는 전보다 오히려 더 외로워졌다. 변화가 지향하는 목표는 다른 곳에, 데미안과 저 멀리 있는 나의 운명에 있었다. 나 자신도 그런 줄 몰랐다. 변화의 한가운데 있었기 때문이다. 그것은 베아트리체에서 시작되었지만 얼마 전부터 그녀도 눈과 머릿속에서 말끔히 사라졌다. 나는 내가 그린 그림들과 데미안에 대한 생각과 함께 전적으로 비현실적인 세계속에서 살았다. 아무에게도 나의 꿈과 기대, 내면의 변화에 대한 이야기를 한 마디도 할 수 없었으리라. 설사 하고 싶었다고 해도 못했을 것이다.

하지만 어떻게 내가 이야기를 하고 싶어 했겠는가?

5

새는 알에서
나오려고 몸부림친다

　내가 그린 꿈속의 새는 내 친구를 찾으러 길을 떠났다. 정말 이상한 방식으로 답장이 왔다.

　수업 중간 쉬는 시간이 끝나고 교실에서 자리에 앉아 있다가 쪽지 하나가 책에 끼워져 있는 걸 보았다. 동급생들이 이따금 수업 시간에 몰래 주고받는 쪽지와 똑같은 방식으로 접혀 있었는데 누가 보냈는지 궁금했다. 그런 식으로 교류하는 친구가 없었기 때문이다. 참여할 마음이 없는 장난에 날 끌어들이려는 쪽지일 거라고 생각하고 읽지도 않고 책 앞쪽에 끼워 놓았다. 수업 중에 우연히 쪽지에 손이 갔다.

쪽지를 만지작거리다가 생각 없이 펼쳤는데 몇 마디가 적혀 있었다. 흘깃 보다가 한 단어에 눈길이 멈추었다. 나는 소스라치게 놀라 적힌 글을 읽었다. 운명을 마주한 심장이 혹독한 추위를 만난 듯 바짝 오그라들었다.

"새는 알에서 나오려고 몸부림친다. 알은 세계다. 태어나려는 자는 한 세계를 깨뜨려야 한다. 새는 신을 향해 날아간다. 그 신의 이름은 아프락사스다."

그 구절을 몇 번이나 읽고 생각에 잠겼다. 의심의 여지없이 데미안이 보낸 답장이었다. 나와 그 말고 그 새에 대해 아는 사람이 있을 리가 없었다. 그가 내 그림을 받은 것이다. 그는 그림을 이해했고 내가 그 뜻을 해석하도록 도운 것이다. 하지만 모든 것이 서로 어떤 연관이 있을까? 무엇보다 '아프락사스가 무엇인가?' 하는 의문이 나를 괴롭혔다. 그런 말은 들어본 적도 읽어본 적도 없었다. "그 신의 이름은 아프락사스다!"

전혀 듣지 않은 채로 수업이 끝났다. 오전의 마지막 수업인 다음 수업이 시작되었다. 젊고 거짓 위엄을 부리지 않아서 우리가 좋아하는, 대학을 갓 나온 젊은 보조 교사가 담당하는 수업이었다.

우리는 폴렌 선생님의 지도로 헤로도토스를 읽었는데 내

가 흥미를 느낀 몇 안 되는 과목 중 하나였다. 하지만 이번에는 전혀 집중할 수가 없었다. 기계적으로 책을 펼쳤지만 해석을 따라가지 않고 골똘히 생각에 잠겼다. 그런데 그동안 나는 전에 데미안이 종교 시간에 한 말이 옳다는 걸 여러 번 확인했다. 무언가를 간절하게 원하면 반드시 이루어졌다. 수업 시간에 온전히 내 생각에 몰두하면 선생님의 지적을 받지 않고 조용히 있을 수 있었다. 하지만 산만하거나 꾸벅꾸벅 졸면 별안간 선생님이 내 앞에 서 있는 것이었다. 그런 일이 여러 번 있었다. 하지만 진짜 생각하고 진짜 온전히 몰두하면 아무 일도 없었다. 상대를 빤히 쳐다보는 것도 시험해보고 효과를 확인했다. 당시 데미안과 어울릴 때는 잘 안 되었지만 이제는 눈길과 생각으로 아주 많은 것을 이룰 수 있음을 자주 느꼈다.

그때도 헤로도토스와 학교에서 멀리 떠나 그렇게 앉아 있었다. 별안간 선생님의 목소리가 번개처럼 의식 속으로 파고들어와 소스라치게 놀라 잠이 깼다. 선생님의 목소리가 들리고 그가 바로 내 옆에 서 있었다. 내 이름을 부른 줄 알았는데 그는 나를 보고 있지 않았다. 나는 안도의 한숨을 내쉬었다.

그때 선생님의 목소리가 다시 들렸다. 큰 소리로 '아프락사스'라는 낱말을 말하고 있었다.

앞부분을 놓쳤는데 폴렌 선생님이 이어서 설명했다.

"합리주의적 관점에서 보면 고대 종파와 신비주의 단체의 세계관은 아주 단순하게 보이지요. 하지만 우리는 그렇게 생각하면 안 됩니다. 오늘날 우리가 생각하는 의미의 학문은 고대에는 아예 존재하지 않았어요. 대신 철학적·신비주의적 진리 연구가 고도로 발달했지요. 거기서 마법이나 장난이 나오기도 하고 이는 종종 사기와 범죄로 이어졌지요. 하지만 마법도 사실은 고귀한 기원과 심오한 사상을 가지고 있습니다. 앞에서 예로 들었던 아프락사스 학설도 그렇지요. 사람들은 이 이름을 그리스의 마법의 주문과 연관시켜 거론하면서 오늘날에도 야만적인 종족들이 믿고 있는 마법을 부리는 악마의 이름쯤으로 여기지요. 하지만 아프락사스는 더 많은 의미를 갖고 있는 것 같습니다. 우리는 그것이 신적인 것과 악마적인 것을 결합하는 상징적인 과제를 지닌 신의 이름이라고 생각할 수 있습니다."

키가 작고 아는 것이 많은 선생님은 아름답고 열정적으로 설명을 계속했지만 주의 깊게 듣는 학생은 아무도 없었다. 아프락사스의 이름이 더 이상 나오지 않아서 나도 바로 다시 나 자신에게 오롯이 주의를 기울였다.

'신적인 것과 악마적인 것을 결합한다'는 말이 귓가에 맴돌았다. 여기에 연결고리가 있었다. 친하게 지내던 시절이 끝날 무렵 데미안과 이야기할 때 나와서 친숙한 말이었다. 데미안은 우리는 숭배하는 신을 갖고 있지만 그 신은 우리가 멋대로 나누어놓은 세계의 반쪽에 불과하다고 했다. 그 반쪽 세계는 공인되고 허용된 '밝은' 세계라고 했다. 하지만 우리는 세계 전체를 존중할 수 있어야 한다는 것이다. 따라서 악마이기도 한 신을 갖든가, 아니면 신을 섬기는 예배와 함께 악마 예배도 드려야 한다고 했다. 그렇다면 아프락사스는 신이면서 동시에 악마인 신이었다.

한동안 나는 아주 열성적으로 그 신의 자취를 더 찾아보았지만 진전이 없었다. 아무 성과도 없이 아프락사스를 찾아 도서관 전체를 뒤지기도 했다. 그렇게 직접적이고 의도적인 탐구 방식은 어차피 내 성격에 맞지 않았다. 그런 방식으로 처음에 찾은 진리는 손에 들면 돌멩이에 불과할 때가 허다하다.

한동안 그렇게 열렬히 빠져 있었던 베아트리체의 모습은 이제 서서히 아래로 가라앉았다. 아니, 천천히 멀어져 점점 수평선 가까이 다가가 더 어슴푸레해지고 멀어지고 창백해졌다. 그녀의 모습은 더 이상 내 영혼을 만족시키지 못했다.

나는 내면으로 은둔해 마치 몽유병자처럼 살고 있었다. 그런 삶 속에서 새로운 움직임이 꿈틀대기 시작했다. 삶을 향한 그리움, 아니 사랑을 향한 그리움과 잠시 베아트리체 숭배로 해소될 수 있었던 성적인 충동이 활짝 피어나 새로운 모습과 목표를 요구했다. 하지만 갈증은 여전히 채워지지 않았다. 동료들은 소녀들한테서 행복을 찾았지만 그리움을 기만하고 소녀들한테 무언가를 기대하는 것은 예전보다 더 불가능해졌다. 나는 다시 꿈을 많이 꾸었는데 밤보다 오히려 낮에 더 많이 꾸었다. 내 안에서 상상이나 영상 혹은 소망 들이 피어올라 나는 외부 세계와 멀어져 실제 현실보다 내 안의 영상과 꿈 혹은 그림자 들과 더 사실적이고 생생하게 교류하며 살았다.

어떤 꿈 혹은 환상의 유희가 자꾸 나타나 중요한 의미를 갖게 되었다. 내 인생에서 가장 중요하고 오래도록 인상에 남는 그 꿈은 대략 다음과 같았다. 나는 아버지 집으로 돌아왔다. 대문 위에 문장의 새가 푸른 바탕에 노란색으로 빛나고 있었다. 집에서 어머니가 나와 나를 향해 걸어왔다. 들어가면서 안으려고 보니 어머니가 아니라 한 번도 본 적이 없는 인물이었다. 키가 크고 강인한 그 사람은 내가 그린 그림의 인물이나 막스 데미안과 비슷하면서도 다르고 강인하면서도 매우 여성스러웠다. 그 사람이 나를 끌어당겨 떨리는 깊은 사랑이 담긴 포옹을 했다. 환희와 공포가 뒤섞인 그 포옹은 예배이자 범죄였다. 어머니와 친구 데미안에 얽힌 너무 많은 추억이 나를 안은 그 사람 안에 승화되어 서려 있었다. 그 포옹은 경외심에 어긋나는 것이었지만 지극한 행복이기도 했다. 때로는 깊은 행복을 맛보며 때로는 끔찍한 죄를 저지른 듯 죽음의 공포와 양심의 가책을 느끼며 꿈에서 깨어났다.

온전히 내면에서 생겨난 그 모습과 내가 찾는 신을 가리키는 외부의 암시가 무의식 속에서 서서히 연결되었다. 그 연결은 갈수록 긴밀하고 내밀해져 예감의 꿈을 꾸면서 아프락사스를 부르는 듯한 느낌이 들기 시작했다. 희열과 전율이 섞이고 남자와 여자가 뒤섞이고 가장 신성한 것과 가장 추악한 것이 뒤얽히고 가장 여린 순수함 가운데 움찔 경련하는 깊은 죄. 내 사랑의 꿈의 형상과 아프락사스가 바로 그런 모습이었다. 이제 사랑은 내가 처음에 불안해하며 느꼈던 것처럼 동물적인 어두운 충동이 아니었다. 내가 베아트리체 초상에 바쳤던 것 같은 경건하게 승화된 숭배도 아니었다. 사랑은 그 둘 다였다. 아니, 둘 다이면서 그것을 넘어서는 것으로서 천사의 상이자 사탄이었고, 한몸에 남자와

여자가 공존하는 존재였으며, 사람이면서 동물이었고, 지고
의 선이자 극단의 악이었다. 나는 그것을 살도록 정해졌고
그것을 맛보는 것이 내 운명인 듯했다. 나는 그 운명을 그리
워하면서도 두려워했지만 운명은 늘 거기 내 머리 위에 있
었다.

  이듬해 봄에 김나지움을 졸업하고 대학에 가야 했지만
아직도 어디서 무엇을 공부해야 할지 몰랐다. 입술 위에 작
은 콧수염을 기르고 다 자란 어른이 되었는데도 어떻게 해
야 할지 모르고 목표도 없었다. 오직 내 안의 목소리와 꿈속
의 모습만이 확실했다. 그 모습이 인도하는 대로 무조건 따
라가는 것이 나의 임무인 듯했다. 하지만 쉽지 않았다. 나
는 날마다 반항했다. 혹시 내가 미치진 않았을까? 혹시 다른
사람들과 다른 것은 아닐까? 그런 생각이 들 때도 허다했
다. 하지만 남들이 하는 것은 모두 할 수 있었다. 조금만 노
력하고 애쓰면 플라톤을 읽을 수 있었으며 삼각함수를 풀거
나 화학 분석을 따라갈 수 있었다. 딱 하나 할 수 없는 것은
내 안에 어렴풋이 숨어 있는 목표를 끌어내 남들처럼 눈앞
에 그려보는 것이었다. 다른 아이들은 자신이 교수나 판사,
의사나 예술가가 되고 싶은지 정확하게 알고 그렇게 되려면
얼마나 오래 걸리고 어떤 좋은 점이 있는지 정확히 알고 있

었다. 하지만 나는 그럴 수 없었다. 언젠가는 나도 무언가가 되겠지만 그것이 무엇인지 어떻게 안단 말인가. 어쩌면 찾고 찾고 몇 년 동안 계속 찾다가 결국 아무것도 되지 못하고 아무 목표에도 도달하지 못할지도 몰랐다. 결국 도달하지만 그 목표가 사악하고 위험하고 끔찍할 수도 있었다.

나는 오직 내 마음이 시키는 대로 살려고 했을 뿐이다. 그것이 왜 그토록 어려웠을까?

꿈에서 본 강인한 연인을 몇 번이나 그려보려고 했지만 한 번도 성공하지 못했다. 성공했다면 데미안에게 그림을 보냈으리라. 그는 어디에 있을까? 알 수가 없었다. 내가 알고 있는 것은 그와 내가 서로 연결되어 있다는 사실뿐이었다. 언제 그를 다시 만날 수 있을까?

베아트리체 시절 몇 주, 몇 달간 누렸던 아늑한 평온은 오래 전에 사라졌다. 당시 나는 한 섬에 당도해 평화를 찾은 줄 알았다. 하지만 늘 그렇듯이 어떤 상태가 마음에 들고 어떤 꿈에서 기쁨을 느끼자마자 그것은 시들고 흐릿해졌다. 그것을 추억하며 한탄하는 건 얼마나 부질없는 짓인가! 나는 채워지지 않은 뜨거운 갈망과 기대를 품고 살면서 종종 완전히 미쳐버릴 지경이 되곤 했다. 자꾸 꿈속의 연인의 모습이 내 손보다도 더 뚜렷하게 생생히 보였다. 나는 그녀와 이야기하고 그녀 앞에서 울고 그녀를 저주했다. 어머니라고 부르며 그녀 앞에 무릎을 꿇고 눈물을 흘리고, 연인이라고 부르며 모든 걸 충족시키는 성숙한 키스를 기대했다. 그녀를 악마이며 매춘부, 흡혈귀이며 살인자라고 불렀다. 그녀는 나를 유혹해 지극히 고운 사랑의 꿈으로 인도하는가 하면 부끄러움을 모르는 아주 난잡한 곳으로 인도했다. 그녀에게는 그 어떤 것도 너무 선하거나 귀하지 않았고, 그 어떤 것도 너무 나쁘거나 천하지 않았다.

겨울 내내 이루 말로 다 하기 어려운 내면의 폭풍 속에서 지냈다. 오래 전에 익숙해졌기에 이제 외로움에 짓눌리지도 않았다. 나는 데미안과 살고 새매와 살고 내 운명이자 연인인 꿈속의 커다란 여인의 모습과 함께 살았다. 그것으로 충분했다. 모두 위대한 것과 드넓은 것을 바라보고, 모두 아프락사스를 가리켰기 때문이다. 하지만 그 꿈과 상념 가운데 어떤 것도 나의 말을 듣지 않았다. 나는 아무것도 불러낼 수 없었고 아무것도 마음대로 색칠할 수 없었다. 그것이 와서 나를 데려갔고 나는 그것의 지배를 받고 그것의 뜻에 따라 살았다.

바깥세상에 대해서는 단단히 무장이 되어 있었다. 이제 나는 사람들이 두렵지 않았다. 동급생들도 그걸 눈치 채고 은근히 존경을 표시해 종종 빙긋 미소 짓곤 했다. 마음만 먹으면 그들 대부분을 환히 꿰뚫어보고 그래서 가끔 깜짝 놀래줄 수 있었지만 그러고 싶을 때가 거의 혹은 전혀 없었다. 나는 늘 나, 나 자신에만 열중했다. 마침내 한 조각의 삶이라도 살고 내 안에서 무언가를 꺼내 세상에 주고 세상과 관계를 맺고 뒤엉켜 싸우고 싶은 마음이 간절했다. 가끔 저녁에 거리를 걷다가 불안한 마음에 한밤중까지 집에 돌아갈 수 없을 때면 지금, 바로 지금 나의 연인과 마주치고 그녀가 바로 다음 모퉁이를 지나가고 바로 다음 창문에서 나를 부를 것 같은 느낌이 들었다. 때로는 그 모든 것이 참을 수 없이 괴롭게 여겨져 언젠가는 목숨을 끊어야겠다고 마음먹기도 했다.

그때 사람들이 흔히 말하듯 '우연히' 독특한 도피처를 발견했다. 그러나 그런 우연은 존재하지 않는다. 무언가가 절실히 필요한 사람이 절실한 그것을 찾는다면 그것을 준 것은 우연이 아니라 그 자신이다. 그 사람 자신의 갈망과 필연이 그를 그리로 인도한 것이다.

시내를 걷다가 변두리 어느 작은 교회에서 흘러나오는 오르간 소리를 두세 번 들었다. 그냥 지나쳤는데 다음에 지나갈 때 오르간 소리가 다시 들렸다. 바흐의 곡이었다. 가까이 가보았더니 문이 잠겨 있었다. 골목에 다니는 사람이 별로 없어서 교회 옆 모퉁이의 비스듬한 돌에 앉아 외투 깃을 세우고 연주를 들었다. 크지는 않지만 좋은 오르간에 정말 놀라운 연주 솜씨였다. 독특하고 아주 개성적으로 의지와 끈기를 표현해 마치 기도처럼 들리는 연주였다. 저기서 연주하는 사람은 이 음악 속에 보물이 숨겨 있음을 알고 있다. 그래서 목숨을 구하듯 그 보물을 얻으려고 애쓰고 두드리고 노력하는 것이다. 그런 느낌이 들었다. 나는 음악의 기교적인 면은 많이 모르지만 어렸을 때부터 그런 영혼의 표현을 본능적으로 이해하고 음악적인 것을 내 안에 있는 당연한 어떤 것으로 느끼곤 했다.

연주자는 이어서 현대 음악도 연주했다. 레거*의 곡인 것 같았다. 깜깜하다시피 어두운 교회에서 아주 가느다란 빛한 자락이 바로 옆 창문을 통해 흘러나왔다. 나는 연주가 끝나길 기다렸다가 주변을 서성거리며 오르간 연주자가 나올 때까지 기다렸다. 아직 젊지만 나보다는 나이가 많고 땅딸막한 키에 체격이 다부진 남자가 힘차면서도 마지못한 듯한 걸음걸이로 황급히 그곳을 떠났다.

---

* 막스 레거. 독일의 작곡가, 지휘자, 오르간 연주자.

그때부터 가끔 저녁이면 교회 앞에 앉아 있거나 주변을 서성거렸다. 한 번은 교회 문이 열려 있기에 반시간 동안 의자에 앉아 추위에 오들오들 떨면서 연주를 들으며 행복해하기도 했다. 저 위 희미한 가스등 아래에서 연주하는 오르간 연주자의 음악에서 연주자 자신만을 들은 것이 아니었다. 그가 연주하는 모든 것이 서로 비슷하고 은밀히 연결되어 있는 듯했다. 연주하는 모든 것이 독실하고 헌신적이며 경건했지만 교회에 다니는 사람이나 목사 들처럼 경건한 것이 아니라 중세의 순례자나 거지 들처럼 경건했다. 모든 종파를 넘어선 세계감정에 대한 가차 없는 헌신이 담긴 경건함이었다. 연주자는 바흐 이전의 대가들과 고대 이탈리아 작곡가들의 음악을 열심히 연주했는데 모두 같은 것을 말하고 있었다. 그것은 연주자의 영혼에도 있는 것으로서 그리움이었으며 진심으로 세상을 붙잡았다가 다시 세상과 거칠게 작별하는 것이었고, 자신의 어두운 영혼에 뜨겁게 귀 기울이는 것이었으며, 헌신이 주는 황홀함이었고, 경이로운 것에 대한 강한 호기심이었다.

한번은 교회에서 나오는 연주자의 뒤를 몰래 따라갔다. 도심에서 멀리 떨어진 어느 작은 술집으로 들어가는 그를 호기심을 이기지 못하고 따라 들어갔다. 거기서 처음으로 그를 똑똑히 보았다. 검은 펠트 모자를 쓰고 작은 홀의 구석 테이블에 포도주를 앞에 놓고 앉아 있는 그의 얼굴은 예상했던 대로 못생긴데다 약간 거칠고 탐구적이고 집요하며 고집 세고 의지가 강하지만 입가는 부드럽고 어린 아이 같았다. 남성적이고 강인한 특성은 눈과 이마에 집중되어 있고 얼굴의 아래쪽은 여리고 미숙하고 자제력이 모자라고 나약함마저 엿보였다. 우유부단함이 엿보이는 턱은 이마나 눈빛과는 대조적으로 소년 같았다. 나는 자부심과 적의가 가득한 그의 짙은 갈색 눈이 마음에 들었다.

아무 말 없이 그의 맞은편에 앉았다. 술집에는 우리 둘밖에 없었다. 그가 나를 쫓아버리려는 듯 쏘아보았지만 개의치 않고 계속 쳐다보았다. 마침내 그가 퉁명스럽게 으르렁댔다.

"왜 그렇게 뚫어져라 쳐다보지? 나한테 뭘 바라는 거야?"

"없습니다. 하지만 선생님에 대해 많은 걸 알고 있지요."

그가 이마를 찌푸렸다.

"그래, 음악광인가? 나는 음악에 대한 열광은 구역질난다고 생각하는데."

나는 물러서지 않았다.

"저 교회 바깥에서 선생님의 연주를 자주 들었습니다. 아무튼 귀찮게 해드릴 생각은 없습니다. 뭔지는 모르지만 선생님한테서 뭔가 특별한 것을 발견할 수 있다고 생각했어요. 하지만 제 말에 신경 쓰지 마세요! 저야 교회에서 선생님 연주를 들을 수 있으니까요."

"나는 늘 문을 잠그는데."

"얼마 전에는 잊어버리셨기에 안에 들어가 앉았지요. 여느 때는 바깥에 서 있거나 모퉁이 돌에 앉아 있지요."

"그래? 다음에는 들어와도 좋아. 안이 더 따뜻하니까. 그냥 노크만 하면 돼. 세게 두드리라고. 하지만 연주 중에는 사절이야. 자, 말해보게. 무슨 말을 하려고 했지? 아주 젊은 사람인데. 김나지움 학생이나 대학생 같은데, 혹시 음악가인가?"

"아니에요. 음악은 즐겨 듣습니다. 하지만 선생님이 연주하는 것 같은 절대적인 음악만 듣습니다. 한 인간이 천국과 지옥을 뒤흔들고 있는 듯한 그런 음악 말이에요. 저는 음악을 아주 좋아합니다. 음악은 그다지 도덕적이지 않으니까요. 다른 것들은 다 도덕적인데 저는 그렇지 않은 것을 찾고 있거든요. 저는 도덕적인 것 때문에 늘 고통만 받았지요. 표현을 잘 못 하겠네요. 그런데 하느님이면서 악마인 신이 분명히 있다는데 혹시 아세요? 그런 신이 있었다고 하던데요,

그런 얘기를 들었습니다."

음악가는 챙이 넓은 모자를 약간 뒤로 젖히고 넓은 이마에 흘러내린 검은 머리를 쓸어넘겼다. 그리고 나를 뚫어져라 쳐다보더니 테이블 너머 내 쪽으로 얼굴을 기울였다.

그가 긴장한 목소리로 나직하게 물었다.

"자네가 말하는 신은 이름이 어떻게 되지?"

"유감스럽게도 아는 게 거의 없어요. 사실은 이름만 알아요. 아프락사스입니다."

음악가는 누가 엿듣지 않나 의심하는 듯 주위를 둘러보고는 바짝 다가와 속삭였다.

"그럴 줄 알았어. 자네, 누구야?"

"김나지움 학생입니다."

"아프락사스는 어떻게 알았나?"

"우연히요."

그가 테이블을 탕 내려쳤다. 그 바람에 그의 술잔에서 포도주가 넘쳐흘렀다.

"우연! 그런 빌어…… 먹을 소리 작작하게, 젊은이! 아프락사스는 우연히 알 수가 없어, 알아두라고. 내가 아프락사스 이야기를 더 해주지. 내가 조금 알거든."

그는 입을 다물고 의자를 뒤로 밀었다. 내가 기대에 차서 바라보자 얼굴을 찡그렸다.

"여기서 말고! 다음번에. 자, 받게!"

그는 그대로 입고 있던 외투 호주머니에 손을 넣어 군밤 몇 개를 꺼내 던졌다.

나는 말없이 군밤을 받아먹었다. 기분이 아주 좋았다.

잠시 후 그가 속삭였다.

"자! 그에 대해…… 어디서 알았지?"

나는 머뭇거리지 않고 말했다.

"저는 혼자였고 어찌 해야 좋을지 몰랐습니다. 그때 아는 것이 많은 듯한 옛 친구가 생각났어요. 그림을 그렸습니다. 지구에서 빠져 나오려는 새 그림이었지요. 그림을 친구에게 보내고 얼마가 지나 더는 답장을 기대하지 않게 되었는데 쪽지 하나가 손에 들어왔어요. 쪽지에는 이렇게 적혀 있었습니다. '새는 알에서 나오려고 몸부림친다. 알은 세계다. 태어나려는 자는 한 세계를 깨뜨려야 한다. 새는 신을 향해 날아간다. 그 신의 이름은 아프락사스다.'"

그는 아무런 대꾸도 하지 않았다. 우리는 밤을 까서 포도주 안주로 먹었다.

그가 물었다.

"한 잔 더 할까?"

"아니, 됐습니다. 술을 좋아하지 않아요."

그는 조금 실망한 듯 웃었다.

"좋을 대로! 난 아니야. 여기서 좀 더 마셔야겠네. 이제 그만 가보지!"

다음번에 오르간 연주가 끝나고 함께 걷는데 그는 말을 많이 하지 않았다. 그가 나를 어느 오래된 골목에 있는 낡고 웅장한 저택의 위층 방으로 데려갔다. 조금 음침하고 황량한 커다란 방에 음악과 관련이 있는 것이라고는 피아노밖에 없었지만 커다란 책장과 책상 때문에 학자의 방 같은 분위기가 났다.

내가 감탄하며 말했다.

"책이 정말 많네요!"

"일부는 아버지 서재에서 가져온 거야. 나는 아버지 집에서 살고 있어. 그래, 젊은이, 난 아버지와 어머니 집에서 살지만 부모님한테 젊은이를 소개할 수는 없어. 우리 집에서는 내 친구들을 탐탁해하지 않거든. 나는 버린 자식이야. 아버지는 굉장히 존경스러운 분이지. 이 도시에서 유명한 목사이자 설교가거든. 그리고 나는, 사태 파악을 바로 하라고 말해두는데, 그 분의 재능 많고 장래가 촉망되는 아드님이지. 하지만 탈선하여 살짝 미쳐버린 아드님이지. 나는 신학생이었는데 국가고시를 코앞에 두고 그 고루한 학문을 그만 뒀다네. 실은 개인적으로는 지금도 공부하고 있으니까 아직 그 분야에 남아 있다고 할 수 있지만. 사람들이 시대에 따라 어떤 신을 생각해냈는지 그것이 늘 나의 중요한 관심사였지. 그밖에 지금은 음악가이고 곧 작은 오르간 연주자 자리를 얻게 될 거야. 그럼 다시 교회로 돌아가는 거지."

나는 책등을 죽 훑어보았다. 작은 탁상램프의 흐릿한 불빛 속에서 그리스어와 라틴어, 그리고 히브리어 제목이 보였다. 그동안 음악가는 어둠 속에서 벽 가까이 방바닥에 엎드려 무언가를 하고 있었다.

얼마 후 그가 말했다.

"이리 오게. 이제 철학을 해보자고. 그러니까 아가리를 닫고 배를 깔고 엎드려 생각하자는 거지."

그는 성냥을 켜서 자기 앞에 있는 벽난로 속 종이와 장작에 불을 붙였다. 불꽃이 확 타오르자 조심스럽게 불을 쑤석거리고 장작을 더 넣었다. 나는 그의 곁으로 다가가 다 해진 양탄자 위에 엎드렸다. 그는 불을 물끄러미 바라보았는데 나도 불에 마음이 끌렸다. 우리는 펄럭이는 장작불 앞에 한 시간 남짓 엎드려 말없이 불꽃을 바라보았다. 불꽃은 타닥타닥 맹렬히 타오르다가 주저앉아 몸부림치며 꺼질 듯 가

물거리더니 다시 확 타올랐다가 이윽고 난로 바닥에 조용히 사그라졌다.

"불꽃 숭배는 인간이 고안한 것 가운데 그렇게 어리석은 것은 아니야."

그가 혼잣말로 중얼거렸다. 그 외에는 둘 다 한 마디도 하지 않았다. 나는 뚫어져라 불을 바라보면서 꿈과 고요한 정적에 잠겨 연기 속 형상들과 재 안의 영상들을 보았다. 그러다 한 번은 흠칫 놀랐다. 나의 동료가 송진 한 덩어리를 불에 던지자 작고 가느다란 불꽃이 확 솟아올랐는데 그 속에서 노란 새매 머리를 한 새를 보았기 때문이다. 사그라지는 난롯불 속에서 황금빛으로 빛나는 실들이 엉켜 그물을 만들고 문자와 영상 들이 나타나고 얼굴과 동물, 식물과 벌레, 뱀 들에 대한 기억이 떠올랐다. 정신을 차리고 옆을 쳐다보자 그는 두 주먹으로 턱을 괸 채 자신을 잊고 광적으로 재를 응시하고 있었다.

나는 나직이 말했다.

"이제 가야겠어요."

"그래, 그만 가보게. 안녕!"

그는 일어나지 않았다. 램프가 꺼져버려서 어두운 방과 복도와 계단을 더듬더듬 지나 마법에 걸린 낡은 저택을 빠져나왔다. 잠시 길에 서서 오래된 집을 올려다보았다. 불이 켜진 창이 하나도 없었다. 대문 앞에 놋쇠로 된 작은 문패가 가스등 불빛에 반짝였다.

'주임 목사 피스토리우스'라고 적혀 있었다.

집에 와서 저녁을 먹고 작은 내 방에 혼자 앉아 있는데 그제야 아프락사스에 대해서도 피스토리우스에 대해서도 별 이야기를 듣지 못했다는 생각이 났다. 우리가 채 열 마디도 하지 않았다는 것도 생각났다. 하지만 그를 방문한 일은 매우 만족스러웠다. 그는 다음에 만나면 아주 멋진 옛 오르간 곡인 북스테후데의 〈파사칼리아〉*를 들려주겠다고 약속했다.

당시는 몰랐지만 오르간 연주자 피스토리우스는 우중충한 은둔자의 방 벽난로 앞에 함께 바닥에 엎드려 있을 때 첫 가르침을 주었다. 불을 바라본 것은 내 안에 늘 존재했지만 한 번도 제대로 돌보지 않았던 성향을 북돋아주고 확인해주는 좋은 영향을 미쳤다. 서서히 부분적으로나마 그 사실을

---

* 북스테후데는 바로크 시대의 유명한 작곡가이자 오르간 연주자. 〈파사칼리아〉는 17세기 초 스페인에서 유래한 무곡.

분명히 깨닫게 되었다.

나는 어렸을 때부터 항상 자연의 기묘한 형태를 바라보는 성향이 있었다. 관찰하는 것이 아니라 그 고유한 매력과 뒤얽히고 깊은 언어에 빠지는 것이었다. 옹이진 기다란 나무뿌리, 돌멩이에 비치는 알록달록한 광맥, 물 위에 떠다니는 기름방울, 유리에 생긴 금 같은 것에 이따금 매력을 느꼈다. 특히 물과 불, 연기와 구름, 먼지, 그 중에서도 눈을 감으면 보이는 빙글빙글 도는 알록달록한 점이 좋았다. 피스토리우스를 처음 방문한 후 며칠 동안 그런 것이 새록새록 다시 생각났다. 그동안 느낀 활력과 기쁨, 그리고 나 자신에 대한 고조된 감정이 모두 불을 오래 바라본 덕분임을 깨달았기 때문이다. 불을 바라보고 있으면 이상하게 기분이 좋고 마음이 풍요로워졌다!

그때까지 내 인생의 진정한 목표를 찾는 길에서 체험한 많지 않은 경험에 새로운 경험이 하나 더 보태졌다. 그런 형상을 관찰하고 불합리하고 뒤얽히고 기묘한 자연의 형태에 몰두하면 그런 형상을 만들어낸 의지와 우리의 내면이 하나가 되는 느낌이 든다. 그리고 바로 그 형상을 우리 자신의 기분이며 우리 자신의 창작품으로 생각하고 싶어진다. 우리와 자연의 경계가 흔들리고 흐릿해지면서 우리 망막에 맺힌 형상들이 외부의 자극에서 온 것인지 아니면 내면에서 온 것인지 알 수 없게 된다. 우리가 얼마나 대단한 창조자이며 우리의 영혼이 세계의 부단한 창조에 얼마나 깊이 동참하고 있는지 이 훈련만큼 간단하고 쉽게 보여주는 것도 없다. 나눌 수 없는 동일한 신성(神性)이 우리 안에서 그리고 자연 안에서 작용하고 있다. 바깥세상이 몰락해도 우리 중 한 명이 그 세계를 다시 세울 수 있을 것이다. 산과 강, 나무와 나뭇잎, 뿌리와 꽃 등 자연의 모든 형상이 우리 안에 이미 존재하고 영혼에서 나오기 때문이다. 영혼의 본질은 영원성이며 우리는 그 본질을 알지 못하지만 주로 사랑과 창조의 힘으로 느끼고 있다.

몇 년 후 어떤 책에서 그런 관찰 방식을 다시 확인했다. 바로 레오나르도 다 빈치의 책이었다. 다빈치는 많은 사람들이 침을 뱉어놓은 담벼락을 바라보는 것이 얼마나 큰 자극이 되고 유익한 일인지 말하고 있다. 다빈치가 축축한 담벼락의 얼룩을 보고 느낀 것은 피스토리우스와 내가 불 앞에서 느낀 것과 같은 것이었다.

다시 만났을 때 오르간 연주자는 이렇게 설명했다.

"우리는 우리 인격의 경계를 너무 좁게 잡고 있어! 개인적인 것으로 구분하고 남들과 다르다고 생각하는 것만을 우리의 인격으로 간주하지. 하지만 우리는 세계의 구성 요소 전체로 이루어져 있다네. 우리 한 사람 한 사람이 다 그렇지. 우리 몸이 물고기와 그 이전까지 거슬러 올라가는 진화의 전 계보를 지니고 있듯이 우리 영혼 역시 지금까지 인간 영혼 안에 살았던 모든 것을 지니고 있어. 그리스인과 중국인 혹은 아프리카 줄루족이 존재한다고 믿었던 모든 신과 악마 들, 그러니까 지금까지 존재한 모든 신과 악마 들이 우리 안에 있지. 가능성과 소망, 그리고 대안으로 말이야. 인류가 멸망하고 어지간한 재능에 아무 교육도 받지 못한 아이하나만 살아남는다면 그 아이가 신과 악마 들, 낙원, 계명과 금기, 신약과 구약 등 모든 것을 다시 만들어낼 거야."

나는 이의를 제기했다.

"좋아요. 하지만 그렇다면 개인의 가치는 어디에 있지요? 우리 안에 모든 것이 이미 완성되어 있다면 왜 우리는 노력하는 거죠?"

피스토리우스가 격하게 소리쳤다.

"잠깐! 자네가 그냥 세계를 속에 지니고 있느냐, 아니면그 사실을 알기도 하느냐는 엄청난 차이가 있어! 미치광이도 플라톤을 연상시키는 생각을 말하고, 헤른후트파 학교의신앙심 깊은 어린 학생도 그노시스파나 조로아스터교에 나오는 심오한 신화적 연관을 독창적으로 사유할 수 있네. 하지만 사실 그런 것은 하나도 모른다고! 그걸 모르면 그는 나무나 돌, 기껏해야 동물일 뿐이지. 첫 인식의 불꽃이 어렴풋이 빛날 때 비로소 인간이 되지. 설마 자네는 저기 길거리를 두 다리로 걸어 다니는 존재들이 다 사람이라고 생각하진 않겠지? 단지 똑바로 서서 걷고 아홉 달 동안 새끼를 배 속에 품고 있다는 이유로 말이야. 그들 가운데 많은 이들이 물고기나 양, 벌레나 거머리 혹은 개미나 벌에 지나지 않음을 자네도 알고 있을 거야! 그들 각자의 내면에는 인간이 될 가능성이 있지만 그 가능성을 예감하고 부분적이나마 의식하는 법을 배워야 그 가능성은 진짜 그의 것이 되는 거라네."

우리는 대략 그런 식으로 대화했다. 완전히 새롭고 놀라운 것은 별로 나오지 않았지만 아주 진부한 것조차도 모두 내 안의 한 지점을 끊임없이 조용히 망치질하고 내가 성장하고 허물을 벗고 알껍데기를 깨뜨리는 데 도움을 주었다. 그때마다 나는 고개를 조금 더 높이 자유롭게 쳐들었고 마침내 나의 황금빛 새가 부서진 세계의 껍질에서 맹금의 아름다운 머리를 내밀었다.

우리는 꿈 이야기도 자주 했다. 피스토리우스는 꿈을 해석할 줄 알았다. 아주 신기한 일이 하나 생각난다. 꿈에서 나는 하늘을 날고 있었다. 하지만 높이 떠올라 공중에 내던져지는 식이어서 내 마음대로 통제가 되지 않았다. 하늘을 나는 느낌은 상쾌했지만 뜻하지 않게 걱정스러울 만큼 높이 올라가자 겁이 더럭 났다. 그 순간 다행히 숨을 멈추고 내쉬는 것을 통해 올라가고 내려가는 걸 조정할 수 있다는 사실을 발견했다.

피스토리우스는 그 꿈에 대해 이렇게 말했다.

"자네를 날게 만든 도약은 우리 인류의 위대한 자산으로서 우리 모두가 갖고 있지. 그건 모든 힘의 뿌리와 연결되어 있다는 느낌이지. 하지만 우리는 곧 불안해지는 거야! 굉장히 위험하니까! 그래서 대부분의 사람들은 나는 걸 포기하고 법적인 규정의 손을 잡고 보도를 걷는 쪽을 택하지. 하지만 자네는 아니야. 자네는 유능한 젊은이답게 계속 날고 있어. 보라고, 자네는 서서히 비행을 마음대로 통제하는 놀라운 사실을 발견하는 거야. 자네를 이끄는 크고 보편적인 힘에 자네 자신의 미세하고 작은 힘이 보태지는 거라고. 기관이, 방향타가 보태지는 거야! 정말 멋진 일이지. 방향타가 없다면 자기 뜻과 무관하게 공중을 떠다닐 뿐이야. 이를테면 미친 사람들이 그렇지. 미친 사람들은 보도를 걷는 사람들보다 더 깊은 예감을 갖고 있지만 열쇠와 방향타가 없기에 바닥 모를 깊은 심연에 떨어지고 말아. 싱클레어, 자네는 잘 하고 있어! 어떻게 하느냐고? 아직도 모르겠나? 호흡을 조절하는 새로운 기관으로 하고 있잖아. 이제 저 깊은 곳에서 자네의 영혼이 얼마나 '개인적'이지 않은지 알 수 있겠지. 자네의 영혼이 조절 기관을 발명한 것은 아니니까! 그 기관은 새로운 게 아니야! 수천 년 전부터 존재하는 것을 빌린 거지. 그건 물고기의 평형기관인 부레야. 실제로 지금도 특이하고 오래된 몇몇 물고기 종류에서는 부레가 일종의 허파 역할을 해서 상황에 따라 정말 호흡하는 데 쓰일 수도 있다니까. 그러니까 자네가 꿈에서 비행 부레로 사용한 허파와 똑같은 거지."

그는 심지어 동물도감을 가져와 오래된 그 물고기들의 이름과 그림을 보여주기까지 했다. 나는 묘한 전율을 느끼며 이전 진화단계의 한 기능이 내 안에 살아 있음을 느꼈다.

6

야곱의 씨름

특이한 음악가 피스토리우스한테 들은 아프락사스 이야기를 간단히 다시 설명할 수는 없다. 하지만 그에게 배운 가장 중요한 것은 나 자신에게 한 걸음 더 성큼 다가간 것이었다. 평범하지 않은 열여덟 살의 젊은이였던 나는 수백 가지 일에서 조숙한 반면 수백 가지 다른 일에서 미성숙하고 무능했다. 남들과 비교하고 자부심에 우쭐할 때도 많았지만, 풀이 죽고 자존심이 상할 때도 못지않게 많았다. 때로는 내가 천재라고 생각했지만, 때로는 반쯤 미쳤다고 생각했다. 나는 동갑내기들의 기쁨과 삶에 동참할 수 없었다. 그들에게서 절망적으로 떨어져 있고 삶이 닫혀 있는 듯해 자책과 걱정으로 나 자신을 괴롭혔다.

그 자신이 괴짜였던 피스토리우스는 내게 용기와 자신을 존중하는 마음을 가르쳐주었다. 나의 말과 꿈, 환상과 생각에서 언제나 가치를 찾고 언제나 진지하게 받아들이고 이야기하면서 본보기를 보였다.

그는 이렇게 말했다.

"전에 음악이 도덕적이지 않아서 좋다고 한 적이 있었지. 그런 거야 아무래도 상관없어. 하지만 자네 역시 도덕주의자가 되면 안 돼! 자신을 남들과 비교하지 말게. 자연이 자네를 박쥐로 만들었다면 타조가 되려고 하면 안 되는 거야. 자네는 가끔 자신이 괴짜라고 생각하고 대부분의 사람들과 다른 길을 간다고 자신을 비난하지. 그런 습관은 버려야 해. 불을 보고 구름을 바라보게나. 예감이 떠오르고 자네 영혼의 목소리가 말하기 시작하면 자신을 맡기고 선생님이나 아버지 혹은 어떤 신의 마음에 맞을까 그들이 좋아할까 묻지 말게! 그럼 자신을 망치는 거야. 그럼 보도를 걸으며 화석이 되는 거라고. 싱클레어, 우리의 신은 아프락사스야. 신이면서 악마고 밝은 세계와 어두운 세계를 함께 지닌 아프락사스라고. 아프락사스는 자네의 그 어떤 생각과 꿈도 비난하지 않아. 명심하게. 하지만 자네가 흠잡을 데 없는 정상인이 되면 아프락사스는 자네를 떠나고 말지. 자네를 떠나서 자신의 새로운 사상을 요리할 새 냄비를 찾아간다고."

꿈 가운데 가장 많이 꾼 꿈은 저 어두운 사랑이었다. 그 꿈을 꾸고 또 꾸었다. 나는 문장의 새 아래를 지나 오래된 우리 집으로 들어가 어머니를 안으려고 했는데 어머니가 아니라 반은 남자 같고 반은 어머니 같은 키가 큰 여자를 안고 있었다. 그녀가 두려우면서도 뜨거운 욕망에 마음이 끌렸다. 그 꿈을 친구에게 말할 수가 없었다. 다른 이야기는 다 털어놓았지만 그 꿈만은 혼자 간직했다. 그 꿈은 나의 은밀한 장소이지 비밀이었고 또 피난처였다.

마음이 울적하면 피스토리우스에게 북스테후데의 〈파사칼리아〉를 연주해달라고 했다. 저녁에 어둑한 교회에 앉아 그 독특하고 내밀하며 자신 안에 침잠하고 자신의 소리에 귀 기울이는 듯한 음악에 잠기면 언제나 기분이 좋아지고 영혼의 목소리가 옳다고 인정하려는 각오를 더 다지게 되었다.

오르간 소리가 스러진 후에도 우리는 가끔 한참 그대로 앉아 희미한 빛이 교회의 높고 뾰족한 아치형 창문으로 비치고 이윽고 사라지는 걸 바라보았다.

피스토리우스는 말했다.

"한때 내가 신학생이었고 목사가 될 뻔했다는 사실이 우습게 보일지도 모르겠어. 하지만 나는 형식상의 잘못을 저지른 것뿐이야. 사제는 여전히 나의 천직이자 목표지. 다만 너무 일찍 만족하고 아프락사스를 알기 전에 야훼에게 몸을 바쳤던 거야. 아, 모든 종교는 다 아름다워. 기독교의 성찬식에 참여하든 메카로 순례를 떠나든 상관없이 종교는 영혼이야."

나는 이렇게 말했다.

"그렇다면 실제로 목사가 될 수도 있었을 텐데요."

"아니야, 싱클레어, 아니야. 그랬다면 아마 난 거짓말을 해야 했을 거야. 오늘날 종교는 마치 종교가 아닌 듯 행해지고 있어. 오성의 산물인 듯 굴고 있다고. 나는 부득이한 경우 가톨릭 신자는 될 수 있어도 개신교 목사는…… 절대 못 해! 말씀을 문자 그대로 믿는 진짜 신자를 몇 명 알고 있어. 그들에게 그리스도는 인격이 아니라 영웅이며 신화라고 말할 수는 없을 거야. 거대한 환영이라고, 그 속에서 인류는 영원의 벽에 그려진 자신의 모습을 발견하는 거라고 말할 수는 없다고. 또 현명한 말씀을 듣고 의무를 다하고 아무것도 놓치지 않으려고 등등의 이유로 교회에 나오는 사람들도 있지. 그들에게는 어떤 말을 해야겠나? 그들을 개종시키라고? 혹시 그렇게 생각하나? 그럴 생각은 조금도 없네. 사제는 개종시키려 하지 않고 다만 자신과 비슷한 사람들과 신자들 사이에서 살면서, 우리가 우리 신들을 창조한 바탕이 되는 감정을 품고 또 표현하고 싶어 할 뿐이야."

그는 잠시 중단했다가 다시 계속했다.

"우리가 아프락사스라고 부르는 새로운 신앙은 아름다운 거야, 싱클레어. 우리가 가진 최고의 것이지. 하지만 그 신앙은 아직 젖먹이야! 아직 날개도 돋지 않았지. 아, 외로운 종교는 참된 종교가 아니야. 종교는 함께 하는 것이고 숭배와 도취, 축제와 신비 의식이 있어야 하는데⋯⋯."

그는 혼자 생각에 잠겼다. 나는 머뭇거리며 말했다.

"신비 의식은 혼자 하거나 아주 작은 그룹에서도 할 수 있지 않나요?"

그가 고개를 끄덕였다.

"할 수야 있지. 나는 이미 오래전부터 하고 있다네. 사람들한테 발각되면 감옥에서 몇 년은 썩어야 할 예배를 드렸지. 하지만 그건 제대로 된 예배가 아니야."

그가 갑자기 내 어깨를 쳐서 움찔했다. 그가 단호하게 말했다.

"이봐, 자네도 신비 의식을 갖고 있지. 나한테 말하지 않은 꿈이 있다는 거 알고 있어. 어떤 꿈인지 알고 싶지는 않

아. 하지만 이 말은 하겠네. 그 꿈을 살고 그 꿈을 가지고 놀고 그 꿈에 제단을 세워주게! 아직 완전한 것은 아니지만 하나의 길이니까. 앞으로 우리가, 자네와 나와 몇몇 다른 사람들이 세상을 개혁하게 될지 어떨지는 두고 봐야겠지. 하지만 우리는 마음속에서 날마다 세상을 개혁해야 해. 그렇게 하지 않으면 우리는 아무것도 아닌 거야. 명심하게! 싱클레어, 자네는 열여덟 살이고 거리의 매춘부한테 달려가지 않지. 사랑의 꿈과 사랑의 소망을 가져야 해. 어쩌면 그 꿈과 소망이 두려울 수도 있지만 두려워하지 말게! 자네가 가진 최고의 것이니까! 내 말을 믿게. 자네 나이에 나는 사랑의 꿈을 능욕해 많은 것을 잃었어. 그런 짓은 하면 안 되는 거야. 아프락사스를 아는 사람은 이제 그러면 안 된다고. 우리 안의 영혼이 원하는 것은 그 어떤 것도 두려워하거나 금지되었다고 생각하면 안 돼."

나는 깜짝 놀라서 이의를 제기했다.

"하지만 머릿속에 떠오르는 일을 전부 다 할 수는 없지요! 마음에 안 든다고 사람을 죽이면 안 되잖아요!"

그가 내 쪽으로 좀 더 가까이 다가왔다.

"상황에 따라서는 그래도 돼. 다만 대부분 오류일 때가 많지. 나도 머릿속에 떠오르는 걸 모두 다 하라는 말은 아니야. 아니지. 하지만 좋은 의미가 있는 생각을 몰아내고 이리저리 도덕적으로 저울질해서 그 생각을 해치지는 말라는 거야. 자신이나 다른 사람을 십자가에 못 박는 대신 장엄한 사상의 포도주를 마시면서 희생의 신비 의식을 생각할 수 있지. 그런 행동을 하지 않고도 자신의 충동과 소위 유혹을 존경과 사랑으로 대할 수도 있어. 그럼 그 충동과 유혹은 자신의 의미를 내보인다네. 모든 충동과 유혹은 다 의미를 갖고 있거든. 싱클레어, 정말 터무니없는 생각이나 잘못된 생각이 다시 떠오르고 누군가를 죽이거나 엄청나게 음란한 짓을 저지르고 싶거든 아주 잠깐이라도 생각해보게. 자네 안에서 그런 공상을 불러일으키는 건 아프락사스라는 걸 말이야! 자네가 죽이고 싶은 사람은 절대로 아무개라는 특정인이 아니야. 아무개 씨는 다른 것의 위장일 뿐이지. 우리가 어떤 사람을 미워한다면 우리 자신 안에 있는 무언가를 그 사람에게서 발견하고 미워하는 거야. 우리 자신 안에 있지 않은 것은 우리를 자극하지 않으니까."

지금까지 피스토리우스가 한 말 가운데 그렇게 마음 깊이 와 닿은 말도 없었다. 나는 대답을 할 수 없었다. 무엇보다 그의 충고가 몇 년 동안 혼자 간직하고 있는 데미안의 말과 일치하는 것이 강하고도 묘하게 마음에 와 닿았다. 두 사람은 서로 모르는 사이인데도 똑같은 말을 했다.

피스토리우스가 나직이 말했다.

"우리가 보는 사물은 우리 안에 있는 사물과 똑같은 거야. 우리 안에 있는 현실 말고 다른 현실은 없어. 대부분의 사람들이 그토록 비현실적으로 사는 이유는 외부의 상을 현실로 여기고 자기 안의 고유한 세계가 발언할 기회를 주지 않기 때문이야. 그래서 행복할 수도 있겠지. 하지만 다른 것을 알게 되면 대부분의 사람들이 가는 길을 선택하지 않게 되지. 싱클레어, 대부분의 사람들이 가는 길은 쉽지만 우리가 가는 길은 어렵다네. 그래도 그 길을 함께 가보세."

며칠 후 그를 두 번이나 기다리다 허탕 치고 저녁 늦게 길에서 보았다. 그는 술이 잔뜩 취해 차가운 밤바람을 맞으며 혼자 외롭게 모퉁이를 비틀거리며 돌고 있었다. 나는 그를 부르고 싶지 않았다. 그는 미지의 곳에서 부르는 어두운 소리를 따라가듯 이글거리는 고독한 눈으로 뚫어져라 앞을 바라보면서 나를 보지 못하고 그냥 지나쳤다. 눈에 보이지 않는 줄에 끌려가듯 마치 유령처럼 광적이면서도 흐느적거리는 걸음걸이로 걸어가는 그의 뒤를 한참 따라갔다. 나는 서글픈 마음으로 집으로, 풀리지 않은 나의 꿈으로 돌아왔다.

'그는 지금 그렇게 자기 안의 세계를 개혁하고 있는 거

야!' 그렇게 생각하는 순간 서속하고 도덕적인 생각이라는
느낌이 들었다. 그의 꿈에 대해 내가 대체 무엇을 알고 있
을까? 그는 술에 취했지만 어쩌면 두려움에 떠는 나보다 더
확실한 길을 가고 있는지도 몰랐다.

　수업 중간 쉬는 시간에 평소 거들떠보지도 않던 동급생
이 친해지려고 애쓰는 모습이 가끔 눈에 띄었다. 붉은 기가
도는 성긴 금발에 눈빛과 태도가 독특하고 작고 허약해 보
이는 가냘픈 청년이었다. 어느 날 저녁 집에 가는데 그가 골
목에 숨어서 기다리고 있었다. 그는 내가 그냥 지나가게 두
었다가 다시 뒤따라와서는 우리 집 대문 앞에서 걸음을 멈
추었다.

　"왜 무슨 할 말 있니?"

　내가 묻자 그가 수줍게 말했다.

　"그냥 너하고 이야기하고 싶어서. 부탁인데 잠깐 같이 걸
을래?"

　그를 따라가는데 몹시 흥분하고 기대를 많이 하고 있다
는 느낌을 받았다. 그의 두 손이 부들부들 떨렸다.

　"너 심령론자니?"

　그가 느닷없이 물었다. 나는 웃으며 대답했다.

"아니야, 크나우어. 전혀 아니야. 왜 그런 생각을 하지?"

"그럼 접신론자니?"

"역시 아니야."

"아, 그렇게 감추지 마! 너한테 뭔가 특별한 게 있다는 느낌을 받았다고. 네 눈이 그렇다니까. 틀림없이 넌 정령들과 교제하고 있을 거야. 호기심 때문에 묻는 거 아니야, 싱클레어, 절대 아니야! 나도 길을 찾고 있어. 그리고 외톨이야."

나는 그에게 용기를 북돋아주었다.

"말해봐! 나는 정령에 대해 전혀 모르지만 내 꿈속에서 살고 있는데 그걸 네가 느꼈구나. 다른 사람들도 꿈속에서 살지만 그 꿈은 그들 자신의 꿈이 아니야. 그게 다른 점이지."

그가 속삭였다.

"그래, 그럴지도 모르지. 다만 어떤 종류의 꿈속에서 사느냐가 문제겠지. 혹시 백색 마법이라고 들어봤니?"

나는 못 들어봤다고 했다.

"그걸 배우면 자신을 다스릴 수 있어. 불사의 존재가 되고 마법도 부릴 수 있지. 그런 연습 해본 적 없니?"

어떤 연습이냐고 궁금해서 물어보았지만 그는 처음에는 비밀인 것처럼 굴었다. 내가 가려고 몸을 돌리자 그제야 속을 털어놓았다.

"이를테면 잠들고 싶거나 집중하고 싶을 때 나는 그런 연습을 해. 이를테면 단어나 이름 혹은 기하학 도형 같은 걸 생각하는 거야. 그걸 할 수 있는 한 힘껏 생각해서 내 안에 밀어 넣고 머릿속으로 상상하려고 애쓰는 거야. 드디어 그것이 내 머릿속에 있다는 느낌이 올 때까지 말이야. 그러고는 목구멍으로 밀어 넣고 그렇게 계속 밀어서 마침내 그것이 나를 가득 채울 때까지 생각하지. 그럼 나는 아주 단단해져서 아무것도 나의 평온을 깨뜨릴 수 없어."

그가 무슨 말을 하는지 조금 알 것 같았다. 하지만 그는 하고 싶은 다른 말이 있는 듯 이상하게 흥분해서 서두르고 있었다. 편하게 물어보게 하려고 애쓰자 그는 곧 진짜 관심사를 털어놓았다.

"너도 금욕하지?"

그가 조바심을 내며 물었다.

"무슨 말이야? 성적인 것 말이야?"

"응, 그래. 난 그 가르침을 안 뒤로 2년째 금욕하고 있거든. 그 전에는 딱 한 번 나쁜 짓을 저질렀어, 무슨 말인지 알지. 넌 여자하고 잔 적이 한 번도 없니?"

"없어. 그럴 만한 상대를 못 만났어."

"그럼 괜찮다고 생각하는 여자를 만나면 같이 잘 거야?"

"그럼, 당연하지. 물론 그 여자가 싫어하지 않으면 말이야."

나는 약간 비웃듯 말했다.

"아, 그럼 넌 잘못된 길을 가는 거야! 내면의 힘은 완전히 금욕해야 기를 수 있거든. 나는 그렇게 했어, 2년 동안. 2년 하고 한 달 조금 더 했다고! 진짜 힘들어! 가끔 도저히 더는 못 견딜 것 같을 때도 있어."

"이봐, 크나우어, 난 금욕이 그렇게 중요하다고 생각하지 않아."

그가 받아쳤다.

"나도 알아. 다들 그렇게 말하지. 하지만 네가 그런 말을 할 줄은 몰랐다. 더 높은 정신적인 길을 가려는 사람은 순수해야 해, 무조건!"

"그래, 그럼 그렇게 해! 하지만 난 자신의 성을 억누르는 사람이 왜 다른 사람보다 '순수하다'는 건지 이해할 수 없어. 혹시 넌 모든 생각과 꿈에서도 성적인 것을 완전히 몰아낼 수 있니?"

그는 절망적으로 나를 바라보았다.

"아니, 아니야! 맙소사, 하지만 그래야 해. 나는 밤에 나 자신한테도 말하기 낯 뜨거운 꿈을 꿔! 끔찍한 꿈이야, 싱클레어!"

피스토리우스의 말이 생각났다. 정말 옳은 말인 듯했지만 다른 사람에게 해줄 수는 없었다. 나 자신의 경험에서 나온 것도 아니고 나도 아직 실천할 수 없는 충고를 해줄 수는 없었다. 나는 잠자코 있었다. 충고를 구하는 사람에게 아무 말도 할 수 없는 것에 자존심이 상했다.

크나우어가 옆에서 큰소리로 한탄했다.

"할 수 있는 건 다 해봤어! 차가운 물, 눈, 체조, 달리기, 다 소용없었어. 매일 밤 절대 생각해서는 안 되는 꿈을 꾸다가 깨곤 해. 가장 끔찍한 건 그래서 그동안 정신적으로 배운 모든 것을 서서히 잃어버린 나는 거야. 이제는 집중도 할 수 없고 잠도 잘 못 자. 꼬박 밤을 새울 때도 많아. 오래는 못 견딜 거야. 결국 싸움을 이겨내지 못하면, 항복하고 다시 나를 더럽히면 아예 싸우지 않은 사람보다 더 나쁜 거야. 무슨 말인지 알겠니?"

나는 고개를 끄덕였지만 할 말이 없었다. 그가 지루해지기 시작했다. 명백한 그의 어려움과 절망을 보고도 별 느낌이 없는 나 자신에게 놀랐다. 그냥 그를 도와줄 수 없다는 느낌만 들었다.

이윽고 그가 지쳐서 서글프게 물었다.

"나한테 해줄 말이 하나도 없어? 하나도? 하지만 분명 길이 있을 거야! 넌 어떻게 하는데?"

"아무 말도 해줄 수 없어, 크나우어. 이런 일은 서로 도울 수 없는 거야. 나도 아무한테도 도움을 받지 않았어. 자신에 대해 깊이 생각하고 정말 네 본질에서 나오는 것을 해야 해. 다른 길은 없어. 너 자신을 찾을 수 없으면 다른 정령도 찾지 못할 거야. 내 생각은 그래."

키가 작은 그 녀석은 갑자기 조용해지더니 실망해서 나를 빤히 쳐다보았다. 느닷없이 그의 눈빛이 증오로 이글이글 타올랐다. 그가 일그러진 얼굴로 격분해서 소리쳤다.

"오, 대단한 성자 나셨네! 너도 나쁜 짓 하잖아, 다 알아! 현자인 척하면서 나와 다른 사람들과 똑같이 더러운 짓에 매달리잖아! 넌 돼지야, 나와 똑같은 돼지라고. 우리는 다 돼지야!"

나는 그를 두고 그 자리를 떠났다. 그는 두세 걸음 따라오다가 멈추더니 몸을 돌려 뛰어가 버렸다. 연민과 혐오가 뒤섞여 기분이 좋지 않았다. 집으로 돌아와 작은 내 방에서 그림 몇 장을 주위에 빙 둘러 세워놓고 간절한 마음으로 나 자신의 꿈에 열중하자 비로소 그 감정을 떨쳐버릴 수 있었다. 바로 대문과 문장, 어머니와 낯선 여인에 대한 꿈이 다시 찾아왔다. 여인의 표정이 어찌나 또렷이 보이는지 그날 저녁 그녀의 초상을 그리기 시작했다.

마치 꿈속의 십오 분처럼 의식하지 못하는 사이에 며칠이 지나 드디어 그림이 완성되었다. 저녁에 나는 그림을 벽에 걸고 그림 앞에 탁상램프를 놓은 다음 마치 결판이 날 때까지 싸워야 하는 정령인 양 그 앞에 섰다. 전에 그렸던 것과 비슷한 얼굴은 내 친구 데미안을 닮았는데 나를 닮은 점도 몇 군데 있었다. 한쪽 눈이 다른 한쪽보다 눈에 띄게 올라가 있고 운명이 가득 깃든 눈길은 나를 지나쳐 어딘가를 골똘히 응시하고 있었다.

그림 앞에 섰는데 긴장 때문에 가슴 속까지 차가워졌다. 나는 그림에게 묻고 그림을 원망하고 애무했으며 그림에게 기도했다. 그림을 어머니라고 부르고 연인이라고 불렀으며, 창녀와 매춘부라고 부르고 아프락사스라고 불렀다. 그러는데 문득 피스토리우스의 말이 생각났다. 아니, 데미안의 말이었나? 언제였는지 기억나지 않지만 그 말이 다시 들리는 것 같았다. 하느님의 천사와 야곱의 씨름에 대한 말이었다. "당신이 내게 축복하지 아니하면 가게 하지 않겠나이다."*

* 창세기 제32장 24-32절 참조. 야곱이 외삼촌 밑에서 20년간 일한 후 가족을

램프 불빛을 받은 그림의 얼굴이 부를 때마다 달라졌다. 환하게 빛났다가 검고 어두워지는가 하면, 생기 없는 눈을 힘없이 감았다가 다시 번쩍 떠서 이글거리는 눈빛으로 쏘아보는 것이었다. 여자이고 남자이며 소녀이고 어린아이이고 동물인 그것은 흐릿해져 얼룩이 되었다가 다시 커지고 뚜렷해졌다. 결국 나는 내면의 강한 외침을 따라 눈을 감고 내 안의 그림을 보았다. 더 강하고 더 힘 있는 그림 앞에 무릎을 꿇으려고 했지만 그림이 얼마나 내 안에 깊이 들어갔는지 떼어놓을 수가 없었다. 마치 그림이 오롯이 나 자신이 된 것 같았다.

그때 봄날의 폭풍처럼 강하게 몰아치는 음울한 바람 소리가 들렸다. 이루 말할 수 없는 두려움과 새로운 경험에 대한 예감에 몸이 부들부들 떨렸다. 내 앞에서 별들이 반짝 했다가 빛을 잃고 까맣게 잊었던 아득한 어린 시절의 첫 기억들, 아니 더 멀리 거슬러 올라가 존재하기 이전과 생성의 초기 단계의 기억들이 밀물처럼 밀려와 내 곁을 스쳐 지나갔다. 나의 전 인생을 가장 내밀한 대목까지 되풀이해 보여주

데리고 고향으로 돌아오는 길에 하느님의 천사를 만나 밤새 씨름하면서 하는 말. 결국 천사가 져서 야곱을 축복하는데 야곱의 씨름은 하느님의 축복을 받으려는 야곱의 끈질긴 노력을 상징한다고 해석된다.

는 듯한 기억들은 어제와 오늘 일에 멈추지 않고 더 나아가 미래를 비춰주고 나를 오늘에서 떼어내 새로운 삶의 형식으로 데려갔다. 그 삶의 모습은 엄청나게 밝고 눈부셨지만 나중에 생각하니 제대로 기억나는 것이 하나도 없었다.

밤에 깊은 잠에서 깼다. 나는 옷을 입은 채 침대에 비스듬히 누워 있었다. 불을 켜자 중요한 걸 생각해야 할 것만 같았지만 몇 시간 전에 어떤 일이 있었는지 전혀 생각이 나지 않았다. 서서히 기억이 돌아왔다. 그림을 찾아보았지만 벽에도 책상 위에도 없었다. 어렴풋이 태워버린 것 같기도 했다. 혹은 내 손에서 그림을 태운 다음 재를 먹은 것이 꿈이었을까?

덜덜 떨릴 정도로 심한 불안이 나를 몰아댔다. 나는 모자를 쓰고 강박증에 사로잡힌 듯 집과 골목을 지나 폭풍에 쓸려가듯 거리를 지나고 광장을 달렸다. 피스토리우스의 컴컴한 교회 앞에서 귀를 기울였고 무엇을 찾는지도 모르면서 어두운 충동에 사로잡혀 찾고 또 찾았다. 아직 여기저기 불이 켜진 사창가가 있는 변두리를 지나갔다. 더 바깥쪽에 잿빛 눈을 군데군데 머리에 이고 있는 신축 중인 건물들과 벽돌 더미가 있었다. 낯선 힘에 이끌려 황량한 그 곳을 몽유병자처럼 헤매는데 불현듯 저 옛날 나를 괴롭히던 크로머가 처음으로 빚을 청산하자며 끌고 간 고향 도시의 신축 건물 생각이 났다. 깜깜한 밤에 비슷한 건물이 시커먼 아가리를 벌리고 내 앞에 서 있었다. 문을 달아야 할 자리인 구멍이 나를 잡아끌었다. 피하려다가 모래와 돌 더미에 걸려 비틀거렸다. 하지만 충동이 더 강했고 결국 나는 들어갈 수밖에 없었다.

넓빤지와 깨진 벽돌을 비틀비틀 지나 어렴풋이 축축한 냉기와 돌 냄새가 나는 황량한 공간에 들어섰다. 희끄무레한 얼룩 같은 모래 더미가 있을 뿐, 사방이 칠흑처럼 깜깜했다.

그때 놀란 목소리가 나를 불렀다.

"세상에, 싱클레어, 대체 어떻게 온 거야?"

내 옆 깜깜한 어둠 속에서 어떤 사람이 유령처럼 벌떡 일어났다. 키가 작고 마른 사내였다. 머리카락이 쭈뼛 섰지만 동급생 크나우어임을 알아차렸다.

크나우어가 흥분으로 정신이 나간 듯이 물었다.

"여기 어떻게 왔어? 어떻게 날 찾은 거야?"

무슨 소린지 알 수가 없었다.

"난 널 찾지 않았어."

어리둥절해서 말하는데 한 마디 한 마디 하기가 힘들었다. 죽은 듯 꽁꽁 언 무거운 입술 위로 말이 간신히 흘러나왔다.

크나우어가 나를 빤히 쳐다보았다.

"안 찾았다고?"

"응. 무언가가 나를 이리로 불렀어. 네가 불렀니? 네가 불렀겠지. 대체 여기서 뭐 하는 거야? 밤이잖아."

그가 앙상한 두 팔로 나를 와락 끌어안았다.

"그래, 밤이지. 곧 아침이 될 거야. 오, 싱클레어, 나를 잊지 않았구나! 날 용서해주겠니?"

"뭘 용서해?"

"아, 내가 정말 꼴사납게 굴었잖아!"

그제야 우리가 나눈 대화가 생각났다. 나흘, 아니 닷새 전이었나? 그 후 마치 한평생이 흘러간 듯했다. 갑자기 모든 것이, 우리 사이에 있었던 일뿐 아니라 내가 왜 여기 왔고 크나우어가 여기서 무엇을 하려고 했는지 전부 다 분명해졌다.

"그러니까 너 죽으려고 했구나, 크나우어?"

그는 추위와 두려움으로 부들부들 떨었다.

"응, 그럴 생각이었어. 진짜 할 수 있었을지는 모르겠다. 아침까지 기다리려고 했어."

나는 그를 바깥으로 끌고 나왔다. 수평으로 비치는 첫 아침 햇살이 잿빛 공기 속에서 이루 말할 수 없이 차갑고 맥없이 희미하게 빛났다.

그의 팔을 잡고 한참 더 걸었다. 내 안에서 말이 나왔다.

"이제 그만 집에 가고 아무한테도 말하지 마! 넌 잘못된 길을 갔던 거야, 잘못된 길이라고! 네가 말하듯이 우리는 돼지가 아니야. 우리는 사람이야. 우리는 신들을 만들고 그들과 씨름하지. 그럼 신들이 우리를 축복하는 거야."

우리는 말없이 더 걷다가 헤어졌다. 집에 돌아오자 날이 훤하게 밝았다.

성 ○○시 시절에서 가장 좋았던 것은 피스토리우스와 오르간 옆이나 벽난로 앞에서 함께 보낸 시간이었다. 우리는 아프락사스에 대한 그리스어 텍스트를 함께 읽고 그는 『베다』*의 번역 한 대목을 낭독하고 신성한 '옴(Om)'**을 말하는 법을 가르쳐주었다. 그러나 나의 내면의 성장을 도운 것은 그런 지식이 아니라 오히려 그 반대였다. 나 자신 안에서 길을 더 잘 찾고 나 자신의 꿈과 생각과 예감을 점점 더 믿고 내가 지닌 힘을 점점 더 알게 된 것이 도움이 되었다.

나는 피스토리우스와 갖가지 방식으로 소통했다. 강하

---

* 고대 인도의 종교와 제례 규정이 담긴 문헌.
** 힌두교에서 우주의 근원으로 이해되는 성스러운 음(音).

게 생각하면 틀림없이 그가 직접 오거나 그의 인사를 들을 수 있었다. 데미안하고도 그랬지만 나는 피스토리우스가 옆에 없어도 무엇이든 물어볼 수 있었다. 그러니까 그를 똑똑히 떠올리면서 강렬한 생각의 형태로 질문하면 되었다. 그러면 질문에 실은 영혼의 힘이 다 답변이 되어 다시 내게 돌아왔다. 다만 내가 상상한 것은 피스토리우스나 막스 데미안이라는 인물이 아니라 내가 꿈꾸고 그림으로 그린 모습이었다. 남자이면서 여자인 나의 데몬, 나의 꿈의 인물을 불러야 했다. 이제 그 모습은 나의 꿈이나 종이에 그린 그림으로만 살아 있지 않았다. 그것은 내가 바라는 이상적이고 고양된 니의 모습으로 내 안에 살아 있었다.

자살에 실패한 크나우어와 나의 관계는 독특했는데 가끔 우스꽝스러울 때도 있었다. 어떤 힘에 끌려 찾아갔던 그날 밤부터 그는 충직한 하인이나 개처럼 매달리며 자신과 나의 삶을 서로 연결하려고 애쓰고 맹목적으로 따라다녔다. 정말 이상한 질문과 소원을 들고 찾아오는가 하면, 정령들을 보고 싶어 하고 카발라*를 배우고 싶어 했다. 그런 것은 전혀 모른다고 해도 믿지 않고 내가 전능한 힘을 갖고 있다고 철

---

* 중세 유대교의 신비주의.

석같이 믿었다. 그런데 이상한 것은 내 안에서 어떤 매듭을 풀어야 할 때 그가 이상하고 어리석은 질문을 들고 찾아오곤 했다는 것이다. 그의 변덕스러운 발상과 관심사가 문제를 해결하는 실마리와 자극이 될 때가 많았다. 귀찮아서 무뚝뚝하게 쫓아버리기도 했지만 크나우어 역시 어떤 힘이 보내준 사람이며 그에게 준 것은 두 배가 되어 다시 돌아온다는 느낌이 들었다. 크나우어도 나의 안내자 혹은 하나의 길이었다. 그가 구원을 찾으며 가져온 엉뚱한 책과 문헌 들은 당시 내가 혼자 헤아려 알 수 있는 것보다 더 많은 것을 가르쳐주었다.

느끼지도 못했는데 크나우어는 나중에 내 길에서 사라졌다. 다툴 필요도 없었다. 하지만 피스토리우스는 그렇지 않았다. 성 ○○시의 학창시절이 끝나갈 무렵 이 친구와 다시 한 번 특이한 체험을 했다.

악의 없는 사람도 평생 한 번이나 몇 번은 경건함이나 고마움 같은 미덕과 갈등에 빠질 수밖에 없다. 누구나 언젠가는 아버지나 스승에게서 떨어져 나오는 발걸음을 내디디고 고독의 가혹함을 조금이나마 맛보아야 한다. 비록 대부분의 사람이 못 견디고 바로 다시 숨을 곳을 찾지만 그래도 그래야 한다. 나는 부모님과 두 분의 세계, 나의 아름다운 유년기의 '밝은' 세계와 심하게 싸우고 결별한 것이 아니라 거의 눈치 채지 못하는 사이에 서서히 멀어지고 낯설어졌다. 그것이 마음 아프고 고향에 갔을 때 종종 힘든 시간을 보내기도 했지만 사무치게 아프지는 않았고 그런대로 견딜 만했다.

그러나 습관 때문이 아니라 자발적으로 사랑과 존경을 바치고 진심에서 우러나와 제자이자 친구가 되었을 경우 우리 안의 큰 흐름이 우리를 사랑하는 사람과 떼어놓으려는 것을 불현듯 깨닫는 순간은 쓰리고 두려울 수밖에 없다. 그때 친구와 스승을 밀어내는 모든 생각은 독침이 되어 우리의 심장을 겨누고 방어하려고 휘두른 주먹은 우리의 얼굴을 치고 만다. 스스로 건전한 도덕을 갖고 있다고 생각하는 사람의 머릿속에는 '배신'과 '배은망덕'이라는 단어가 야유나 낙인처럼 떠오르고 소스라치게 놀란 가슴은 겁에 질려 어린 시절의 미덕이 깃든 포근한 골짜기로 도망치면서 그 관계 역시 깨졌으며 인연 역시 끊어질 수밖에 없다는 사실을 믿지 못한다.

시간이 지나면서 내 친구 피스토리우스를 무조건 인도자로 인정하는 것에 서서히 반발심을 느꼈다. 청소년 시절의 가장 중요한 몇 달 동안 그의 우정, 그의 충고와 위로, 가까운 그의 존재를 체험했다. 신은 그를 통해 말했으며 나의 꿈들은 그의 입을 통해 다시 돌아오고 해명과 해석을 발견했다. 그는 내가 나 자신에게 갈 수 있는 용기를 선물했다. 아, 그런데 이제 서서히 반감이 자라고 있음을 느낀 것이다. 그의 말에서 너무 많은 교훈이 들리고 그가 나를 다 이해한 것은 아니라는 느낌이 들었다.

싸움이나 말다툼은 없었다. 절교나 관계를 끝내는 담판조차 없었다. 그냥 딱 한 마디, 본래 아무 악의도 없는 말을 한 것뿐이었다. 하지만 그 순간 우리 사이의 환상은 색색의 유리 조각으로 산산이 부서져버렸다.

이미 얼마 전부터 마음을 짓누르던 어렴풋한 예감은 어느 일요일 그의 낡은 서재에서 뚜렷한 감정이 되었다. 함께 벽난로 앞 방바닥에 엎드려 있는데 그가 자신이 깊이 생각하고 연구하고 그것의 미래에 마음을 쏟는 신비 의식과 종교 형태에 대해 이야기했다. 하지만 모든 것이 목숨만큼 중요하기보다 신기하고 흥미로운 주제에 불과한 듯 보였다. 그의 이야기에서 지식을 뽐내고 지난 세계의 폐허 더미를 힘들게 뒤지는 소리가 들렸다. 신화를 숭배하는 것이며 전래된 신앙 형식을 가지고 모자이크 놀이를 하는 것이며 모든 방식에 불현듯 반감을 느꼈다.

나는 나 자신도 깜짝 놀랄 만큼 악의를 보이며 불쑥 말했다.

"피스토리우스, 꿈 이야기나 해주세요. 밤에 꾼 진짜 꿈이요. 지금 하는 이야기는…… 정말 끔찍하게 고리타분하네요!"

그런 식으로 말하는 것은 아마 처음 들었을 것이다. 그 순간 내가 그를 겨냥해 심장에 명중시킨 화살은 그의 무기고에서 꺼낸 것임을 퍼뜩 깨달았다. 수치심과 공포가 엄습했다. 나는 그가 이따금 빈정거리는 투로 내뱉은 자기비판을 심술궂게도 더 뾰족하게 갈아 그에게 던진 것이었다.

순간적으로 그길 느낀 그는 낭상 입을 다물었다. 나는 조마조마한 마음으로 무섭도록 창백해진 그의 얼굴을 쳐다보았다.

길고 무거운 침묵이 흘렀다. 그가 장작을 불 속에 더 넣고 조용히 말했다.

"싱클레어, 자네 말이 전적으로 옳아. 자네는 영리한 친구야. 이제 고리타분한 이야기로 자네를 그만 괴롭히겠네."

그는 아주 차분하게 말했지만 상처의 아픔이 들리는 듯했다. 대체 내가 무슨 짓을 한 것일까!

울음이 터질 것 같았다. 진심으로 그를 쳐다보며 용서를 빌고 사랑과 다정한 감사의 마음을 보여주고 싶었다. 감동적인 말이 떠올랐지만 할 수 없었다. 나는 그대로 엎드려 불을 바라보며 아무 말도 하지 않았다. 피스토리우스도 말이 없었다. 그렇게 엎드려 있는데 불이 잦아들다가 이윽고 완전히 사그라졌다. 불꽃이 타닥타닥 소리를 내며 사그라질 때마다 아름답고 다정한 무언가가 다 타서 후르르 날아가 다시는 돌아오지 않을 것 같았다.

"내 말을 오해했을까 걱정되네요."

마침내 나는 마음이 짓눌려 건조하고 쉰 목소리로 이렇게 말했다. 멍청하고 무의미한 말들이 마치 신문의 연재소설을 낭독하듯 기계적으로 입술에서 흘러나왔다.

피스토리우스가 나직하게 말했다.

"자네 말을 아주 정확히 이해했네. 자네가 옳아."

그는 잠시 기다렸다가 천천히 다시 계속했다.

"한 사람이 다른 사람에게 떳떳할 수 있는 한 말이지."

아니요, 아니요. 내가 틀렸어요! 내 안에서 어떤 목소리가 외쳤다. 하지만 아무 말도 할 수 없었다. 사소한 한마디로 그의 근본적인 약점과 고민, 상처를 꼬집었음을 깨달았다. 나는 그가 자신을 불신하는 부분을 건드린 것이다. 그의 이상은 '고리타분'하고, 그는 과거에서 길을 찾는 구도자이며 낭만주의자였다. 피스토리우스는 내게 의미 있는 사람으로서 많은 것을 주었지만 막상 자신에게는 그런 사람이 될 수 없었으며, 내게 준 것을 자신에게 줄 수도 없었다. 불현듯 가슴 깊이 그런 느낌이 들었다. 그는 안내자로서 자기가 힘에 부쳐 못 가는 길로 나를 인도했던 것이다.

맙소사, 어떻게 그런 말을 했을까! 나쁜 뜻이 없었고 파국의 예감도 못 느꼈다. 말하면서도 무슨 말을 하는지 몰랐고 사소하고 조금 재치 있고 짓궂은 생각에 넘어간 것뿐인데 그것이 운명이 되었다. 부주의하게 저지른 대수롭지 않은 야비한 짓이 그에게는 심판이 되었다.

그가 화를 내고 변명하고 크게 소리쳐 꾸짖어주기를 얼마나 바랐던가! 하지만 그가 그러지 않았기에 나는 그 모든 걸 마음속에서 스스로 해야 했다. 할 수 있었다면 그는 싱긋 미소 지었으리라. 하지만 그럴 수 없는 것에서 그가 얼마나 깊은 상처를 입었는지 알 수 있었다.

피스토리우스는 건방지고 배은망덕한 제자의 공격을 조용히 받아들이고 침묵하고 내 손을 들어주고 내 말을 운명으로 인정함으로써 내가 나 자신을 혐오하게 만들었고 나의 경솔함을 천 배로 불려놓았다. 그를 공격하며 나는 대항할 힘이 있는 강한 사람을 친 줄 알았지만 사실은 조용히 견디고 묵묵히 항복하는 방어할 힘이 없는 사람을 쳤던 것이다.

꺼져가는 불 앞에서 우리는 오랫동안 함께 엎드려 있었다. 불꽃의 빛나는 형상과 사그라지는 나뭇가지 하나하나가 행복하고 아름답고 풍성했던 지난 시간의 기억을 떠올리게 했고 피스토리우스에 대한 채무를 점점 더 높이 쌓아올렸다. 결국 나는 더 못 견디고 일어나 방을 나왔다. 그의 방문 앞과 어두운 층계에서, 그리고 바깥으로 나와 집 앞에서 혹시 그가 따라 나오지 않을까 한참 서서 기다렸다. 그리고 그 자리를 떠나 저녁이 될 때까지 몇 시간 동안 시내와 변두리 지역, 공원과 숲을 헤매고 다녔다. 그때 나는 처음으로 내 이마에서 카인의 표를 느꼈다.

시간이 가면서 그 일을 깊이 생각하게 되었다. 모든 생각이 나를 고발하고 피스토리우스를 변호하려는 의도를 갖고 있었지만 모두 그 반대로 끝났다. 나는 천 번이나 성급한 말을 후회하고 철회하려고 했지만 그 말은 옳은 말이었다. 그제야 비로소 피스토리우스를 이해하고 그의 꿈 전체를 내 앞에 다시 세울 수 있었다. 그의 꿈은 사제가 되고 새로운 종교를 선포하고 새로운 찬양과 사랑과 예배 방식을 제시하고 새로운 상징을 세우는 것이었다. 하지만 그것은 그의 힘에 부치는 일이었으며 그의 직분도 아니었다. 그는 과거에 너무 편안히 오래 머무르고 지난 일들을 너무 정확히 알고 이집트와 인도, 미트라스*와 아프락사스에 대해 너무 많이 알고 있었다. 그는 세상이 이미 본 상들을 사랑했지만 마음 깊은 곳에서는 새로운 것은 새롭고 달라야 하며 박물관이나 도서관에서 수집하는 것이 아니라 새로운 토양에서 샘처럼 솟아나야 함을 알고 있었을 것이다. 그의 직분은 내게 해주었듯이 사람들이 자기 자신에게 가도록 돕는 일일 것이다. 그들에게 전혀 들어보지 못한 것, 새로운 신들을 제시하는 것은 그의 직분이 아니었다.

불현듯 내 안에서 깨달음이 불타올랐다. 저마다 '직분'이 있지만 그 누구도 그 직분을 스스로 선택하고 고쳐 쓰고 멋대로 관리할 수 없었다. 새로운 신들을 원하는 것은 잘못이었다! 세상에 어떤 것을 주려고 하는 것은 완전히 잘못이었다! 잠에서 깨어난 사람은 오직 자기 자신을 찾고 내면이 더욱 단단해지고 어디로 가는지 상관없이 자신의 길을 더듬어 앞으로 나아가는 의무가 있을 뿐이었다. 그것 말고 다른 의무는 없었다. 하나도, 하나도, 하나도 없었다. 나를 온통 뒤흔들었던 그 깨달음은 이 체험의 결실이었다. 나는 종종 미

---

* 태양을 상징하는 로마의 신.

래의 모습을 가지고 장난을 치고 작가나 예언자 혹은 화가 등 내게 이미 주어졌을 역할에 대해 꿈을 꾸었다. 하지만 모두 다 아무것도 아니었다. 내가 존재하는 이유는 시를 쓰거나 설교하거나 그림을 그리기 위해서가 아니었다. 나를 비롯해 그 누구도 그러기 위해 존재하지 않았다. 모든 것은 그냥 부수적으로 생기는 것일 뿐이었다. 우리의 진정한 사명은 단 하나, 자기 자신에게로 가는 것이었다. 우리는 시인이나 미치광이, 예언자나 범죄자로 인생을 마감할 수 있지만 그것은 우리가 상관할 일이 아니고 궁극적으로 중요하지도 않았다. 우리 일은 임의로 선택한 운명이 아니라 자신의 운명을 발견하고 그 운명을 자신 안에서 남김없이 펼치고 실현하는 것이었다. 그 밖의 일은 모두 얼치기 반쪽이고 벗어나려는 시도였으며 대중의 이상 속에 숨는 도피이고 순응이며 자기 내면에 대한 두려움이었다. 수백 번 예감했고 어쩌면 종종 표현도 했지만 그때 처음으로 체험한 새로운 상들이 무섭고도 성스럽게 내 앞에 떠올랐다. 나는 자연이 불확실한 세계로 던진 주사위였다. 그 세계는 어쩌면 완전히 새로울 수도 있었고 아무것도 아닐 수도 있었다. 나의 소명은 태고의 깊은 곳에서 던져진 그 시도가 끝까지 시행되게 하고, 나를 던진 의지를 내 안에서 느끼고, 그 의지를 온전히 내 것으로 만드는 것이었다. 오직 그것만이!

나는 이미 많은 고독을 맛보았다. 하지만 이제 더 깊은 고독이 있으며 그 고독을 피할 수 없음을 예감했다.

나는 피스토리우스와 화해하려고 노력하지 않았다. 우리는 예전처럼 친구로 지냈지만 관계가 달라졌다. 우리는 그 문제를 딱 한 번 이야기했다. 아니, 사실은 그가 이야기했다.

"자네도 알다시피 나는 사제가 되고 싶다네. 무엇보다 우리가 이런저런 예감을 하고 있는 새로운 종교의 사제가 되고 싶었지. 하지만 절대 될 수 없을 거야. 알고 있다네. 인정하진 않았지만 이미 오래전부터 알고 있었지. 나는 오르간을 통해서 혹은 다른 방식으로 사제의 의무를 수행할 거야. 하지만 내 주위에는 오르간 음악과 신비 의식, 상징과 신화처럼 내가 아름답고 신성하다고 느끼는 것이 반드시 있어야 해. 나는 그런 것이 필요하고 또 버리고 싶지도 않아. 그게 내 약점이지. 싱클레어, 그런 소망을 품으면 안 되고 그것이 사치며 약점이라는 걸 알고 있어. 이따금 안다는 말이지. 욕심을 부리지 않고 운명에 자신을 온전히 맡기는 게 어쩌면 더 위대하고 옳을 거야. 하지만 그럴 수가 없어. 내가 유일하게 할 수 없는 일이지. 아마 자네는 언젠가 그럴 수 있을 거야. 어려운 일이야. 세상에서 유일하게 진짜 어려운 일이지. 나도 종종 그런 꿈을 꾸었지만 할 수 없더라고. 나는 그렇게 완전히 벌거벗고 외롭게 서 있을 수 없어. 생각만 해도 몸서리가 쳐져. 나도 별 수 없이 약간의 따뜻함과 먹이가 필요하고 가끔 곁에 비슷한 무리가 있었으면 하고 바라는 불쌍하고 허약한 개인 거야. 자신의 운명 외에는 아무것도 바라지 않는 사람은 비슷한 사람을 곁에 두지 않아. 완전히 혼자 서 있고 그의 주위에는 차가운 우주 공간이 있을 뿐이지. 겟세마네 동산의 예수가 그랬다네. 기꺼이 십자가에 못 박힌 순교자들도 있었지만 그들 역시 영웅은 아니었지. 그들은 해방되지 못했어. 역시 친숙하고 자신이 사랑하는 것을 원했으며, 본받으려는 모범과 이상이 있었지. 오직 운명만을 원하는 사람은 모범도 이상도 없고 사랑하고 위로를 주는 것도 없다네! 사람은 원래 그런 길을 가야 할 거야. 나나 자네 같은 사람은 정말 고독하지만 우리에겐 서로가 있어. 또 다른 사람과 다르고 반기를 들고 비범한 것을 바란다는 은밀한 쾌감도 있지. 그 길을 온전히 가려면 그런 것도 버려야 해. 혁명가나 본보기가 되는 인물이나 순교자가 되려고 해서도 안 돼. 상상도 할 수 없지……."

그렇다. 상상도 할 수 없었다. 하지만 꿈을 꾸고 미리 느끼고 예감할 수는 있었다. 완벽하게 고요한 시간을 보내며 그것을 몇 번 조금 맛보았다. 내 안을 들여다보고 내 운명의 초상의 크게 뜬 눈을 보았다. 운명의 눈에는 지혜가 서려 있을 수도 있지만 광기가 서려 있을 수도 있으며, 사랑이 빛날 수도 있고 깊은 악의가 번득일 수도 있었다. 아무래도 상관없었다. 사람은 그 어느 쪽을 선택할 수도 바랄 수도 없었다. 오직 자신과 자신의 운명을 바랄 수 있을 뿐이었다. 피스토리우스는 안내자로서 그 길의 한 구간을 나와 함께 걸었던 것이다.

당시 나는 눈이 멀어버린 듯 사방을 헤매고 다녔다. 내 안에 폭풍이 휘몰아치고 한 걸음 한 걸음이 위태롭기만 했다. 깊이를 알 수 없는 까마득한 어둠이 내 앞에 있었다. 지금까지 걸어온 모든 길이 그 어둠 속으로 사라져 가라앉아버렸다. 내 안에서 데미안과 비슷한 안내자의 모습을 보았다. 그의 눈에는 나의 운명이 깃들어 있었다.

나는 종이에 이렇게 썼다.

"안내자가 나를 떠났어. 나는 깜깜한 어둠 속에 서 있어. 혼자서는 단 한 걸음도 내디딜 수 없어. 도와줘!"

그 종이를 데미안에게 보내려고 했지만 그만두었다. 그러려고 할 때마다 유치하고 무의미하게 느껴졌기 때문이다. 하지만 나는 그 작은 기도를 외워서 속으로 자주 되뇌었다.

그 구절은 늘 나와 함께 다녔다. 나는 기도가 무엇인지 어렴풋이 느끼기 시작했다.

김나지움 시절이 끝났다. 방학에는 여행을 떠나야 했다. 아버지가 세운 계획이었다. 그 다음에는 대학에 가야 했다. 어떤 학과를 선택할지는 아직 알지 못했다. 한 학기 동안은 철학을 공부해도 좋다는 허락을 받았지만 아마 다른 학과라도 똑같이 만족했을 것이다.

7
—
에바 부인

방학 때 막스 데미안이 몇 년 전 어머니와 함께 살았던 집에 가보았다. 정원을 산책하는 나이든 부인에게 말을 걸었더니 집주인이었다. 데미안 가족에 대해 물어보니 또렷이 기억하고 있었지만 지금 어디 사는지는 알지 못했다. 부인은 나의 관심을 눈치 채고 집으로 데리고 들어가 가죽 앨범을 찾아와 데미안 어머니의 사진을 보여주었다. 그녀의 모습이 거의 기억나지 않았지만 조그만 사진을 보는 순간 심장이 멎어버렸다. 내 꿈속의 여인이었다! 아들과 비슷하지만 모성적이고 엄격함과 깊은 열정을 품고 아름다우면서 고혹적이고 아름다우면서 가까이 다가갈 수 없는 데몬이면서 어머니, 운명이며 연인인 키가 크고 거의 남자 같은 여인. 그녀였다!

꿈속의 여인이 이 세상에 살고 있다는 사실이 터무니없는 기적처럼 내 마음을 온통 뒤흔들었다! 그렇게 생긴 여인, 내 운명의 모습을 지닌 여인이 존재한다! 어디 있을까? 대체 어디에? 그런데 그녀는 바로 데미안의 어머니였다.

그 후 바로 여행을 떠났다. 이상한 여행이었다! 여인을 찾아 기분 내키는 대로 쉬지 않고 여기저기 다녔다. 그녀를 생각나게 하고 그녀의 모습을 지니고 그녀와 닮은 사람들만 만나는 날이 있었다. 그런 날이면 마치 뒤엉킨 꿈속을 헤매듯 낯선 도시의 골목과 기차역, 기차 안을 헤매고 다녔다. 그렇게 찾아 헤매는 것이 얼마나 소용없는지 깨닫는 날도 있었다. 그러면 아무 일도 안 하고 공원이나 호텔 정원 혹은 대합실에 앉아 내 안을 들여다보고 내 안에 있는 그 모습을 생생히 살려내려고 애썼다. 하지만 이제 그 모습은 수줍어하며 도망가 버렸다. 잠을 잘 수가 없었다. 기차를 타고 낯선 풍경을 지나가다가 고작 십오 분쯤 깜빡 조는 것이 다였다. 한번은 취리히에서 어떤 여자가 나를 따라왔다. 예쁘지만 조금 뻔뻔스러운 여자였는데 마치 공기인 양 제대로 쳐다보지도 않고 그냥 계속 걸었다. 단 한 시간이라도 다른 여자에게 관심을 보이느니 차라리 당장 죽어버리는 것이 나을 것 같았다. 느낄 수 있었다. 내 운명이 나를 끌어당기고 있었다. 실현이 다가오고 있었다. 그런데도 아무것도 할 수 없다니, 초조해서 미칠 것 같았다. 인스부르크 기차역이었던 것 같은데 막 출발하는 기차의 창가에서 그녀를 연상시키는 여인을 보았다. 그 뒤로 며칠 동안이나 불행했다. 그리고 그 모습이 갑자기 밤에 다시 꿈에 나타났다. 잠에서 깨어났는데 내 추적의 무의미함에 부끄럽고 마음이 황량했다. 나는 그 길로 집으로 돌아왔다.

몇 주 후 H대학에 등록했다. 모든 것이 실망스러웠다. 수강한 철학사 강의는 젊은 대학생들의 행동만큼이나 알맹이가 없고 대량 생산된 공산품 냄새가 났다. 모든 것이 판에 박은 듯 똑같았고 모두 하나같이 똑같이 행동했다. 소년 같은 얼굴에 어린 들뜬 쾌활함은 우울할 만큼 공허하고 기성품처럼 보였다! 하지만 나는 자유로웠으며 하루를 오롯이 나를 위해 보내며 교외의 낡은 집에서 조용하고 멋지게 지냈다. 책상 위에는 니체의 저서 몇 권을 놓았다. 나는 니체와 함께 살면서 그의 영혼의 고독을 느꼈고, 그를 쉬지 않고 몰아댄 운명의 냄새를 맡고 그와 함께 괴로워했으며, 그토록 굴하지 않고 자신의 길을 간 사람이 있었다는 사실에 행복해했다.

어느 날 저녁 늦게 가을바람을 쐬며 시내를 거닐고 있는데 술집에서 대학생 동아리들이 부르는 노랫소리가 흘러나왔다. 열려 있는 창문으로 담배 연기가 구름처럼 흘러나오는 가운데 거센 파도와도 같은 노랫소리는 우렁차고 팽팽했지만 경쾌함과 활기가 없고 획일적이었다.

어느 길모퉁이에 서서 귀를 기울였다. 술집 두 군데에서 정확하게 훈련받은 청춘의 유쾌한 소란이 깜깜한 밤으로 흘러나왔다. 어디를 가나 함께 하기가 있었고, 어디를 가나 함께 웅크리고 앉아 있었으며, 어디를 가나 운명을 내려놓고 따뜻한 무리 속으로 도망치고 있었다!

뒤에서 두 남자가 천천히 걸어와 내 곁을 스쳐 지나갔다. 그들의 대화 한 토막이 들렸다. 한 남자가 말했다.

"꼭 흑인 마을의 젊은 청년 집회소 같지 않습니까? 모든 게 똑같아요. 심지어 문신까지 유행이지요. 보세요, 이것이 젊은 유럽입니다."

그 목소리는 이상하게 경고하는 듯 들렸다. 아는 목소리였다. 나는 어두운 골목길에서 두 사람의 뒤를 따라갔다. 한 사람은 키가 작고 우아한 일본인이었다. 가로등 밑에서 미소 띤 그의 노란 얼굴이 환하게 빛났다.

아까 그 남자가 다시 말했다.

"당신네 일본도 사정이 더 낫지 않을 겁니다. 무리를 따라가지 않는 사람은 어디서나 드물지요. 여기도 몇 명뿐이지요."

나는 한 마디 한 마디에 기쁨과 놀라움을 느꼈다. 말하는 사람을 알고 있었다. 데미안이었다.

바람이 휘몰아치는 밤에 나는 어두운 골목길을 지나 데미안과 일본인의 뒤를 따라갔다. 그들의 대화에 귀를 기울이고 데미안의 목소리의 울림을 음미했다. 예전과 같은 어조에 예전처럼 아름다운 확신과 침착함이 묻어나고 나를 지배하는 힘이 있었다. 이제 모두 다 좋았다. 그를 찾은 것이다.

변두리 골목 끝에서 일본인이 작별인사를 하고 어떤 집의 대문을 열었다. 나는 갔던 길을 되짚어 걸어오는 데미안을 길 한가운데 서서 기다렸다. 갈색 비옷을 입고 가느다란 지팡이를 팔에 걸고 꼿꼿하고 탄력 있는 걸음걸이로 나를 향해 오는 그의 모습을 두근거리는 가슴으로 바라보았다. 그는 절도 있는 걸음걸이를 흐트러뜨리지 않고 바로 내 앞까지 걸어와 모자를 벗었다. 단호한 입과 독특하게 밝고 넓은 이마와 더불어 예전의 환한 얼굴이 드러났다.

"데미안!"

내가 소리치자 그가 손을 내밀었다.

"너구나, 싱클레어! 널 기다리고 있었어."

"내가 여기 있는 줄 알았어?"

"정확히는 몰랐지만 분명 그러길 바랐지. 오늘 저녁에 널 처음 본 거야. 내내 우리 뒤를 따라왔잖아."

"날 바로 알아보았단 말이야?"

"물론이지. 모습은 변했지만 넌 여전히 표를 갖고 있으니까."

"표? 무슨 표 말이야?"

"아직 기억하는지 모르겠는데 예전에 우리는 그걸 카인의 표라고 불렀지. 그건 우리의 표시야. 너는 늘 그 표를 갖고 있었어. 그래서 너하고 친구가 된 거야. 지금은 표가 더 뚜렷해졌어."

"난 몰랐어. 아니, 사실은 알고 있었을 거야. 데미안, 언젠가 네 모습을 그렸는데 나하고도 닮은 데가 있어서 깜짝 놀랐거든. 그것이 표였을까?"

"그래. 네가 오니까 좋다! 어머니도 좋아하실 거야."

나는 소스라치게 놀랐다.

"어머니? 어머니도 여기 계시니? 어머니는 날 모르실 텐데."

"오, 알고 계셔. 내가 누군지 말하지 않아도 아마 널 알아보실걸. 그런데 오랫동안 소식을 주지 않더구나."

"아, 몇 번이나 편지를 쓰려고 했지만 못했어. 얼마 전부터 널 곧 만날 것 같은 예감이 들더라고. 날마다 기다렸어."

그가 내 팔짱을 끼고 우리는 함께 더 걸었다. 그에게서 차분함이 흘러나와 내 안으로 들어왔다. 우리는 곧 옛날처럼 이런저런 이야기를 나누었다. 학창 시절과 입교식 준비수업 이야기도 하고 방학 중 어색하게 만났던 일도 이야기했다. 하지만 우리를 처음으로 단단히 이어준 계기가 된 프란츠 크로머의 이야기는 이번에도 하지 않았다.

모르는 사이에 우리는 기이하고 예감 풍부한 대화에 빠져 있었다. 데미안과 일본인의 대화 주제였던 대학생활 이야기를 하다가 한참 동떨어진 듯 보이는 다른 이야기로 넘어갔다. 하지만 데미안의 말에서 그 주제들은 서로 긴밀하게 연결되었다.

그는 유럽의 정신과 이 시대의 징표에 대해 이야기했다. 어디서나 연합과 무리 짓기가 성행하지만 자유와 사랑은 어디에도 없다고 했다. 대학생 연합과 합창 동아리부터 국가에 이르기까지 모든 단체가 강박감 때문에 결성되고 불안과 두려움과 당혹감에서 나온 공동체로서 그 내면이 부패하고 늙어서 머지않아 와르르 무너져버릴 거라고 했다.

데미안은 이렇게 말했다.

"함께 한다는 것은 아름다운 일이야. 하지만 지금 도처에서 피어나는 것은 아름다운 게 아니야. 아름다운 함께 하기는 각 개인이 서로를 아는 데서 생겨나고 한동안 세상을 변화시킬 거야. 하지만 지금 유행하는 함께 하기는 무리 짓기에 불과해. 사람들은 서로가 두렵기 때문에 서로의 품으로 도피하는 거야. 신사는 신사끼리, 노동자는 노동자끼리, 학자는 학자끼리 모이지! 그런데 그들은 왜 두려워할까? 사람은 오직 자기 자신과 하나가 되지 못할 때 두려워하는 법이야. 그들은 자기 자신을 알았던 적이 없기에 두려운 거야. 하나같이 자기 안의 미지의 것을 두려워하는 사람들끼리 만든 공동체라고! 그들은 모두 자신들의 삶의 법칙이 이제 더이상 맞지 않으며 자신들이 낡은 규범에 따라 살고 있다는 걸 느끼고 있다고. 그들의 종교와 도덕, 모든 것이 현재 우리에게 필요한 것에 적합하지 않아. 유럽은 백 년 이상 연구하고 공장 짓는 일밖에 안 했지! 사람 하나를 죽이려면 화약이 몇 그램 필요한지 정확히 알지만 신에게 어떻게 기도해야 하는지는 모르지. 심지어 한 시간 동안 만족스럽게 보내는 방법도 모른다고. 대학생 주점을 한번 봐! 혹은 부자들이 드나드는 유흥업소를 보라고! 희망이 없어! 싱클레어, 그런 것에서는 명랑한 것이 나올 수 없어. 무서워 벌벌 떨면서 함께 모여 있는 사람들은 두려움과 악의에 차서 서로 믿지 못하지. 그들은 이제 이상도 아닌 이상에 매달리며 새로운 이상을 제시하는 사람이 나타나면 돌로 쳐 죽이는 거야. 충돌이 일어날 거야, 느낄 수 있어. 곧 충돌이 일어날 거야. 내 말을 믿어, 곧 일어날 거야! 당연히 그 충돌은 세상을 '개선'하지는 못할 거야. 노동자들이 공장주를 때려죽이거나 러시아와 독일이 서로 총질을 한다고 해도 소유주만 바뀌는 것뿐이야. 그래도 전혀 소용이 없지는 않을 거야. 현재의 이상이 얼마나 무가치한지 백일하에 드러나고 석기 시대의 신들이 말끔히 정리될 테니까. 지금 이 세계는 죽고 멸망하고 싶어해. 아마 원하는 대로 될 거야."

"그럼 우리는 어떻게 되는데?"

내가 물었다.

"우리? 오, 아마 함께 멸망하겠지. 그들은 우리 같은 사람도 때려죽일 수 있으니까. 다만 우리는 그것으로 끝이 아닐 거야. 우리가 남긴 유물이나 우리 가운데 살아남은 사람들

주위에 미래의 의지가 모일 거야. 우리 유럽이 기술과 과학의 큰 시장에서 떠드는 소리에 한동안 파묻혀 들리지 않았던 인류의 의지가 드러날 거야. 그럼 인류의 의지가 국가와 민족, 협회와 교회 들 같은 현재의 공동체의 의지와 전혀 같지 않다는 사실이 환히 밝혀지겠지. 자연이 우리 인간에게 의도하는 것은 개인 안에 쓰여 있어. 너와 내 안에 쓰여 있다고. 그건 예수 안에, 그리고 니체 안에 쓰여 있었지. 현재의 공동체들이 무너지면 유일하게 중요한 흐름들이 들어설 공간이 생길 거야. 물론 그 흐름은 매일 다르게 보일 수 있지."

밤이 이슥해서 우리는 강변에 있는 어떤 정원 앞에서 걸음을 멈추었다. 데미안이 말했다.

"우린 여기 살아. 곧 놀러 와! 손꼽아 기다리고 있으니까."

어느새 서늘해진 깜깜한 밤에 먼 길을 걸어 집으로 돌아오는데 기분이 좋았다. 여기저기 집으로 돌아가는 대학생들이 시끄럽게 떠들고 비틀거리고 있었다. 그들의 우스꽝스러운 쾌활함과 나의 고독한 생활이 보이는 극명한 대조에 내게는 없는 것에 대한 아쉬움을 느끼기도 하고 경멸을 느끼기도 했다. 그날만큼 그것이 나와 얼마나 상관이 없으며 그 세계가 내게 얼마나 멀고 사라진 세계인지 느낀 적도 없었다. 그것도 그렇게 마음의 평온함과 은밀한 힘을 느끼면서.

문득 고향 도시의 관리들 생각이 났다. 품위 있는 노신사들은 마치 행복한 낙원을 추억하듯 술집에서 보낸 대학 시절의 추억에 매달리고 시인이나 낭만주의자 들이 어린 시절을 숭배하듯 이미 사라진 '자유'를 숭배하고 있었다. 어디나 똑같았다! 어디서나 그들은 '자유'와 '행복'을 과거 어딘가에서 찾았다. 순전히 자신의 책임을 생각하고 자기 길을 가라는 경고를 받을까 두렵기 때문이었다. 몇 해 진탕 술을 퍼마시고 즐겁게 살다가 안전을 찾아 기어들어가 건실한 국가 관리가 되는 것이다. 그렇다, 썩었다, 우리 사회는 썩어 있었다. 그래도 대학생들의 이런 어리석음은 수많은 다른 일들만큼 어리석거나 나쁘지는 않았다.

하지만 멀리 떨어진 집에 돌아와 침대에 눕자 그런 생각들은 말끔히 사라져버렸다. 내 마음은 기대에 부풀어 그날이 선물한 커다란 약속에 매달렸다. 원하면 당장 내일이라도 데미안의 어머니를 만날 수 있었다. 대학생들이 술판을 벌이고 얼굴에 문신을 하든 말든 세상이 썩어 곧 멸망하든 말든 무슨 상관이란 말인가! 나는 새로운 모습으로 나를 향해 걸어오는 내 운명을 기다릴 뿐이었다.

아침 늦게까지 푹 잘 잤다. 새로운 날이 축제날처럼 밝았다. 어린 시절 크리스마스 축제 이후로 그런 일은 처음이었다. 마음이 들떴지만 두렵지는 않았다. 중요한 의미가 있는 날이 밝았다는 느낌이 들었다. 주위 세상이 기대에 부풀고 의미심장하고 장엄하게 변한 듯 보였다. 조용히 내리는 가을비조차 아름답고 고요하고 진지하면서도 즐거운 음악이 넘치는 축제날 같은 맛이 났다. 외부 세계와 나의 내면세계가 처음으로 완벽한 화음을 이루었다. 그날은 영혼의 축제날이었으며 인생은 살 가치가 있었다. 골목의 어떤 집도 어떤 쇼윈도도 어떤 얼굴도 신경에 거슬리지 않았다. 모든 것이 마땅히 그래야 하는 모습이었지만 일상적이고 익숙한 공허한 얼굴을 하고 있지 않았다. 모든 것이 경외심을 품고 운명을 맞이할 각오가 되어 있는 기대에 부푼 자연이었다. 어릴 때 크리스마스나 부활절 같은 큰 축제날 아침에 본 세상이 그랬다. 나는 세상이 아직도 아름다울 수 있음을 그날 처음 알았다. 내 안에 침잠해 사는 데 익숙해 바깥세상에 대한 감각이 사라진 것을 담담하게 받아들였다. 빛나는 색채를 잃어버린 것이 유년 시절을 잃어버린 것과 서로 뗄 수 없는 관계이며, 영혼의 자유와 성숙을 얻으려면 곱고 은은한 빛을 포기해야 한다고 담담하게 생각했다. 이제 나는 모든 것이 단지 파묻히고 어두워졌을 뿐이며 자유인이 된 사람과 어린 시절의 행복을 포기한 사람도 빛나는 세상을 볼 수 있

고 어린아이의 시선이 주는 깊은 전율을 맛볼 수 있다는 것
에 감격했다.

지난 밤 막스 데미안과 헤어진 교외의 정원에 갈 시간이
되었다. 밝고 아늑한 작은 집이 비에 젖은 잿빛 나무들 뒤에
숨어 있었다. 커다란 유리벽 뒤에 키가 큰 꽃나무들이 서 있
고 반짝이는 창문 너머로 그림이 걸리고 서가가 늘어선 어
두운 벽이 보였다. 대문을 지나자 곧바로 작고 따뜻한 홀이
나왔다. 검은 옷에 하얀 앞치마를 두른 말수가 적은 늙은 하
녀가 나를 안내하고 외투를 받아주었다.

하녀가 나가고 홀에 혼자 남았다. 주위를 둘러보는 순간
나는 내 꿈속에 들어가 있었다. 문 위쪽 어두운 나무 벽에
낯익은 그림이 테두리가 까만 유리 액자 안에 끼워져 걸려
있었다. 황금빛 새매의 머리를 한 나의 새가 세계의 껍질에
서 날아오르려는 그림이었다. 나는 감동해서 그대로 서 있
었다. 지금까지 내가 하고 체험한 모든 것이 그 순간 대답이
되고 실현되어 돌아온 듯해 기쁘면서도 마음이 아팠다. 수
많은 영상이 주마등처럼 영혼을 스쳐지나갔다. 고향의 부모
님 집과 대문 아치 위쪽에 있는 오래된 돌 문장, 그 문장을
그리던 소년 데미안, 원수 크로머의 사악한 손아귀에서 두
려워 떨던 소년인 나, 김나지움 학생의 작은 방 조용한 책상

에서 그리운 새의 그림을 그리는 청년이 된 나, 자신의 실로 짠 그물에서 허우적대는 영혼. 모든 것이, 그 순간까지 존재했던 모든 것이 내 안에서 다시 울리고 긍정되고 대답을 얻고 인정을 받았다.

나는 눈물 어린 눈으로 나의 그림을 바라보며 나의 내면을 읽었다. 아래로 눈길을 돌리자 새 그림 아래쪽 열려 있는 문에 검은 옷을 입은 키가 큰 여인이 서 있었다. 그녀였다.

한 마디도 할 수 없었다. 아름답고 기품 있는 여인은 아들과 비슷하게 시간과 나이를 초월하고 영적인 의지가 충만한 얼굴로 다정하게 미소 짓고 있었다. 그녀의 눈길은 소망의 실현이었고, 그녀의 인사는 귀향을 의미했다. 말없이 두 손을 내밀자 그녀가 따뜻한 손으로 꼭 잡아주었다.

"싱클레어죠. 바로 알아보았어요. 잘 왔어요!"

깊고 따뜻한 목소리였다. 그 목소리를 달콤한 포도주처럼 마셨다. 눈을 들어 그녀의 평온한 얼굴과 깊이를 알 수 없는 검은 눈과 생기 있는 성숙한 입, 표를 지닌 당당하고 넓은 이마를 보았다.

"얼마나 기쁜지 몰라요! 평생 헤매다 이제 집에 돌아온 기분이에요."

나는 이렇게 말하고 그녀의 손에 입을 맞추었다.

그녀는 어머니처럼 빙그레 웃으며 다정하게 말했다.

"사람은 절대 집으로 돌아올 수 없어요. 하지만 낯익은 길들이 서로 만나면 한 시간 동안은 온 세상이 고향으로 보이지요."

그녀는 내가 그녀에게 오면서 느꼈던 감정을 이야기하고 있었다. 그녀의 목소리와 말은 아들하고 많이 비슷하면서도 사뭇 달랐다. 모든 것이 더 성숙하고 더 따뜻하고 더 분명했다. 하지만 예전에 막스가 아무한테도 소년의 인상을 주지 않았듯이 그의 어머니도 다 큰 아들을 둔 어머니처럼 보이지 않았다. 얼굴과 머리 주위에는 젊고 감미로운 숨결이 감돌고 황금빛 피부는 팽팽하고 주름이 없었으며 입술은 피어나는 꽃 같았다. 그녀는 꿈속에서보다 더 당당한 모습으로 내 앞에 서 있었다. 그녀 곁에 있는 것은 사랑의 행복이었으며, 그녀의 눈길은 소망의 실현이었다.

내 운명이 보여준 새로운 모습은 이제 엄격하고 고독하지 않았으며 성숙하고 유쾌했다! 나는 어떤 결심도 맹세도 하지 않았다. 하나의 목적지에, 길의 높은 지점에 도착한 것이다. 약속의 땅으로 가는 넓고 찬란한 다음 길이 보이고, 가까운 행복의 나무우듬지가 그늘을 드리우고, 가까이 있는 온갖 즐거움의 정원이 시원한 휴식을 주는 곳에 도착한 것이다. 앞으로 어찌 되든 이 세상에서 이 여인을 알고 그녀의 목소리를 마시고 가까이서 그녀의 존재를 숨 쉬는 것이 행복했다. 어머니든 연인이든 여신이든 그녀가 거기 있었으면! 나의 길이 그녀의 길 가까이 있었으면!

그녀는 머리 위쪽에 있는 나의 새매 그림을 가리키면서 생각에 잠긴 표정으로 말했다.

"당신이 저 그림을 보냈을 때만큼 우리 막스가 기뻐했던 적이 없어요. 나도 마찬가지예요. 우리는 당신을 기다리고 있었어요. 이 그림이 오자 당신이 우리를 찾아오는 중임을 알았지요. 싱클레어, 당신이 어린 소년이었을 때 어느 날 아들이 학교에서 돌아와 말하더군요. 이마에 표가 있는 아이가 있다고. 틀림없이 그 아이와 친구가 될 거라고. 그 아이가 당신이었어요. 분명 쉽지 않은 시간을 보냈을 테지만 우리는 당신을 믿었답니다. 언젠가 방학에 집에 왔을 때 막스와 다시 만난 적이 있지요. 열여섯 살 때쯤이었을 거예요. 막스가 그 이야기를 했는데⋯⋯."

나는 그녀의 말허리를 끊었다.

"아, 막스가 말했군요! 제가 가장 비참했던 때였지요!"

"그래요, 막스가 말했어요. 지금 싱클레어는 가장 힘든 일을 앞두고 있다고요. 당신이 다시 무리 속으로 도망치려 하고 심지어 술집에도 드나든다고. 하지만 아마 안 될 거라고 했어요. 표가 비록 가려져 있지만 은밀히 당신을 불태우고 있다고요. 그렇지 않았나요?"

"아, 그랬어요, 꼭 그랬습니다. 그 후 저는 베아트리체를 찾았고 마침내 다시 안내자가 저를 찾아왔어요. 피스토리우스라는 사람이었지요. 그제야 제 소년 시절이 왜 그렇게 막스와 단단히 묶여 있었는지, 왜 그렇게 막스한테서 벗어날 수 없었는지 똑똑히 알았지요. 부인, 아니 어머니, 당시 저는 몇 번이나 자살을 생각했답니다. 누구나 길을 가기가 그렇게 어려운가요?"

그녀가 내 머리칼을 공기처럼 가볍게 쓰다듬었다.

"태어나는 건 늘 어렵지요. 새가 알에서 힘들게 나오는 걸 알잖아요. 지난날을 돌아보고 물어봐요. 길이 그렇게 어려웠을까? 오직 어렵기만 했을까? 아름답기도 하지 않았을까? 당신은 그것보다 더 아름답고 더 쉬운 길을 알고 있었을까요?"

나는 고개를 가로젓고 잠결처럼 말했다.

"어려웠어요. 꿈이 찾아오기 전까지는 어려웠습니다."

그녀는 고개를 끄덕이고 나를 뚫어져라 바라보았다.

"그래요, 누구나 자신의 꿈을 찾아내야 해요. 그럼 길이

쉬워지지요. 하지만 영원한 꿈은 없어요. 지난 꿈을 밀어내고 새 꿈이 나타나지요. 어떤 꿈도 꽉 붙잡으려고 하면 안 돼요."

나는 소스라치게 놀랐다. 벌써 경고하는 걸까? 방어하는 몸짓일까? 어느 쪽이든 상관없었다. 나는 목적지가 어디인지 묻지 않고 그녀가 인도하는 대로 갈 각오가 되어 있었다.

내가 말했다.

"제 꿈이 얼마나 오래 갈지는 모르겠어요. 하지만 영원하길 바랍니다. 새의 그림 밑에서 제 운명이 어머니처럼 연인처럼 저를 맞아주었어요. 저는 오직 제 운명에 속하고 다른 어느 누구의 것도 아닙니다."

그녀가 진심으로 동의해주었다.

"그 꿈이 당신의 운명인 동안 그 꿈에 충실해야 해요."

슬픔이 밀려와 마법에 걸린 듯한 이 시간에 죽고 싶은 간절한 소망을 느꼈다. 안에서 눈물이 걷잡을 수 없이 솟아 누를 수가 없었다. 얼마나 오랜 세월 울지 않았던가! 나는 격하게 몸을 돌려 창가로 가 눈물로 흐려진 눈으로 화분의 꽃 너머를 바라보았다.

그녀의 목소리가 등 뒤에서 들렸다. 침착하면서도 가득 찬 포도주 잔처럼 애정이 넘치는 목소리였다.

"싱클레어, 어린아이네요! 당신의 운명은 당신을 사랑해요. 당신이 계속 충실하면 운명은 당신이 꿈꾸는 대로 언젠가 완전히 당신 것이 될 거예요."

나는 감정을 억누르고 다시 그녀를 향해 얼굴을 돌렸다. 그녀가 손을 내밀고 빙그레 웃으며 말했다.

"나는 친구가 몇 명 있어요. 몇 안 되는 아주 가까운 친구들인데 나를 에바 부인이라고 부르지요. 원한다면 당신도 그렇게 부르도록 해요."

그녀는 나를 문까지 안내해 문을 열고 정원을 가리켰다.

"저기 바깥에 막스가 있을 거예요."

나는 흔들리는 마음으로 커다란 나무들 아래 멍하니 서 있었다. 평소보다 더 깨어 있는 상태인지 아니면 더 꿈을 꾸고 있는 상태인지 알 수가 없었다. 나뭇가지에서 빗방울이 조용히 떨어졌다. 강변을 따라 멀리까지 펼쳐진 정원 안으로 천천히 걸어 들어갔다. 마침내 데미안의 모습이 보였다. 탁 트인 작은 정자 안에서 웃통을 벗고 위쪽에 달린 샌드백 앞에서 권투 연습을 하고 있었다.

나는 놀라서 걸음을 멈추었다. 옹골차고 사내다운 머리에 가슴이 넓은 데미안은 멋지게 보였다. 탄탄한 근육이 불거진 치켜든 팔은 억세고 강했으며 엉덩이와 어깨, 팔 관절에서 동작들이 장난치는 샘물처럼 솟아나왔다.

"데미안! 거기서 뭐 해?"

내가 소리치자 그가 즐겁게 웃었다.

"연습하는 거야. 작은 일본인과 한 판 하기로 약속했거든. 고양이처럼 빠르고 당연히 음흉하기도 한 친구지. 하지만 나를 이기긴 못할걸. 예전에 그 친구한테 당한 작은 굴욕을 갚아줄 생각이거든."

그가 셔츠와 웃옷을 입고 물었다.

"어머니를 벌써 만났니?"

"응. 데미안, 정말 멋진 분이시더라! 에바* 부인이라고! 어머니한테 잘 어울리는 이름이야. 모든 존재의 어머니 같아."

그는 잠시 생각에 잠겨 내 얼굴을 쳐다보았다.

"이름을 벌써 알아? 녀석, 자랑해도 되겠다! 어머니가 만나자마자 이름을 가르쳐준 사람은 네가 처음이거든."

그 날부터 아들이며 형제처럼, 그리고 연인처럼 데미안의 집을 드나들었다. 등 뒤에서 현관문을 닫으면, 아니 정원의 커다란 나무들이 멀리서 보이기 시작하면 나는 벌써 부자가 된 듯했고 행복했다. 바깥에는 '현실'이 있고, 거리와 집

---

* 구약 성경에 나오는 인류 최초의 여자 '이브'의 독일식 표기.

들, 사람들과 갖가지 시설, 도서관과 강의실 들이 있었지만, 이 안에는 사랑과 영혼이 있고 동화와 꿈이 살고 있었다. 그 렇다고 우리가 세상과 담을 쌓고 살았던 것은 아니었다. 생 각과 대화 속에서 우리는 종종 세상 한가운데 살았다. 다만 사는 영역이 달랐을 뿐이다. 우리와 대다수 사람들을 갈라 놓은 것은 경계선이 아니라 사물을 보는 방식이었다. 우리 의 과제는 세상에서 하나의 섬을 보여주는 것이었다. 어쩌 면 모범을 보여주는 것일 수도 있었다. 아무튼 다른 삶의 가 능성을 선포하는 것임은 분명했다. 오랫동안 외롭게 살았던 나는 이제 완벽한 고독을 맛본 사람들이 만들 수 있는 공동 체를 알게 되었다. 나는 행복한 사람들의 식탁과 즐거운 사 람들의 축제로 돌아가고 싶지 않았고 함께 모여 있는 다른 사람들을 보아도 질투나 향수를 느끼지 않았다. 나는 '표'를 지닌 사람들의 비밀을 서서히 전수받았다.

표를 지닌 우리는 세상의 눈에 이상하고 심지어 살짝 미 친 위험한 사람들로 보였을지도 모른다. 당연했다. 우리는 이미 깨어났거나 깨어나고 있는 사람들이었으며 계속 더 완 벽하게 깨어나려고 노력했다. 하지만 다른 사람들은 자신 의 견해, 이상과 의무, 삶과 행복을 무리의 견해, 이상과 의 무, 삶과 행복과 더 단단히 묶으려고 노력하고 거기서 행복을 찾았다. 물론 그곳에도 노력과 힘, 위대함이 있었다. 하지만 표를 지닌 우리가 새롭고 개인적이며 미래 지향적인 것을 추구하는 자연의 의지를 대변했다면, 다른 사람들은 기존 상태를 고수하려는 의지 속에서 살고 있었다. 우리는 그렇게 생각했다. 우리와 마찬가지로 그들도 인류를 사랑했지만 그들에게 인류란 이미 완성된 것이며 유지하고 지켜야 하는 것이었다. 반면 우리에게 인류는 아무도 어떤 모습인지 모르고 어디에도 그 법칙이 쓰여 있지 않은 먼 미래였다. 우리 모두는 그 미래를 향해 가고 있는 것이었다.

에바 부인과 막스와 나 외에도 아주 다양한 구도자들이 가깝게 혹은 느슨하게 우리 모임에 들어와 있었다. 특별한 오솔길을 걸으며 독특한 목표를 세우고 특별한 견해와 의무에 집착하는 사람들도 있었다. 점성술사와 카발라 교도가 있는가 하면, 톨스토이 백작 추종자도 있고, 섬세하고 수줍어하며 상처받기 쉬운 다양한 사람들과 새로운 종파의 추종자, 인도 요가 수행자, 채식주의자와 다른 사람들도 있었다. 사실 우리는 그런 사람들과 서로 상대방의 은밀한 인생의 꿈을 존중한다는 것 외에 정신적으로 비슷한 점이 없었다. 반면 지난날 인류가 신과 새로운 이상 들을 찾으려고 기울인 노력을 추적하는 사람들과는 좀 더 가깝게 지냈다. 그들의 연구를 보면 종종 내 친구 피스토리우스가 생각났다. 그들은 책을 갖고 와 고대어로 된 텍스트를 번역하기도 하고, 옛 상징과 제사 의식을 묘사한 그림을 보여주기도 했다. 지금까지 인류가 소유한 모든 이상들이 무의식적인 영혼의 꿈으로 이루어져 있으며 그 영혼의 꿈에서 인류가 자신의 가능한 미래를 예감하고 더듬거리며 따라갔다는 사실도 가르쳐주었다. 덕분에 우리는 고대에서부터 기독교로 전환되는 변화의 여명까지 존재했던 수천 개의 머리가 달린 기괴한 신들의 뒤엉킨 실타래를 살펴볼 수 있었다. 신앙심 깊은 고독한 사람들의 고백과 종교가 민족에서 민족으로 이동하며 변모했다는 것도 알게 되었다. 그렇게 수집한 자료를 토대로 우리는 우리 시대와 현재의 유럽을 비판했다. 유럽은 엄청나게 노력해 강력한 신무기를 인류에게 선사했지만 결국 정신이 극도로 심각하게 황폐해지는 결과를 초래하고 말았다. 유럽은 전 세계를 손에 넣었지만 그 때문에 영혼을 잃어버린 것이다.

우리 모임에도 특정한 희망과 구원론을 믿고 추종하는 사람들이 있었다. 유럽을 개종시키고자 하는 불교도들이 있는가 하면, 톨스토이 추종자들과 다른 종파들도 있었다. 좀 더 작은 그룹에 속한 우리는 늘 열심히 귀를 기울였지만 모든 교리를 단지 상징으로만 받아들였다. 미래의 설계를 염려하는 것은 표를 지닌 우리가 할 일이 아니었다. 우리에게 그 모든 교리와 구원론은 처음부터 쓸모없고 죽은 것으로 보였다. 우리의 의무와 운명은 오직 하나, 각자가 온전히 자기 자신이 되고 자신 안에서 활동하는 자연이 준 소질을 똑바로 알고 그 의지에 따라 살아서 불확실한 미래가 초래하는 그 어떤 결과도 다 받아들일 준비가 되어 있는 것이라고 느꼈다.

왜냐하면 새로운 탄생과 현세계의 붕괴가 눈앞에 다가왔으며 이미 그 조짐이 보이고 있었기 때문이다. 말을 하거나 하지 않거나 상관없이 우리 모두 그것을 분명히 느꼈다. 데미안은 종종 다음과 같이 말했다.

"앞으로 무슨 일이 벌어질지 상상할 수 없어. 유럽의 영혼은 무한히 오랜 세월 사슬에 묶여 있었던 짐승이야. 풀려난 그 짐승의 첫 움직임이 아주 온화하진 않을 거야. 하지만 오랜 세월 끊임없이 기만하고 마비시켰던 영혼의 진짜 고난이 드러나면 이 세상 모든 길과 에움길은 다 아무 의미가 없을 거야. 그럼 우리의 날이 오고 사람들에겐 우리가 필요할 거야. 우리는 안내자나 새로운 입법자는 아니지. 우리는 새로운 법을 보지 못할 테니까. 오히려 운명이 부르는 곳으로 함께 가고 그곳에 서 있을 각오가 된 사람들이지. 사람은 누구나 자신의 이상이 위협을 받으면 도저히 믿기지 않는 일도 할 각오가 되어 있지. 하지만 새로운 이상과 새롭고 어쩌면 위험하고 끔찍할 수도 있는 성장의 움직임이 문을 두드리면 아무도 없을 거야. 그때 우리는 그곳에 있고 함께 가는 소수의 사람들이 될 거야. 그래서 우리가 표를 지니고 있는 거야. 카인의 표가 두려움과 증오를 불러일으키고 당시의 인류를 평화롭고 좁은 목가적 세계에서 끌어내 위험하고 넓은 세계로 보내기 위한 것이었듯이. 인류 역사에 영향을 미친 사람들은 하나같이 오직 운명을 받아들일 각오가 되어 있었기 때문에 그렇게 유능하고 활동적이었던 거야. 이는 모세와 부처, 나폴레옹과 비스마르크에게 해당되는 말이지. 어떤 사조(思潮)에 기여하고 어떤 극단의 지배를 받을지는 개인이 선택하는 게 아니야. 만약 비스마르크가 사회민주주의자들을 이해하고 그들과 타협했다면 그는 영리한 신사일 순 있어도 운명의 인물은 아니었을 거야. 나폴레옹이 그랬고, 카이사르와 로욜라가 그랬고, 모든 이들이 그랬다고! 이 문제는 언제나 생물학적으로 또 발전사적으로 생각해야 해! 지구 표면에서 일어난 격변이 물속에 사는 동물을 육지로 내던지고 육지 동물을 물속으로 내던졌을 때 유례없는 새로운 일을 이루어내고 적응을 통해 자신의 종(種)을 구할 수 있었던 것은 운명을 받아들인 표본들이었어. 그 표본들이 예전에 자기 종에서 보수주의자와 기존 상태 유지자로 뛰어난 존재였는지 혹은 괴짜에 혁명가였는지는 알 수 없어. 하지만 표본들이 운명을 받아들일 준비가 되어 있었고 자기 종을 새로운 발전으로 이끌 수 있었다는 것은 알고 있지. 그래서 우리도 준비하려는 거야."

그런 대화의 자리에 에바 부인도 종종 함께 있었지만 이야기에 직접 끼어들지는 않았다. 우리 중 어느 누가 자신의 견해를 말하더라도 그녀는 신뢰와 이해심을 갖고 귀를 기울였다. 그녀는 메아리 같은 사람이었다. 모든 생각이 그녀한테서 나와 다시 그녀에게 돌아가는 듯 보였다. 그녀 가까이 앉아 있고, 가끔 그녀의 목소리를 듣고, 그녀를 둘러싼 성숙하고 영적인 분위기를 함께 나누는 것이 나의 행복이었다.

그녀는 내 마음이 우울하고 어떤 변화와 변혁이 일어나면 곧바로 알아차렸다. 내가 잠잘 때 꾸는 꿈들은 그녀가 불어넣은 영감인 듯한 느낌이 들었다. 종종 꿈 이야기를 하면 그녀는 전부 다 이해하고 자연스럽게 받아들였다. 그녀의 명확한 느낌이 따라가지 못하는 이상한 대목은 하나도 없었다. 한동안 우리가 낮에 나눈 대화를 다시 보여주는 듯한 꿈을 꾸었다. 꿈에서 온 세상이 혼란에 빠졌는데 나는 혼자 혹은 데미안과 함께 엄청난 운명을 긴장해서 기다리고 있었다. 운명은 베일에 가려 있었지만 어딘지 에바 부인을 닮아 있었다. 그녀에게 선택을 받느냐, 아니면 거부를 당하느냐, 그것이 운명이었다.

그녀는 미소 지으며 가끔 이렇게 말하곤 했다.

"당신 꿈에서 빠진 것이 있어요. 싱클레어, 당신은 가장 좋은 부분을 잊어버렸어요."

그럼 그 부분이 다시 생각났다. 어떻게 그 대목을 잊어버릴 수 있었는지 스스로 이해가 되지 않았다.

불만스럽기도 하고 욕망 때문에 가끔 마음이 괴로울 때가 있었다. 바로 옆에서 보면서도 그녀를 안을 수 없다는 사실을 더는 견딜 수 없을 것 같았다. 그녀는 그것도 바로 알아차렸다. 언젠가 며칠 동안 발길을 끊었다가 혼란스러운 마음으로 다시 찾아가자 그녀는 나를 옆으로 데리고 가 이렇게 말했다.

"자신이 믿지 않는 소망에 매달리지 말아요. 당신이 뭘 원하는지 알아요. 그 소망을 버릴 수 있거나 아니면 제대로 온전히 소망해야 해요. 스스로 소망이 실현될 거라고 확신할 만큼 간절히 구할 수 있으면 소망은 이루어져요. 하지만 당신은 소망하고 다시 후회하고 그러면서 두려워하지요. 그 모든 걸 극복해야 해요. 동화를 하나 들려줄게요."

그녀는 별을 사랑한 한 젊은이 이야기를 해주었다. 젊은 이는 바닷가에 서서 손을 뻗고 별을 숭배하고 별의 꿈을 꾸고 자신의 생각을 별에게 보냈다. 하지만 그는 인간이 별을 포옹할 수 없음을 알고 있었다. 아니, 안다고 생각했다. 그는 이루어질 희망도 없이 별을 사랑하는 것을 운명으로 여기고 그런 생각에서 변함없이 묵묵히 괴로워하는 고통과 체념을 노래한 삶의 문학을 지었다. 그것이 자신을 개선하고 정화시켜주기를 바랐다. 하지만 그의 꿈은 모두 별을 향하고 있었다. 어느 날 밤 그는 다시 바닷가 높은 절벽에서 별을 보며 별에 대한 사랑으로 뜨겁게 불타올랐다. 그리움이 더 이상 커질 수 없을 만큼 부풀어 오른 순간 그는 몸을 던져 별을 향해 허공으로 떨어졌다. 하지만 몸을 던지는 순간 이런 생각이 번개처럼 머리를 스쳤다. 이건 불가능한 일이야! 그러자 그는 해변에 떨어져 산산이 부서지고 말았다. 그는 사랑하는 법을 알지 못했다. 만약 몸을 던지는 순간 꿈의 실현을 확신하는 영혼의 힘이 있었다면 그는 하늘로 날아올라 별과 하나가 되었을 것이다.

그녀는 이렇게 말했다.

"사랑은 부탁하는 깃도 요구하는 것도 아니에요. 사랑은
스스로 확신하는 힘을 갖고 있어야 해요. 그럼 사랑은 끌려
가지 않고 끌어당기지요. 싱클레어, 당신의 사랑은 나한테
끌려가고 있어요. 당신의 사랑이 나를 끌어당기면 그때 갈게
요. 나는 선물은 주지 않을 거니까 노력해서 나를 얻어요."

다음번에 그녀는 또 다른 동화를 들려주었다. 가망 없는
사랑을 하는 한 남자 이야기였다. 남자는 자신의 영혼 속으
로 완전히 들어가 사랑이 자기를 다 태워버린다고 생각했
다. 세상이 사라져 파란 하늘도 푸른 숲도 보이지 않았다.
시냇물은 졸졸대지 않았으며 하프도 노래하지 않았다. 모
든 것이 사라시고 그는 가난하고 비참해졌지만 그의 사랑은
오히려 더 커졌다. 그는 사랑하는 아름다운 여인을 포기하
느니 차라리 죽어 스러지고 싶었다. 사랑이 자기 안의 모든
걸 태워버린 것을 느낀 순간 사랑이 점점 강해져 끌어당기
고 또 끌어당겼고 아름다운 여인은 따라올 수밖에 없었다.
그녀가 오자 그는 두 팔을 활짝 벌려 그녀를 안고 자기 쪽으
로 끌어당겼다. 그런데 그의 앞에 선 그녀가 완전히 달라졌
다. 그는 자신이 잃어버린 온 세상을 끌어당겼음을 느끼고
또 보고는 전율했다. 그녀가 그의 앞에 서서 몸을 맡기자 하
늘과 숲과 시냇물을 비롯한 모든 것이 새로운 색깔 옷을 입

고 산뜻하고 찬란하게 다가와 그의 것이 되고 그의 언어를 말했다. 그는 단순히 한 여인을 얻은 것이 아니라 온 세상을 가슴에 안은 것이었다. 하늘의 모든 별이 그의 안에서 빛나고 그의 영혼에는 기쁨의 불꽃이 반짝였다. 그는 사랑을 했고 그래서 자신을 발견했다. 하지만 대부분의 사람들은 자신을 잃어버리기 위해서 사랑한다.

에바 부인을 향한 사랑이 나의 삶의 유일한 내용인 듯 보였다. 하지만 그 사랑은 날마다 다르게 보였다. 나의 본질이 매혹을 느끼고 얻고자 애쓰는 것은 그녀 개인이 아니다, 그녀는 단지 나의 내면의 상징으로서 나를 나 자신 안으로 더 깊이 안내할 뿐이라는 느낌이 종종 들었다. 그녀의 말은 내 마음을 뒤흔드는 아주 중요한 문제에 대해 나의 무의식이 주는 대답처럼 들리곤 했다. 그녀 옆에서 뜨거운 관능적 욕망에 그녀의 손길이 닿은 물건에 입을 맞출 때도 있었다. 관능적인 사랑과 관능적이지 않은 사랑, 현실과 상징이 서서히 서로 겹쳐졌다. 그럴 때 내 방에서 조용히 진심을 다해 그녀를 생각하면 그녀의 손이 내 손을 스치고 그녀의 입술이 내 입술에 닿는 느낌이 들었다. 그녀 곁에서 얼굴을 바라보고 이야기를 나누고 목소리를 들으면서도 그녀가 현실인지 아니면 꿈인지 알 수 없을 때도 있었다. 나는 영원한 불멸의 사랑을 얻을 수 있는 방법을 예감하기 시작했다. 책을 읽다가 새로운 인식을 얻으면 그것은 에바 부인의 키스와 똑같은 느낌이었다. 그녀가 내 머리카락을 쓰다듬고 성숙하고 향기로우며 따뜻한 미소를 지으면 내가 내 안에서 발전을 이룬 듯한 느낌이 들었다. 내게 중요하고 운명으로 여겨지는 모든 것이 그녀의 모습을 띨 수 있었다. 그녀는 내 생각 하나하나로 변할 수 있었고, 내 생각 하나하나는 그녀로 변할 수 있었다.

부모님 집에서 크리스마스 휴가를 보낼 생각을 하니 벌써부터 두려웠다. 2주 동안이나 에바 부인을 못 보면 분명히 괴로울 거라는 생각이 들었기 때문이다. 그러나 부모님 집에서 그녀를 생각하는 것은 고통이 아니라 멋진 일이었다. H시로 돌아와서도 그녀가 실제로 옆에 없어도 되는 평안과 자유로움을 음미하기 위해 이틀 동안 그녀의 집을 찾아가지 않았다. 비유적인 새로운 방식으로 그녀와 결합하는 꿈을 꾸기도 했다. 그녀는 바다였고 나는 거기로 흘러가는 강물이었다. 그녀는 별이었고 나는 그녀를 향해 가는 또 하나의 별이었다. 마침내 우리는 만나 서로에게 끌리는 마음을 느끼고 함께 지내면서 울리는 좁은 원을 그리며 영원히 행복하게 서로의 주위를 빙빙 돌았다.

그녀를 다시 찾아갔을 때 꿈 이야기를 했다.

그녀는 조용히 말했다.

"아름다운 꿈이에요. 그 꿈을 현실로 만들어요!"

어느 이른 봄날의 일을 절대 잊을 수 없다. 나는 홀 안으로 들어갔다. 창문 하나가 열려 있고 따사로운 바람이 짙은 히아신스 향기를 방 안에 흩뿌리고 있었다. 아무도 보이지 않기에 계단을 통해 막스 데미안의 서재로 올라갔다. 가볍게 노크를 하고 늘 그러듯 대답을 기다리지 않고 안으로 들어갔다.

커튼이 모두 쳐져 있어서 방이 어두웠다. 막스가 화학 실험실로 꾸며 놓은 작은 옆방으로 통하는 문이 열려 있었다. 그 방에서 비구름 사이로 비치는 밝고 하얀 봄 햇살이 흘러나왔다. 나는 아무도 없다고 생각하고 커튼 하나를 열어젖혔다.

커튼이 쳐진 창가 근처 등받이 없는 의자에 막스가 웅크리고 앉아 있었다. 이상하게 달라진 모습이었다. 번개처럼 머리를 스치는 느낌이 있었다. 예전에 한 번 본 적이 있다! 그는 두 팔을 축 늘어뜨리고 두 손을 무릎 위에 놓고 있었다. 눈을 뜬 채 살짝 앞으로 숙인 얼굴은 빛이 없고 죽어 있었으며 눈동자는 생기를 잃고 마치 유리 조각처럼 강한 빛한 점을 반사하고 있었다. 창백한 얼굴은 자신 속에 침잠해 신전 문에 있는 태고의 동물 가면처럼 무섭도록 굳어 있는 것 말고는 아무 표정이 없었다. 그는 숨도 쉬지 않는 것 같았다.

나는 기억이 떠올라 전율했다. 몇 년 전 아직 소년이었을 때 바로 저 모습을 본 적이 있었다. 저렇게 눈은 내면을 응시하고 저렇게 두 손이 죽은 듯 나란히 놓여 있고 파리 한 마리가 얼굴 위를 기어 다니고 있었다. 6년 전이었던 것 같은데 그때도 그는 지금처럼 나이 들고 시간을 초월한 듯 보였다. 얼굴의 주름 하나도 달라지지 않았다.

와락 두려움이 엄습해 조용히 방을 나와 계단을 내려왔다. 홀에서 에바 부인을 만났는데 전에 없이 얼굴이 창백하고 피곤해 보였다. 창문에 그림자 하나가 스쳐 지나가면서 눈부신 하얀 햇살이 갑자기 사라졌다.

나는 재빨리 속삭였다.

"막스한테 갔었어요. 무슨 일이 있나요? 자고 있는지 혹은 자신 안으로 들어갔는지 모르겠어요. 전에도 그런 모습을 본 적이 있어요."

"혹시 깨우지는 않았지요?"

그녀가 황급히 물었다.

"예. 막스는 제가 들어오는 소리를 못 들었어요. 저는 바로 다시 나왔고요. 에바 부인, 말해주세요, 막스가 어떻게 된 거예요?"

그녀는 손등으로 이마를 훔쳤다.

"진정해요, 싱클레어. 그 애는 괜찮아요. 안으로 들어간 거예요. 오래 걸리진 않을 거예요."

그녀는 일어나 막 비가 내리기 시작했는데도 정원으로 나갔다. 따라가면 안 될 것 같아서 나는 홀을 이리저리 서성거렸다. 마비시킬 듯 진한 히아신스의 향기를 맡으며 문 위에 걸린 나의 새 그림을 바라보고 가슴을 조이며 그 날 아침 집 안에 가득한 이상한 그림자를 들이마셨다. 그것은 무엇이었을까? 무슨 일이 일어났을까?

에바 부인은 바로 돌아왔다. 검은 머리카락에 빗방울이 맺혀 있었다. 그녀는 안락의자에 앉았는데 피곤한 기색이 역력했다. 나는 옆으로 다가가 허리를 숙여 그녀의 머리에 맺힌 빗방울에 입을 맞추었다. 그녀의 눈은 밝고 고요했지만 빗방울에서는 눈물 맛이 났다.

"막스에게 올라가볼까요?"

내가 속삭이듯 묻자 그녀는 어렴풋이 미소를 지었다. 그리고 자기 안의 어떤 마법을 깨뜨리려는 듯 큰 소리로 경고

했다.

"어린아이처럼 굴지 말아요, 싱클레어! 지금은 그냥 갔다가 나중에 다시 와요. 지금은 당신과 이야기할 수 없네요."

나는 집을 나와 시내를 지나 산을 향해 걸었다. 비스듬히 내리는 가는 빗줄기가 몸을 적시고 두려움에 짓눌린 듯 구름이 낮게 흘러갔다. 아래쪽에는 바람이 거의 없었지만 높은 곳에서는 폭풍이 부는 듯 강철 같은 잿빛 구름 사이로 여러 번 창백하고 강한 햇빛이 잠깐 비치곤 했다.

성긴 노란 구름 한 점이 하늘을 가로질러 오다가 잿빛 구름 벽에 막혀 멈추는가 싶었는데 불과 몇 초 사이에 바람이 노란색과 푸른색에서 거대한 새의 형상을 빚어냈다. 새는 푸른 혼돈을 찢고 나와 크게 날갯짓을 하며 훨훨 하늘 저 멀리 사라졌다. 그러고 폭풍우 소리가 들리고 우박이 섞인 비가 후드득 쏟아졌다. 빗줄기에 채찍질 당하는 풍경 위로 무시무시한 천둥소리가 우르릉 우르릉 짧게 거짓말처럼 들리더니 바로 한 줄기 햇빛이 다시 비치면서 가까운 산의 갈색 숲에 쌓인 창백한 눈이 아슴푸레 비현실적으로 빛났다.

몇 시간 후 바람을 맞고 비에 흠뻑 젖은 모습으로 돌아왔더니 데미안이 직접 문을 열어주었다.

그는 나를 데리고 자기 방으로 올라갔다. 실험실에는 가

스불이 피워져 있고 종이가 여기저기 흩어져 있었다. 일을 하고 있었던 것 같았다.

그가 권했다.

"앉아. 피곤할 거야. 끔찍한 날씨였는데 한참 바깥에 있었나 보네. 금방 차를 내올 거야."

나는 머뭇머뭇 말을 꺼냈다.

"오늘 무슨 일이 일어나고 있어. 그냥 비바람이 조금 몰아친 게 아니야."

그는 탐색하듯 나를 빤히 바라보았다.

"뭘 본 거야?"

"응. 한순간 구름 속에서 뚜렷한 형상을 봤어."

"어떤 형상이었는데?"

"새였어."

"새매? 그거였어? 네 꿈의 새?"

"그래, 내 새매였어. 노랗고 엄청나게 큰 새였는데 검푸른 하늘로 날아갔어."

데미안은 깊은 숨을 내쉬었다.

노크 소리가 나고 늙은 하녀가 차를 가져왔다.

"마셔, 싱클레어. 그 새를 본 것은 혹시 우연이 아닐까?"

"우연이라고? 그런 걸 우연히 보기도 하니?"

"물론 아니지. 새는 뭔가를 의미해. 뭐 아는 거 있니?"

"아니. 하지만 운명이 내딛는 걸음 같은 뭔가 충격적인 일인 듯한 느낌이 들어. 우리 모두와 상관이 있는 일 같아."

그는 성급하게 왔다 갔다 하더니 크게 소리쳤다.

"운명이 내딛는 걸음이라! 어젯밤 나도 똑같은 꿈을 꾸었어. 어머니도 어제 예감을 느끼고 똑같은 이야기를 하셨지. 꿈에서 나는 나무인가 탑인가에 걸쳐진 사다리에 올라갔어. 위에 올라갔더니 온 땅이, 도시와 마을 들이 있는 드넓은 평지가 활활 불타고 있었어. 다 이야기할 순 없어. 분명하지 않은 게 있어서."

내가 물었다.

"너하고 연관 있는 꿈이라고 생각하니?"

"나하고 연관이 있느냐고? 당연하지. 자신과 상관없는 꿈을 꾸는 사람은 없어. 하지만 그 꿈은 나 혼자 관계된 꿈이 아니야. 네 말이 맞아. 나는 내 영혼의 움직임을 보여주는 꿈과 전 인류의 운명을 암시하는 꿈을 상당히 정확하게 구분하고 있어. 두 번째 꿈은 아주 드물지. 나는 두 번째 꿈은 거의 꾼 적이 없어. '이 꿈은 예언이다, 실현되었다'고 할 만한 꿈은 한 번도 꾼 적이 없고. 해석이 너무 모호하니까. 하지만 내 꿈이 나 혼자 관계된 꿈이 아니라는 것은 분명히 알고 있어. 그 꿈은 내가 전에 꾸었던 다른 꿈과 연관이 있어, 이어지는 꿈이라고. 싱클레어, 그런 꿈에서 전에 너한테 얘기한 예감을 얻는 거야. 우리 세상은 완전히 썩었지만 그것은 멸망이라든가 그 비슷한 예언을 하는 근거가 될 수 없어. 하지만 몇 년 전부터 계속 꾸는 꿈들이 있는데, 추론이랄까 느낌이랄까 혹은 네가 뭐라고 부르든 상관없어, 그래, 느낌이라고 하자. 그 꿈들에서 낡은 세계의 붕괴가 점점 가까이 다가오고 있다는 느낌을 받아. 예감은 처음엔 아주 약하고 어렴풋했지만 점점 더 뚜렷하고 강해졌지. 지금 나는 나하고도 관계가 있는 엄청나고 무서운 일이 다가오고 있다는 것만 알아. 싱클레어, 우리는 이미 여러 번 이야기한 일을 겪게 될 거야! 세상이 다시 시작하려고 하고 있어. 죽음의 냄새가 나. 죽지 않고 새로운 것은 생길 수 없어. 하지만 내가 생각했던 것보다 훨씬 더 무시무시하네."

나는 깜짝 놀라서 그를 뚫어져라 쳐다보았다. 그리고 수줍게 부탁했다.

"꿈 이야기를 마저 해줄 수 없니?"

그는 고개를 가로저었다.

"아니."

문이 열리고 에바 부인이 들어왔다.

"둘이 같이 있구나! 애들아, 설마 슬퍼하는 건 아니지?"

피곤한 기색이 말끔히 사라지고 생기가 넘치는 모습이었다. 데미안이 빙긋 미소를 지어 보이자 그녀는 마치 두려움에 떠는 자녀들에게 다가가는 어머니처럼 가까이 다가왔다.

데미안이 말했다.

"슬프지 않아요, 어머니. 그냥 새로운 징조들의 수수께끼를 조금 풀어본 것뿐이에요. 하지만 다 소용없는 짓이에요. 일어날 일은 갑자기 들이닥칠 테고 그럼 우리가 무엇을 알아야 하는지 알게 될 테니까요."

나는 기분이 좋지 않았다. 작별인사를 하고 혼자 홀을 지니기는데 히아신스 향기가 시들고 맥이 빠져 시체처럼 느껴졌다. 그림자가 우리 위에 드리워졌다.

8

종말의 시작

나는 강력하게 주장해서 여름 학기도 H시에서 지낼 수 있었다. 우리는 집 안에 있기보다 강변의 정원에서 주로 시간을 보냈다. 권투경기에서 제대로 패배한 일본인은 떠났고, 톨스토이 추종자도 떠났다. 데미안은 말 한 마리를 구해 날마다 끈기 있게 타고 다녔다. 나는 그의 어머니와 단 둘이 있을 때가 많았다.

가끔 나의 삶이 너무 평온해서 놀랄 때가 있었다. 오랫동안 혼자 지내고 체념을 연습하고 고통과 힘들게 씨름하는 데 익숙했기에 H시에서 보낸 몇 달이 마치 꿈속의 섬처럼 여겨졌다. 오직 아름답고 유쾌한 일과 감정 속에서 홀린 듯 편안히 살았던 그 섬에서 우리가 생각한 더 높은 새로운 공동체를 미리 조금 맛본 듯한 느낌이었다. 오래 갈 수 없음을 알고 있기에 그 행복이 더욱 가슴 저리게 슬펐다. 충만함과 편안함을 호흡하는 것은 내 몫이 아니었다. 내게는 고통과 급하게 서두르는 것이 필요했다. 느낄 수 있었다. 언젠가 이 아름다운 사랑의 환상에서 깨어나 고독이나 싸움이 있을 뿐 함께 하는 삶도 평화도 없는 타인들의 차가운 세상에 다시 홀로 서리라.

그러면 나는 에바 부인에게 두 배로 더 다정하게 다가가 내 운명이 아직도 이렇게 아름답고 고요할 수 있음에 기뻐했다.

여름 몇 주가 가볍게 홀쩍 지나가 학기가 벌써 끝나갔다. 이별이 코앞에 다가왔지만 그 생각을 할 수 없었다. 실제로 그 생각은 하지 않고 마치 나비가 꿀을 품은 꽃에 매달리듯 아름다운 나날에 매달렸다. 나의 삶이 처음으로 실현되고 내가 모임에 받아들여진 행복한 시절이었다. 앞으로 어떻게 될까? 아마 다시 힘겹게 싸우며 헤쳐 나가고 그리움을 견디고 꿈을 꾸고 혼자이리라.

어느 날 그런 예감이 강하게 들면서 불현듯 에바 부인에게 불꽃같은 아픈 사랑을 느꼈다. 맙소사, 이제 곧 그녀를 보지 못하게 되리라. 집 안을 거니는 그녀의 흔들림 없는 기분 좋은 발소리를 듣지 못하리라. 내 책상 위에 놓인 그녀의 꽃을 보지 못하리라! 그런데 나는 무엇을 이루었을까? 그녀를 얻고 그녀를 얻기 위해 싸우고 그녀를 영원히 내 것으로 만드는 대신 꿈을 꾸고 아늑한 만족에 빠져 지냈다! 언젠가 그녀가 진짜 사랑에 대해 했던 이야기가 전부 다 생각났다. 수많은 섬세한 경고와 어렴풋한 유혹의 말들, 어쩌면 약속의 말들을 듣고 나는 무엇을 했을까? 아무것도, 아무것도 하지 않았다!

나는 방 한가운데 서서 의식을 모아 에바 부인을 생각했다. 영혼의 힘을 다해 그녀가 나의 사랑을 느끼고 나한테 오게 하고 싶었다. 그녀가 와서 나의 포옹을 갈망하고 내 입술은 만족할 줄 모르고 그녀의 성숙한 사랑의 입술을 한없이 탐해야 했다.

그렇게 서서히 긴장하자 손가락과 발부터 차가워지기 시작했다. 몸에서 힘이 빠져 나가는 것이 느껴졌다. 잠시 내 안에서 밝고 서늘한 어떤 것이 단단하게 뭉쳐지고 순간 심장 속에 수정이 들어 있는 듯한 느낌이 들었다. 그것은 나의 자아였다. 차가운 냉기가 가슴까지 올라왔다.

무시무시한 긴장에서 깨어나자 부언가가 다가오는 듯한
느낌이 들었다. 나는 죽도록 지쳐 있었지만 방으로 들어오
는 에바를 열렬하고 황홀하게 기다렸다.

긴 도로를 따라 달리는 말발굽 소리가 크게 들렸다. 소리
가 점점 가까이 들리더니 별안간 멈추었다. 창가로 뛰어갔
더니 밑에서 데미안이 말에서 내리고 있었다. 나는 달려 내
려갔다.

"무슨 일이야, 데미안? 어머니한테 무슨 일이 있는 건 아
니지?"

그는 내 말을 흘려들었다. 얼굴이 몹시 창백하고 이마에
서 양 볼로 땀이 흘러내렸다. 그는 달아오른 말의 고삐를 정
원 울타리에 묶고는 내 팔을 잡고 함께 거리를 따라 걸었다.

"벌써 무슨 소식 들었니?"

나는 아무것도 몰랐다.

데미안은 내 팔을 누르고 얼굴을 돌려 나를 바라보았다.
연민이 어린 어둡고 이상한 눈길이었다.

"그래, 이 친구야, 이제 시작이야. 러시아와의 갈등이 심
각한 건 알고 있었겠지……."

"뭐? 전쟁이 났어? 진짜 날 거라고는 안 믿었는데."

주변에 아무도 없는데도 그가 나직이 말했다.

"아직 선전포고는 안 했어. 하지만 전쟁이 날 거야. 믿어도 돼. 이 일로 널 괴롭히지 않았지만 그날 이후로 세 번이나 새로운 징조를 보았어. 그러니까 세상이 몰락하거나 지진이나 혁명이 일어나는 게 아니야. 전쟁이 날 거야. 싱클레어, 어떻게 될지 보게 될 거야! 사람들은 좋아할 거야. 벌써모두 싸움이 시작되길 기다리고 있지. 그만큼 삶이 무미건조해진 거야. 하지만 싱클레어, 곧 알게 되겠지만 이건 시작에 불과해. 어쩌면 큰 전쟁이 될지도 몰라. 엄청나게 큰 전쟁이. 하지만 그것 역시 시작일 뿐이야. 새로운 것이 시작될거야. 옛것에 집착하는 사람들에게 새로운 것은 아마 무시무시할 거야. 넌 어떻게 할 거야?"

당혹스러웠다. 모든 것이 아직 낯설고 비현실적으로 들렸다.

"모르겠어. 넌?"

그는 어깨를 으쓱했다.

"동원령이 내려지면 바로 입대할 거야. 난 소위거든."

"네가? 난 전혀 몰랐는데."

"응, 세상에 적응하는 내 방식의 하나지. 너도 알다시피난 사람들의 눈길을 끄는 게 싫어서 늘 올바르게 행동하려고 조금 지나치다 싶게 노력했지. 일주일 후면 난 벌써 전쟁터에 있을걸."

"맙소사."

"이 친구야, 감상적으로 생각하면 안 돼. 사실 나도 살아 있는 사람을 향해 발사 명령을 내리는 게 좋지는 않아. 하지만 그건 지엽적인 문제야. 이제 우리는 모두 거대한 수레 바퀴 속에 휘말려 들어갈 거야. 너도 마찬가지야. 분명 너도 징집될 거야."

"데미안, 그럼 네 어머니는?"

그제야 십오 분 전의 일이 생각났다. 세상이 얼마나 달라졌는가! 나는 온 힘을 다해 가장 달콤한 영상을 불러내려고 했다. 그런데 돌연 운명이 위협하듯 섬뜩한 얼굴로 나를 빤히 바라보고 있었다.

"우리 어머니? 아, 우린 어머니 걱정은 할 필요 없어. 어머니는 안전해. 이 세상 누구보다 안전하지. 너, 어머니를 무척 사랑하는구나?"

"알고 있었어, 데미안?"

그가 밝게 웃음을 터뜨렸다.

"꼬마야! 당연히 알고 있었지. 사랑하지도 않으면서 어머니를 에바 부인이라고 부른 사람은 지금까지 아무도 없었거든. 그건 그렇고, 어떻게 된 거야? 네가 오늘 어머니나 날 불렀지, 아니야?"

"응, 불렀어. 에바 부인을 불렀어."

"어머니가 그걸 느끼셨어. 갑자기 너한테 가보라고 하시더라고. 어머니한테 막 러시아 소식을 전한 참이었는데."

우리는 몸을 돌려 왔던 길을 되짚어 걸으며 몇 마디 조금 더 나누었다. 그는 울타리에 묶은 고삐를 풀고 말에 올라탔다.

위층 내 방에 올라오자 비로소 내가 얼마나 지쳐 있는지 느낄 수 있었다. 데미안이 가져온 소식도 그렇지만 그 전에 긴장한 탓이 훨씬 더 컸다. 하지만 에바 부인이 내가 부르는 소리를 들었다! 내 마음이 그녀에게 닿은 것이다. 사정이 그렇지만 않았다면 그녀가 직접 올 수도 있었으리라. 모든 것이 얼마나 이상한가, 근본적으로 얼마나 아름다운가! 이제 전쟁이 날 것이다. 우리가 그토록 자주 이야기했던 일이 드디어 일어나기 시작할 것이다. 데미안은 그토록 많은 것을 미리 알고 있었다. 얼마나 이상한가. 이제 세상의 흐름이 우리 곁을 스쳐지나 어딘가로 흘러가지 않고 갑자기 우리 가슴 한복판을 지나가는 것이다. 바로 지금 혹은 머지않아 모험과 거친 운명이 우리를 부르고 세상이 우리를 필요로 하고 세상이 스스로 변화하려고 하는 순간이 올 것이다. 데미안이 옳았다. 감상적으로 생각할 일이 아니었다. 다만 '운명'이라는 외로운 일을 수많은 사람들, 아니 온 세상과 함께 해야 하는 것이 이상할 뿐이었다. 그렇다면 좋다!

나는 각오가 되었다. 저녁에 시내를 지나가는데 거리 모퉁이마다 흥분으로 들끓었다. 어디서나 '전쟁'이라는 단어가 들려왔다!

에바 부인 집으로 갔다. 우리는 정원의 정자에서 저녁을 먹었는데 손님은 나 혼자뿐이었다. 아무도 전쟁 이야기를 입에 올리지 않았다. 다만 밤이 늦어 내가 떠나려고 하는데 에바 부인이 말했다.

"싱클레어, 오늘 당신은 날 불렀어요. 왜 내가 직접 가지 않았는지는 알고 있겠지요. 하지만 잊지 말아요. 당신은 이제 부르는 법을 알아요. 표를 지닌 누군가가 필요하면 언제라도 다시 불러요!"

그녀는 자리에서 일어나 어두컴컴한 정원을 앞장서 걸었다. 묵묵히 서 있는 나무들 사이로 당당하고 위엄 있게 걸어가는 신비로운 여인의 머리 위에서 수많은 작은 별들이 다정하게 빛났다.

이제 거의 끝나간다. 일은 빠르게 진행되었다. 곧 전쟁이 터졌고 데미안은 제복에 은회색 외투를 걸친 아주 낯선 모습으로 전장으로 떠났다. 나는 그의 어머니를 집까지 데려다주었다. 그녀와도 바로 헤어졌다. 그녀는 내 입에 키스하고 잠시 꼭 안아주었다. 바로 앞에서 그녀의 커다란 눈이 내 눈을 뜨겁게 바라보았다.

모든 사람이 형제가 된 것 같았다. 그들은 조국과 명예를 말했지만 그것은 그들 모두가 잠시 들여다본 운명의 맨얼굴이었다. 젊은 남자들은 막사에서 나와 기차에 올라탔다. 나는 무수히 많은 얼굴에서 표를 보았다. 우리의 표와 똑같지는 않았지만 사랑과 죽음을 의미하는 아름답고 품위 있는 표였다. 생전 처음 보는 사람들이 나를 포옹하는 것을 이해할 수 있었고 기쁜 마음으로 같이 안아주었다. 그들이 그렇게 한 것은 운명의 의지 때문이 아니라 도취 때문이었다. 하지만 그 도취는 그들 모두가 운명의 눈을 잠시 들여다보고 마치 누가 흔들어 잠에서 깨어난 듯 눈을 뜬 데서 오는 신성한 도취였다.

겨울이 거의 다 되어서 전쟁터에 나갔다.

포화 속에서 사는 흥분에도 불구하고 처음에는 모든 것이 실망스러웠다. 나는 예전에 이상을 위해 살 수 있는 사람이 왜 그렇게 드문지 많이 생각했지만 이제 많은 사람들, 아니 모든 사람들이 이상을 위해 죽을 수 있다는 걸 알았다. 다만 그 이상은 개인이 자유롭게 선택한 이상이 아니라 서로가 수용한 공동의 이상이어야 했다.

시간이 갈수록 내가 사람을 너무 과소평가했음을 깨달았다. 비록 군 복무와 공동의 위험 때문에 서로 비슷해졌다고는 해도 살아 있거나 죽어가는 수많은 사람들이 운명의 의지에 다가가는 멋진 모습을 보았다. 많은, 아주 많은 사람들이 공격을 받는 순간이 아니어도 항상 단호하고 홀린 듯 아득한 눈길을 하고 있었다. 그것은 목적에 대해서는 아무것도 모르고 엄청난 일에 온전히 헌신하는 사람의 눈초리였다. 무엇을 믿고 생각하든 그들은 각오가 되어 있는 쓸모 있는 사람들이었다. 그들에게서 미래가 빚어질 것이다. 세상이 고집스럽게 전쟁과 영웅주의, 명예와 다른 낡은 이상을 추구하는 듯 보일수록, 겉으로 인간성을 소리쳐 외치는 모든 목소리가 멀고 비현실적으로 들릴수록 그 모든 것은 표면적인 것에 지나지 않았다. 전쟁의 외적이고 정치적인 목적을 묻는 질문이 표면적인 것과 마찬가지였다. 저 깊은 속에서는 무언가가 생성되고 있었다. 새로운 인간성 같은 무언가가. 왜냐하면 증오와 분노, 살육과 파괴가 외부의 대상과 상관이 없음을 느낌으로 아는 많은 사람들을 보았기 때문이다. 그들 중 많은 이들이 내 옆에서 죽었다. 그렇다, 외부의 대상은 목적과 마찬가지로 우연적인 것이었다. 가장 사나운 감정을 포함해 근원적 감정이 겨냥하는 것은 적이 아니었다. 근원적 감정의 피비린내 나는 행동은 새로 태어나기 위해 미친 듯 날뛰며 죽이고 파괴하고 죽으려는 내면과 분열된 영혼이 겉으로 터져 나온 것일 뿐이었다. 엄청나게 큰 새가 알에서 나오려고 몸부림치고 있었다. 알은 세계였고, 세계는 파괴되어야 했다.

이른 어느 봄날 밤에 나는 우리가 점령한 농가 앞에서 보초를 섰다. 기운 없는 바람이 변덕스럽게 불고 플랑드르 지방의 높은 하늘에는 구름의 군대가 빠르게 달려갔다. 구름 뒤 어딘가에 달이 있으리라. 나는 그 날 하루 종일 불안하고 어떤 걱정 때문에 마음이 어수선했다. 어두운 초소에서 지금까지 살아온 나의 삶과 에바 부인과 데미안을 생각했다. 포플러나무에 기대서서 움직이는 하늘을 바라보았다. 하늘의 은밀히 움찔대는 밝은 부분이 곧바로 연이어 샘솟듯 터져 나오는 커다란 영상들이 되었다. 맥박이 이상하게 약하게 뛰고 피부가 바람과 비에 무감각한데 내면은 불꽃처럼 깨어 있었다. 나는 가까이에 안내자가 있음을 알아차렸다.

구름 속에서 큰 도시가 보이고 거기서 수백만 명의 사람들이 쏟아져 나와 무리지어 넓은 지역으로 흩어졌다. 그들 가운데 거대한 신의 형상이 나타났다. 머리에 반짝이는 별들을 달고 산처럼 거대한 그 신은 에바 부인과 닮은 데가 있었다. 거대한 동굴 속으로 빨려 들어가듯 사람들이 그 신 속으로 들어가 사라졌다. 여신이 바닥에 웅크리고 앉자 이마의 반점이 밝게 빛났다. 꿈의 지배를 받는 듯 여신은 눈을 질끈 감았고 그녀의 커다란 얼굴이 고통으로 일그러졌다. 갑자기 여신이 날카로운 비명을 지르자 여신의 이마에서 별들이 튀어나왔다. 반짝이는 수천 개의 별들이 검은 하늘로 멋지게 포물선과 반원을 그리며 날아올랐다.

나를 찾고 있었던 듯 그 별들 중 하나가 날카로운 소리를 내며 곧장 나를 향해 날아왔다. 별이 포효하며 수천 개의 불꽃으로 흩어졌고 그 바람에 나는 번쩍 들렸다가 다시 바닥에 내동댕이쳐졌다. 내 위에서 세계가 우레 소리를 내며 무너졌다.

나는 포플러나무 근처에서 흙을 뒤집어쓰고 상처투성이인 채로 발견되었다.

머리 위에서 쾅쾅 대포 소리가 나는 가운데 나는 지하실에 누워 있었다. 수레에 누워 텅 빈 들판을 덜커덩거리며 실려 갔다. 주로 잠을 자거나 의식이 없었지만 잠에 깊이 빠져 들수록 무언가가 점점 강하게 나를 끌어당기고 내가 나를 지배하는 어떤 힘을 따라가고 있다는 느낌이 들었다.

나는 마구간 짚 더미 위에 누워 있었다. 사방이 깜깜한데 누가 내 손을 밟았다. 나의 내면은 더 멀리 가기를 원했고 무언가가 나를 더 강하게 끌어당겼다. 다시 수레에 실렸다가 나중에는 들것인지 사다리인지에 실려 가는데 점점 더 어디론가 가라는 명령을 받은 듯한 느낌이 들었다. 마침내 그곳으로 가려는 열망밖에는 아무것도 느끼지 못했다.

목적지에 도착했다. 밤이었고 의식이 완전히 돌아왔다. 조금 전에도 내 안에서 강한 끌림과 충동을 느꼈다. 이제 나는 강당 바닥의 깔린 자리에 누워 있었다. 드디어 부름을 받은 그곳에 도착한 듯했다. 주위를 둘러보니 내 매트리스 바로 옆에 매트리스 하나가 더 있었다. 그 위에 누워 있는 사람이 몸을 일으켜 나를 바라보았다. 그의 이마에 표가 있었다. 막스 데미안이었다.

나는 말을 할 수 없었다. 그도 그런 것 같았는데 어쩌면 하고 싶지 않았을 수도 있었다. 그는 나를 쳐다보기만 했다. 그의 위쪽 벽에 걸린 램프 불빛이 그의 얼굴에 비쳤다. 그가 싱긋 미소 지었다.

한없이 오래 그가 내 눈을 들여다보았다. 서로 얼굴이 거의 낳을 때까지 그의 얼굴이 천천히 내 쪽으로 다가왔다.

"싱클레어!"

그가 속삭이듯 말했다. 나는 눈짓으로 그의 말을 이해한다는 표시를 했다.

그가 싱긋 동정어린 미소를 지었다.

"꼬마야!"

그가 미소 지으며 말했다. 그의 입이 닿을 듯 내 입 바로 앞에 있었다. 그가 나직이 말을 이었다.

"아직도 프란츠 크로머 기억하니?"

그가 물었다. 나는 눈을 깜빡여 그렇다는 표시를 했고 빙긋 웃을 수도 있었다.

"꼬마 싱클레어, 잘 들어! 이제 나는 가야 해. 크로머나 다른 어떤 것과 맞서기 위해 어쩌면 내가 다시 필요할지도 몰라. 그때 네가 부르면 나는 조잡하게 말이나 기차를 타고 오지 않을 거야. 네 안의 소리에 귀를 기울여야 해. 그럼 내가 네 안에 있음을 알 수 있을 거야. 알겠니? 아, 하나 더 있다! 에바 부인이 그랬어. 너한테 나쁜 일이 생기면 그녀의 키스를 나보고 전해주라고…… 눈 감아, 싱클레어!"

나는 고분고분 눈을 감았다. 여전히 줄어들 기미 없이 계속 조금씩 피가 흘러나오는 내 입술 위에 가벼운 키스를 느겼다. 그리고 나는 잠이 들었다.

아침에 사람들이 붕대를 감으려고 나를 깨웠다. 잠이 완전히 깨서 재빨리 머리를 돌려 옆 매트리스를 보았다. 매트리스에는 한 번도 본 적이 없는 낯선 사람이 누워 있었다.

붕대를 감는데 아팠다. 그 후 내게 일어난 모든 일이 아팠다. 하지만 이따금 열쇠를 찾아 내 안 저 깊이 운명의 모습들이 잠들어 있는 어두운 거울이 있는 곳으로 내려가면 나 자신의 모습을 볼 수 있다. 거울 위로 몸을 숙이면 바로 내 친구이자 안내자인 그 사람과 똑같은 나의 모습이 보인다.

자기 자신을 찾아가는
힘들고도 아름다운 여정

"새는 알에서 나오려고 몸부림친다. 알은 세계다. 태어나려는 자는 한 세계를 깨뜨려야 한다. 새는 신을 향해 날아간다. 그 신의 이름은 아프락사스다."

청소년 시절 헤세의 소설 『데미안』에 나오는 이 구절을 읽고 가슴이 뛰지 않은 사람이 있을까? 소설은 자신의 인생과 세상에 대해 처음으로 깊이 생각하고 고민하는 젊은이들에게 두려움과 불안을 떨치고 자신의 세계를 찾아 떠나라고 말하고 있기 때문이다.

헤세의 소설은 1919년 2월부터 4월까지 잡지 《노이에 룬

트샤우》에 연재되고 이어서 6월에 『데미안. 한 청년의 이야기』라는 제목으로 초판이 출간되었다. 소설은 작품의 주인공이기도 한 에밀 싱클레어라는 알려지지 않은 작가의 이름으로 처음 선을 보였다. 1917년 가을에 베를린의 출판사 사장 피셔에게 보낸 원고가 2년 뒤 책으로 출간되자 작품은 대성공을 거두었고 작가는 같은 해 재능 있는 젊은 작가에게 수여되는 폰타네 상을 수상했다. 많은 사람들이 에밀 싱클레어라는 작가가 누구인지 궁금해 했는데 결국 1920년 『데미안』의 작가가 헤세임이 밝혀졌다. 소설은 4쇄부터 비로소 헤르만 헤세의 이름으로 나왔으며 헤세는 폰타네 상을 반납했다. 헤세는 왜 이런 소동을 불러일으킨 것일까? 20세기 독일의 작가 알프레드 되블린은 마흔두 살의 헤세가 "이미 알려진 나이 든 아저씨의 이름으로 젊은이들을 놀라게 하지 않기 위해" 작품을 익명으로 출판했을 거라고 추측한다. 실제로 당시 젊은이들은 동년배인 한 젊은이가 자신들의 이야기를 하고 있다고 생각하고 감격했다. "우리의 진정한 사명은 단 하나, 자기 자신에게로 가는 것이었다." 『데미안』이 던지는 이 화두는 새로운 세상의 도래를 기대하며 제1차 세계대전을 환영했다가 전쟁의 참상에 경악하고 절망한 젊은이들에게 큰 위안이 되었다. 헤세에게 '자기 자신이 되는 것'은 각 개인이 갖고 있는 소질과 개성을 남김없이 펼치는 것을 의미한다. 정치적, 국가적, 사회적인 그 어떤 외적 요인에 의해서도 결코 방해받아서는 안 되는 자아의 완전한 실현은 헤세가 전 작품을 통해 주장한 핵심 주제이다. 헤세는 평생 모든 형태의 획일화와 평준화 경향에 반대하며 개인의 고유한 가치와 개성, 다양성을 옹호했다. 제1차 세계대전이 발발하자 자원입대했지만 독일의 정책과 애국적인 전쟁문학을 공개적으로 비판하고 나치 독일의 등장을 경계하며 비판한 것 역시 그런 맥락에서 이해될 수 있다.

『데미안』은 주인공 싱클레어가 자기 자신을 찾아가는 과정을 그리고 있다. 소설은 넉넉하고 화목한 가정 출신인 주인공이 열 살 때 겪은 이야기로부터 시작된다. 싱클레어는 자신의 부모가 속한 밝고 질서 잡힌 세계 외에 섬뜩하고 거칠고 이해하기 힘든 어두운 세계가 존재함을 알고 있다. 두 세계는 바짝 맞닿아 있으며 서로 뒤섞여 있다. 싱클레어는 용감하게 보이고 싶어 도둑질 이야기를 꾸며냈다가 프란츠 크로머라는 불량한 아이에게 꼬투리를 잡혀 어두운 세계 속에 발을 들여놓는다. 그는 도둑질한 것을 경찰에 신고해 보상금을 받겠다는 크로머를 달래기 위해 실제로 도둑질을 하게 되고 크로머가 요구한 돈을 다 갚은 다음에도 도둑질한 것을 폭로하겠다는 협박에 시달린다. 그런 그를 구해준 것은 데미안이었다. 싱클레어가 다니던 라틴어 학교에 새로 전학 온 데미안은 주인공보다 몇 살 더 나이가 많고 성숙한 아이다. 데미안은 성경에 나오는 카인과 아벨 이야기를 완전히 다르게 해석한다. 성경에서 카인은 하느님이 자신이 바친 제물은 받지 않고 동생 아벨이 바친 제물만 받자 분노하여 동생을 죽인다. 하느님은 그런 카인을 벌주는 한편 사람들이 그를 해치지 못하도록 표를 준다. 데미안은 살인을 했는데 보호해준다는 것은 모순이라며 오히려 표가 먼저 있고 그 다음 이야기가 생겼다고 주장한다. 그에 따르면, 카인의 표는 사람들에게 두려움을 불러일으키는 강한 눈빛 같은 것이다. 카인은 용기와 개성을 지닌 강하고 뛰어난 인물로서 약한 자를 죽인 것이다. 약한 사람들은 그런 카인이 두려워서 감히 대항하지 못하면서 그것을 분하게 생각한다. 그래서 그에게 복수하고 자신의 행동을 합리화시키기 위해 뛰어남의 표시를 섬뜩한 자임을 보여주는 표라고 거꾸로 말하고 하느님이 준 그 표 때문에 카인을 해칠 수 없다는 이야기를 꾸며냈다는 것이다. 이처럼 선과 악의 관계를 새롭게 해석하면서 데미안은 크로머를 두려워하는 싱클레어에게 두

려움을 떨쳐버리라고 충고한다. 싱클레어는 데미안의 도움
으로 크로머의 손아귀에서 벗어나지만 부모의 밝은 세계로
돌아가면서 데미안과 멀어진다. 하지만 사춘기에 접어들고
성(性)에 대한 감정에 눈을 뜨면서 다시 데미안과 가까워지
게 된다. 데미안은 예수가 십자가에서 죽음을 맞을 때 그와
나란히 십자가에 매달린 두 강도의 이야기를 다르게 해석
해 주인공을 또다시 놀라게 한다. 그는 죄를 참회하고 예수
를 변호한 강도를 그동안 지켜온 신조를 막판에 버린 비겁
한 인물로 보는 반면, 참회하지 않은 강도를 줏대 있는 인물
로서 어쩌면 카인의 후예일지도 모른다고 말한다. 그러면서
선하고 밝고 고귀하고 아름다운 세계와 더불어 어둡고 추한
세계로 분류되는 악을 포함하는 신의 필요성을 역설한다.
싱클레어는 그의 말에 공감하면서도 혼란을 느낀다. 그리고
명확한 결론을 내리지 못한 채 다른 도시의 김나지움에 진
학하게 된다.

낯선 도시에서 고독하게 지내던 싱클레어는 공부를 게을
리 하고 술집을 전전하는 건전하지 못한 생활을 하며 다시
어두운 세계에 빠진다. 퇴학을 당할 지경까지 간 그는 어느
날 공원에서 한 소녀를 만난 후 그런 생활을 청산한다. 비록
한 마디도 나눈 적이 없지만 그는 그 소녀를 베아트리체라

고 부르고 숭배하면서 매사에 순결과 고결함과 품위를 추구한다. 그리고 소녀의 얼굴을 그리려고 하다가 남자와 여자의 모습을 함께 지니고 나이를 알 수 없으며 강인한 의지가 엿보이는 인물을 그리게 된다. 그것은 데미안의 초상이었는데 싱클레어 자신의 초상이기도 했다. 이 일을 계기로 싱클레어는 다시 데미안을 떠올리고 자신의 집 대문 위에 있는 새 문장을 그린다. 새 문장은 두 사람을 묶어주는 암호 같은 것이다. 푸른 하늘을 배경으로 어두운 색깔의 지구 속에 반쯤 몸이 박힌 채 알에서 나오려는 듯 몸부림치고 있는 새는 바로 자아를 찾으려고 애쓰는 싱클레어의 모습이기도 하다. 싱클레어는 신비한 방식으로 새 문장 그림을 본 데미안의 답장을 받는다. 이제 그는 힘겹게 알에서 나온 새가 신적인 것과 악마적인 것을 통합하는 신 아프락사스를 향해 날아간다는 사실을 알게 된다. 그리고 아프락사스의 실체를 찾아 헤매다가 오르간 연주자 피스토리우스를 만난다. 피스토리우스는 우리 몸이 물고기와 그 이전까지 거슬러 올라가는 진화의 전 계보를 지니고 있듯이 우리 영혼 역시 지금까지 인간 영혼 안에 살았던 모든 것을 지니고 있다고 가르친다. 그리고 우리는 우리 안에 잠재되어 있는 이 무한한 능력을 예감하고 의식할 때 비로소 인간이 될 수 있다고 말한다.

억눌러야 한다고 간주되는 충동과 유혹조차 아프락사스가 불러일으킨 자연스러운 것으로 받아들여 통합할 수 있는 인간 말이다. 그에 따르면, 대부분의 사람들은 물고기나 양, 벌레나 거머리 혹은 개미나 벌의 단계에 머물러 있다. 싱클레어는 한동안 피스토리우스를 인생의 안내자로 여기지만 그가 실제로 체험하려고 하기보다 이론을 통해 길을 찾으려고 하는 데 실망해 그를 떠난다. 이제 대학생이 된 싱클레어는 데미안과 그의 어머니 에바 부인을 만난다. 에바 부인은 데미안처럼 남자와 여자의 모습을 지니고 시간을 초월하고 영적인 의지가 깃든 모습이다. 싱클레어는 그런 에바 부인을 사랑하면서 더욱더 자신의 의무와 운명이 "온전히 자기 자신이 되고 자신 안에서 활동하는 자연이 준 소질을 똑바로 알고 그 의지에 따라 사는"것임을 깨닫는다. 한편 바깥세상은 전쟁을 향해 치닫고 데미안은 전쟁을 통해 세상이 새롭게 태어나리라고 기대한다. 1914년 여름 드디어 제1차 세계 대전이 터지자 데미안이 먼저 입대하고 이어서 싱클레어도 겨울에 입대한다. 이듬해 봄 싱클레어는 보초를 서다가 폭격을 받아 중상을 입는다. 자신을 부르는 소리에 끌리듯 어딘가로 실려 가던 그는 이윽고 목적지에 도착한 듯한 느낌을 받는데 그의 옆에는 데미안이 누워 있다. 이튿날 옆자리에는 낯선 사람이 누워 있지만 이제 싱클레어는 데미안이라는 안내자가 없어도 자신의 내면을 들여다보면 언제라도 자기 자신을 발견할 수 있다. 그가 내면 깊숙한 곳에서 만나는 자신은 친구이자 안내자인 데미안과 똑같은 모습이다.

소설 『데미안』은 우리의 영혼에 인류가 걸어온 오랜 역사의 흔적이 내재되어 있으며 우리는 자신이 지닌 모든 면을 자연스럽게 받아들여 통합하는 사람이 되어야 한다고 말하고 있다. 작품의 머리글과 피스토리우스를 통해 분명하게 표명되는 이러한 메시지는 카를 구스타프 융의 심층심리학이 제시하는 것이기도 하다. 『데미안』을 쓰기 전 헤세는 개인적으로 아버지의 갑작스런 사망과 아내의 정신분열 증세, 막내아들의 병 때문에 정신적으로 어려움을 겪었다. 그래서 융의 제자이자 동료인 요제프 베른하르트 랑 박사에게 여러 차례 심리치료를 받았다. 이러한 체험은 작품 곳곳에 스며들어 있다. 특히 작품에서 피스토리우스가 하는 말의 상당 부분은 랑 박사가 들려준 내용이다.

작품을 번역하며 『데미안』을 통해 처음 헤세를 만났던 고등학교 시절이 생각났다. 당시 헤세의 개인사나 심층심리학에 대해서는 전혀 아는 것이 없었지만 신선한 충격과 감동을 받았다. 그 시절 주위에서는 대학교 입학을 최고의 인생 과제로 제시하고 그 과제를 실현하려면 당분간 공부에 전념하라고 권고했다. "다섯 시간 자면 떨어지고 네 시간 자면 붙는다." "이불을 무덤으로 생각하라." 선생님들은 대놓고 이런 충고를 했다. 나는 고개를 끄덕이면서도 당분간 사는 것을 미루고 공부 기계가 되라고 강요받는 느낌이 들었다. 대학 입학이 정말 인생의 최고 목표일까? 나는 누구인가? 앞으로 어떻게 살아야 할까? 이런 의문이 불쑥불쑥 들곤 하던 그때 『데미안』을 만났다. "사람은 누구나 세상의 모든 현상들이 딱 한 번 그렇게 교차해서 생겨난 아주 특별하고 소중하고 유일무이한 존재다." "잠에서 깨어난 사람은 오직 자기 자신을 찾고 내면이 더욱 단단해지고 어디로 가는지 상관없이 자신의 길을 더듬어 앞으로 나아가는 의무가 있을 뿐이었다." 이런 구절을 읽으며 나는 나 자신을 찾아야겠다고 다짐하고 자연이 준 나의 운명을 발견하고 그것을 모두 펼치고 실현하리라 마음먹었다. 개구리나 도마뱀 혹은 개미로 머물러 있지 않고 사람이 되리라 결심했다. 그리고 일기를 쓰며 데미안을 친구로 삼아 사춘기의 고민과 의문을 털어놓곤 했다. 『데미안』을 번역하면서 고등학교 시절을 떠올리며 나 자신을 돌아보았다. 지금 나는 자신을 발견했다고 할 수 있을까? 그때 다짐했던 대로 개구리나 도마뱀 혹은 개미가 아니라 진짜 사람이 되었다고 할 수 있을까? 20세기 독일의 여성 작가 루루 폰 슈트라우스 운트 토르나이는 이렇게 말한다.

"헤르만 헤세는 그의 영혼 가운데 청년을 간직하고 있다. 그는 이십 대의 청년, 시민적이지 않은 방랑자, 동경하는 자, 영원한 구도자이다. 그러나 시인은 여러 개의 영혼을 갖고 있다. 내면에 영원히 죽지 않는 청년을 간직한 채 체험하고 괴로워하는 그의 영혼은 다듬어진 성숙한 어른으로 성장하고 성숙한 그 위치에서 자신의 어린 시절을 되돌아보며 자신이 걸어온 길을 해석하고 그 법칙을 인식했다."

'영혼 가운데 청년을 간직한 영원한 구도자' 헤세는 『데미안』에서 힘들지만 두려워하지 말고 자신을 찾아 떠나는 아름다운 여행을 하라고 말하고 있다.

2015년 12월

한미희

1877   7월 2일 뷔르템베르크의 소도시 칼프에서 선교사인 요하네스 헤세와 마리 헤세의 아들로 출생. 외할아버지는 유명한 인도 학자이자 선교사인 헤르만 군데르트.

1881-1886 아버지가 '바젤 선교단'의 교사로 가게 되어 가족이 스위스로 이주. 1883년에 스위스 국적 취득(전에는 러시아 국적이었음.)

1886-1889 가족이 다시 칼프로 돌아오고 헤세는 학교에 들어감.

1890-1891 뷔르템베르크 주(州) 시험 준비를 위해 괴핑겐의 라틴어학교에 다님. 헤세는 시험 자격을 얻기 위해 스위스 국적을 포기하고 뷔르템베르크 국적 취득.

1891-1892 주 시험에 합격하여 마울브론 수도원학교에 입학. 7개월 후 "시인이 아니면 아무것도 되고 싶지 않아" 도망침.

1892   4-5월에 마음속 "악마를 쫓아내기 위해" 바트볼의 크리스토프 블룸하르트 목사에게 보내짐. 6월에 자살 기도. 6-8월에 슈테텐에서 신경쇠약 치료를 받음. 11월 칸슈타트의 김나지움 입학.

1893   "사회민주주의자가 되어 술집을 전전함." 오로지 하이네만 읽으며 시인을 흉내 냄.

1894-1895 칼프의 페롯 시계공장에서 수습공으로 일함.

1895-1898 튀빙겐의 헤켄하우어 서점에서 수습생으로 일함.

1899   소설 『고슴도치*Schweinigel*』 습작(원고는 아직 발견되지 않

음). 첫 시집 『낭만적인 노래들*Romantische Lieder*』 출간. 산문집 『자정이 지난 뒤의 한 시간*Eine Stunde hinter Mitternacht*』 출간.

1899-1903 바젤의 라이히 서점에서 일함. 스위스 일간지 〈알게마이네 슈바이처 차이퉁〉에 기고문과 서평을 쓰기 시작.

1901 첫 번째 이탈리아 여행(피렌체, 제노바, 피사, 베니스). 『헤르만 라우셔의 유고와 시 모음*Hinterlassene Schriften und Gedichte von Hermann Lauscher*』 출간.

1902 『시집*Gedichte*』 출간. 이 책을 어머니에게 헌정했지만 출간되기 직전에 어머니가 세상을 떠남.

1903 서점 일을 그만 두고 두 번째 이탈리아(피렌체, 베니스) 여행.

1904 소설 『페터 카멘친트*Peter Camenzind*』 출간. 바젤의 오랜 학자 가문 출신인 아홉 살 연상의 마리아 베르누이와 결혼하여 보덴 호숫가에 있는 가이엔호펜의 빈 농가로 이사. 프리랜서로 여러 신문과 잡지에서 일하며 글을 기고함. 전기 『보카치오*Boccaccio*』, 『아시시의 프란체스코*Franz von Assisi*』 출간.

1905 첫 아들 브루노 출생.

1906 소설 『수레바퀴 아래서*Unterm Rad*』 출간. 당시 독일 황제인 빌헬름 2세 정부에 저항하는 자유주의적인 잡지 『3월*März*』 의 공동발행인으로 1912년까지 활동.

1907 단편집 『이 세상에*Diesseits*』 출간. 가이엔호펜에 자신의 집을 지음.

1908 단편집 『이웃들*Nachbarn*』 출간.

1909 둘째 아들 하이너 출생.

1910	소설 『게르트루트*Gertrud*』 출간.
1911	시집 『도중에*Unterwegs*』 출간. 셋째 아들 마르틴 출생. 화가 친구 한스 슈트르체네거와 인도 여행.
1912	단편집 『에움길*Umwege*』 출간. 가족과 함께 독일을 떠나 스위스 베른으로 이사해 작고한 화가 친구 알베르트 벨티의 집에서 거주함.
1913	『인도에서. 인도 여행의 기록*Aus Indien. Aufzeichnungen einer indischen Reise*』 출간.
1914	소설 『로스할데*Roßhalde*』 출간. 1차 세계대전이 발발하여 자원입대하였으나 고도근시로 복무 부적격 판정을 받음. 베른의 독일 대사관 독일포로후원센터에서 근무하며 전쟁 포로들과 억류자들을 위해 읽을거리를 제공하고 잡지를 발행하는 한편, 자신의 출판사를 만들어 1918년에서 1919년까지 스물두 권의 소책자를 펴냄.
1914-1919	수많은 정치 논문, 경고호소문, 공개서한 등을 독일, 스위스, 오스트리아 신문과 잡지에 발표.
1915	소설 『크눌프. 크눌프 삶의 세 가지 이야기*Knulp. Drei Geschichten aus dem Leben Knulps*』, 단편집 『길에서*Am Wege*』, 시집 『고독한 자의 음악*Musik des Einsamen*』, 단편집 『청춘은 아름다워라*Schön ist die Jugend*』 출간.
1916	아버지 사망. 아내와 막내아들의 병으로 신경쇠약 발병. 루체른 근교 존마트에서 카를 구스타프 융의 제자 요제프 베른하르트 랑 박사에게 심리치료를 받음.
1919	정치 팸플릿 『차라투스트라의 귀환. 어느 독일인이 독일 젊은

이들에게 보내는 한 마디*Zarathustras Wiederkehr. Ein Wort an die deutsche Jugend von einem Deutschen*』를 익명으로 출간. 이듬해 베를린에서 실명으로 출간. 스위스 몬타뇰라로 이주하여 1931년까지 거주. 체험담과 시 모음집『작은 정원*Kleiner Garten*』출간. 소설『데미안. 한 청년의 이야기*Demian. Die Geschichte einer Jugend*』를 에밀 싱클레어라는 가명으로 출간하고 이 작품으로 폰타네 상 수상.『동화집*Märchen*』출간. 잡지『비보스 보코*Vivos voco*』창간.

1920 시화집『화가의 시*Gedichte des Malers*』, 단편집『클링조어의 마지막 여름*Klingsors letzter Sommer*』, 시화집『방랑*Wanderung*』출간.

1921 도스토옙스키에 대한 에세이『혼돈을 들여다봄*Blick ins Chaos*』, 『시선집*Ausgewählte Gedichte*』출간.『싯다르타*Siddhartha*』집필 중 창작의 위기를 겪음. 취리히 인근 퀴스나흐트에서 융에게 정신분석치료를 받음. 화집『테신에서 그린 수채화 열한 점*Elf Aquarelle aus dem Tessin*』출간.

1922 『싯다르타』출간.

1923 『싱클레어의 수첩*Sinclairs Notizbuch*』출간. 취리히 인근 바덴의 요양소에 체류. 이후 1952년까지 매년 연말에 머묾. 마리아 베르누이와 이혼.

1924 스위스 국적 재취득. 스위스 여성작가 리자 벵거의 딸인 스무 살 연하의 루트 벵거와 재혼.

1925 『요양객*Kurgast*』출간.

1926 『그림책*Bilderbuch*』출간. 프로이센 예술아카데미 문학 분과

에 외국인 회원으로 선출됨(1931년에 탈퇴).

1927 『뉘른베르크 여행*Die Nürnberger Reise*』, 『황야의 이리*Der Steppenwolf*』 출간. 헤세의 50회 생일을 맞이하여 후고 발이 첫 헤세 전기 출간. 루트 벵거와 이혼.

1928 『관찰*Betrachtungen*』, 『위기. 일기 한 편*Krisis. Ein Stück Tagebuch*』 출간.

1929 시집 『밤의 위로*Trost der Nacht*』, 『세계문학 도서관*Eine Bibliothek der Weltliteratur*』 출간.

1930 『나르치스와 골드문트*Narziß und Goldmund*』 출간.

1931 미술사가인 니논 돌빈과 결혼. 화가 친구 한스 보드머가 지어준 몬타뇰라의 새집으로 이사. 『내면으로의 길*Weg nach innen*』 출간.

1932 『동방순례*Die Morgenlandfahrt*』 출간.

1932-1943 『유리알 유희*Das Glasperlenspiel*』 집필.

1933 『작은 정원*Kleine Welt*』 출간.

1934 시선집 『생명의 나무에서*Vom Baum des Lebens*』 출간.

1935 『우화집*Fabulierbuch*』 출간.

1936 『정원에서 보낸 시간*Stunden im Garten*』 출간.

1937 『기념첩*Gedenkblätter*』, 『신(新) 시집*Neue Gedichte*』, 『마비된 소년*Der lahme Knabe*』 출간.

1939-1945 헤세의 작품이 독일에서 불온서적으로 간주되어 『수레바퀴 아래서』, 『황야의 이리』, 『관찰』, 『나르치스와 골드문트』가 더 이상 인쇄되지 못함. 히틀러 집권 기간인 1933-1945년에 독일에서 출간된 총 20권의 헤세 작품 중 고작 481권의 문고본

이 판매됨. 그래서 전집은 취리히에서 펴냄.

1942 첫 서정시 모음집 『시집*Gedichte*』 출간.

1943 『유리알 유희』 출간.

1945 미완성 소설 『베르톨트*Berthold*』, 단편과 동화 모음집 『꿈의 여행*Traumfährte*』 출간.

1946 정치평론집 『전쟁과 평화*Krieg und Frieden*』 출간. 헤세의 작품이 다시 독일에서 나오기 시작함. 프랑크푸르트 시가 수여하는 괴테 상 수상. 노벨문학상 수상.

1951 『후기 산문*Späte Prosa*』, 『서간집*Briefe*』 출간.

1952 75회 생일 기념으로 선집 출간.

1954 동화 『픽토르의 변신*Piktors Verwandlung*』, 『헤르만 헤세와 로맹 롤랑이 주고받은 편지들*Briefe: Hermann Hesse-Romain Rolland*』 출간.

1955 후기 산문 『마법*Beschwörungen*』 출간. 독일 서적협회가 수여하는 평화상 수상.

1956 바덴 뷔르템베르크 독일예술후원회 주관으로 헤르만 헤세 상 제정.

1957 헤세의 80회 생일을 맞이하여 『헤세 전집*Gesammelte Schriften*』 출간.

1962 8월 9일 뇌출혈로 스위스 몬타뇰라에서 사망.

데미안

초판 1쇄 인쇄 | 2015. 12. 17
초판 1쇄 발행 | 2015. 12. 23

글쓴이 | 헤르만 헤세
옮긴이 | 한미희
본문디자인 | 이미연
펴낸이 | 박옥희
펴낸곳 | 도서출판 인디북

등록일자 | 2000. 6. 22
등록번호 | 제 10-1993호
주소 | 서울시 마포구 마포대로 11나길 6(염리동)
전화번호 | 02)3273-6895~6
팩스번호 | 02)3273-6897
e-mail | indebook@hanmail.net

ISBN 978-89-5856-144-6 03850

「이 도서의 국립중앙도서관 출판시도서목록(CIP)은 서지정보유통지원시스템 홈페이지
(http://seoji.nl.go.kr)와 국가자료공동목록시스템(http://www.nl.go.kr/kolisnet)에서 이용
하실 수 있습니다.(CIP제어번호: CIP2015025939)」

* 잘못 만들어진 책은 구입처나 본사에서 교환해 드립니다.